La vie interdite

Didier van Cauwelaert

La vie interdite

ROMAN

Albin Michel

IL A ÉTÉ TIRÉ DE CET OUVRAGE
CINQUANTE EXEMPLAIRES
SUR VÉLIN BOUFFANT DES PAPETERIES SALZER
DONT QUARANTE EXEMPLAIRES NUMÉROTÉS DE 1 À 40
ET DIX HORS COMMERCE NUMÉROTÉS DE I À X

22, rue Huyghens, 75014 Paris

ISBN : 2-226-08879-2
ISBN édition numérotée : 2-226-09215-3

Je suis mort à sept heures du matin. Il est huit heures vingt-huit sur l'écran du radio-réveil, et personne ne s'en est encore rendu compte. Le roman sur lequel je me suis endormi hier soir s'est refermé autour de mon pouce.

Dans un premier temps, naturellement, j'ai pensé qu'il s'agissait d'un cauchemar et que le bulletin météo de Savoie FM allait me replonger comme tous les matins, à neuf heures, dans la réalité commune. Mais l'étrangeté de ce rêve à image fixe — mon corps immobile qui ne respire plus, vu de l'extérieur en plan large avec effet de plongée — a fini par lézarder cette hypothèse. Encore incrédule bien que déjà résigné, j'ai passé en revue mes souvenirs de la nuit, cherchant une angoisse, une douleur, une rupture, mais je n'en ai retiré qu'un sentiment de continuité qui me laisse sans prise.

Fabienne avait levé le rideau de fer à six heures et demie, comme tous les jours, pour approvisionner les chantiers. Un moment plus tard, elle a ouvert la porte donnant sur le jardin de derrière, et lancé :

— Jacques, tu as la référence des brûleurs gaz-de-ville pour M. Rumilloz ?

La dernière pensée que j'aie formulée *de l'intérieur,* le nez dans l'oreiller, a été : « Faisons le mort. » C'est réussi. Le pouvoir de cette simple phrase, qui n'était ni une résolution ni un souhait, paraît disproportionné, mais je ne vois pas du tout quelle peut être la cause de mon décès. Je vais parfaitement bien — *j'allais,* pardon. J'avais le profil du centenaire, m'avait même indiqué 36-15 Vivra, le serveur Minitel que j'avais interrogé le mois dernier, amusé par l'annonce publicitaire entendue sur Savoie FM. On donne son âge, son poids, son pouls, son signe, son métier, ses loisirs et on obtient son espérance de vie. Trente-quatre et demi, soixante-treize, cinquante-neuf, Gémeaux, quincaillier, aquarelle : j'étais arrivé à quatre-vingt-dix-huit ans, avec félicitations du jury. Comme quoi.

— Jacques ! M. Rumilloz, les brûleurs gaz-de-ville, tu as la référence pour la commande ?

Ma veuve a répété sa question encore une fois, mais c'était surtout pour suggérer à M. Rumilloz, un de nos importants clients, que j'étais en train de vaquer dans l'entrepôt dès l'aube. En fait, elle sait très bien que je dors jusqu'à neuf heures, mais, comme la quincaillerie porte mon nom, elle juge utile de donner l'impression que je m'intéresse.

— Merci, Jacques ! a-t-elle répondu à mon silence, avant d'aller transmettre à M. Rumilloz la référence que j'étais censé lui avoir indiquée.

Naïla dort contre mon corps, en gémissant doucement. Les premiers rayons du soleil découpent ses cheveux sur l'oreiller bleu. Voir nos deux silhouettes nues accolées sur la couchette étroite me donne une émotion calme, atténuée, sans issue. Tassé contre la cloison, de trois quarts dos, j'ai le bras droit passé sur son épaule. Avec le vent qui secoue la caravane, on pourrait croire que je respire.

C'est au-dessus du réfrigérateur que se situe mon point de vision — j'hésite, pour l'instant, à employer le mot « âme », qui me paraît un peu exagéré. Rien n'a changé dans ma façon de penser ; je n'ai reçu aucune révélation, aucune faculté supplémentaire, aucun don de perception particulier. Sorti de mon corps, je le contemple, comme si j'étais un miroir placé en surplomb. Mais, cela mis à part, je suis toujours moi-même. Le seul changement radical concerne mes dents : depuis trois jours, j'avais une douleur dans la molaire du fond, et ce matin c'est terminé. Il est étonnant de noter que la fin de ma rage de dents constitue, par ses effets sur mon esprit, un événement plus considérable que mon décès. Ni l'interruption de ma respiration ni mon arrêt cardiaque ne m'ont procuré d'émotion précise — je ne m'en suis pas rendu compte. Je dormais. D'une certaine manière, j'ai raté ma mort. Je ne sais pas si je dois m'en féliciter.

Naïla se retourne et colle ses fesses contre ma hanche. Avec tristesse, je constate que je n'éprouve ni la douceur moelleuse de sa peau, ni la sensation de froid que mon corps devrait lui communiquer — j'ignore d'ailleurs si je suis déjà froid. Cette manière de dire « je », indifféremment, pour qualifier les soixante-treize kilos de chair inerte et la personnalité qui s'en est évadée m'agace, mais je n'arrive pas encore, en parlant de moi, à me dissocier. Ça viendra, peut-être. Combien de temps vais-je rester dans cet état ? Ma conscience est-elle appelée à mourir, elle aussi ? À l'image du canard décapité qui continue de courir quelques instants, suis-je en train de me survivre par réflexe, par illusion, le temps que l'information de ma mort se soit communiquée à tous les centres nerveux de mon cerveau ? Peut-être qu'au fin fond du cortex, un poste de contrôle ignore l'événement, résiste à la tendance générale ou refuse de se rendre. Une sorte de salle de lancement qui aurait procédé d'urgence à la mise en orbite de mon intelligence, sous forme d'un satellite destiné à perpétuer ma vision du monde — était-ce vraiment indispensable ?

Pour être tout à fait sincère, je m'en fous. La seule chose qui pourrait m'intéresser dans la survie, c'est de ressusciter. De revenir dans mon corps, un jour ou deux, même quelques heures — peu importe. Le temps de mettre en ordre ce que j'ai laissé en suspens, d'accomplir ce qui me tient à cœur. Terminer un tableau, modifier mon testament, écrire une lettre à mon fils, verser le produit de mes Sicav sur mon assurance vie, changer l'alternateur de la Ford Fairlane qui rouille sous sa housse et emmener mon père en pèlerinage autour du lac, aimer encore une fois le corps de Naïla et la douceur corsée de la fondue savoyarde au vin d'abymes. Être un pur esprit, ça ne me dit rien. Si je ne peux plus agir, créer, communiquer, partager, autant disparaître. Je n'ai pas l'âme d'un voyeur.

Les chiffres du réveil à quartz se succèdent, rythmés par la respiration de Naïla qu'accompagne, toutes les dix minutes, le ronron du frigo. Le temps semble passer pour moi comme de mon vivant, mais la fuite des secondes ne signifie plus rien, ne me conduit nulle part. Je m'embête. J'ai essayé de prier, pour recommander mon âme à Qui de droit, avec un q majuscule, mais je me suis fait l'effet d'un client oublié qui essaie d'attirer l'attention du serveur, et j'ai arrêté, par respect humain. Dieu (s'Il existe ; pour l'instant je n'ai aucune information de ce côté-là...), Dieu que je m'embête. Et je pressens que ce n'est qu'un début.

J'ai tenté plusieurs fois de me réintégrer. En rassemblant des forces dont j'ignore tout — leur action, leur mode d'emploi, et jusqu'à leur réalité — j'ai essayé de me concentrer pour revenir en moi, pour enfiler mon corps comme une chaussure trop petite. C'était grotesque. Je poussais, je poussais, je cherchais un angle, un point d'appui, mais rien n'y faisait, je restais dehors. Le seul résultat que j'aie pu obtenir a été une série de gargouillis dans mon estomac — et encore ; c'était probablement une réaction chimique indépendante de ma volonté.

L'envie de refaire corps avec l'homme que j'étais m'est passée. Une sorte d'instinct, qui n'est peut-être que la justification de mon échec, m'avertit même que si je parvenais à me réinsérer dans mon enveloppe, j'en redeviendrais prisonnier jusqu'à ce qu'elle tombe en poussière. Je préfère encore m'ennuyer de façon immatérielle au-dessus du Frigidaire que de me décomposer au rythme induit par la biologie. Quitte à renaître de mes cendres — après tout, je n'en suis peut-être qu'aux préliminaires, à l'apprentissage d'une nouvelle forme d'existence dont j'ai tout à découvrir —, j'aime mieux que ce soit avec un minimum de distance.

À huit heures moins le quart, je me suis fait une raison : j'ai accepté ma mort. Ce n'était pas vraiment une défaite, d'ailleurs. Mes efforts de secouriste incompétent, d'infirmier télépathe pour remettre mon cœur en marche, réactiver ma respiration et ma circulation sanguine m'apparaissaient navrants, pitoyables. Avec le recul, c'était même rigolo. J'ai souri. Comment dire ? Le retour au calme, l'adhésion à mon état posthume rendaient l'univers resserré de ma caravane, mes chevalets, mes couleurs, mes pinceaux et le corps endormi de mon modèle plus clairs, plus aimables et, me semblait-il, contents de moi — d'où cette sensation d'un sourire, comme lorsqu'on dit : la vie vous sourit. En quelque sorte, la fin de ma rébellion me faisait rentrer dans l'ordre des choses, et la nature s'en réjouissait. Tout cela est évidemment très subjectif, mais, dans ma situation, on fait ce qu'on peut.

Depuis quarante-cinq minutes, donc, soumis aux chiffres verts défilant sur l'écran de la pendule, j'attends. J'attends la suite. J'attends que Naïla se réveille et me découvre. Alors je serai mort pour quelqu'un. Son regard, son refus, son affolement, son chagrin ancreront mon décès dans la réalité. Mon existence sera consommée. Je deviendrai son défunt, puis celui de ma famille ; ma mémoire s'enrichira de leur deuil, je me retrouverai projeté, si ma pensée fonctionne encore, dans une autre dimension issue des sentiments, des larmes, de l'amour et des rancunes stimulés par ma perte soudaine. Je ne serai plus seul.

En attendant, bercé par le souffle doux et régulier de Naïla, je continue de flotter au-dessus du frigo, comme retenu à mon corps par une amarre invisible. Mais je tiens à le répéter, si quelqu'un de vivant m'entend, bien que mes premières tentatives de communication n'aient rien donné, c'est le seul changement notable. Depuis que mon incrédulité, ma révolte et ma peur de l'inconnu se sont résorbées, je me sens comme d'habitude. Simplement privé de l'influence de ma pensée sur mes muscles, j'éprouve un délassement, une vacuité légère qui ne sont pas nouveaux pour moi. De mon vivant, j'étais déjà inconsistant.

L'angoisse diffuse qui vient troubler mon repos concerne le sort de Naïla. C'est la première nuit qu'elle acceptait de passer dans ma caravane, sous les fenêtres de ma femme. Je la supplie de se réveiller, de s'enfuir avant d'être mêlée à ma disparition ; je voudrais tant lui épargner le scandale. Fabienne est au courant, pour nous, du moins elle se doute et je pense qu'elle s'en fiche, mais les parents de Naïla sont des musulmans stricts qui ne lui pardonneront pas. Tout a toujours été si doux, entre nous... Pourquoi cette chute à notre histoire ? J'imagine les soupçons, les interrogatoires de police, les commérages, les jubilations racistes, les regards en coin de la petite ville... Réveille-toi, chérie, s'il te plaît, va-t'en... Je voudrais tellement rester vivant dans ta mémoire, dans notre amour qui ne regarde que nous. Pars de cette caravane et peut-être que tu m'emporteras avec toi, chez toi ; peut-être que j'habiterai dans tes souvenirs, je ne sais pas... Réveille-toi.

Elle n'entend rien. Je n'ai plus les moyens de la toucher, et je n'ai pas accès à ses rêves. Le sentiment d'exil que j'éprouve est immense.

Je repense à toutes les théories, toutes les croyances dont on nous rebat les oreilles sur terre. Pendant plus de trente ans, j'ai vécu persuadé qu'il y avait quelque chose après la mort, mais il n'y a rien. Je veux dire : rien de plus. Il y a moi. Le seul phénomène un peu curieux qui me soit arrivé, depuis sept heures zéro deux — j'ai décidé de situer l'heure précise de mon décès au moment où les chiffres du réveil à quartz me sont apparus depuis le sommet du Frigidaire —, concerne ma mémoire. Elle s'apparente désormais à une sorte de respiration, de flux et de reflux m'emplissant malgré moi de souvenirs oubliés, d'événements insignifiants ou vaguement désagréables dont le temps m'avait débarrassé. Je n'aime pas beaucoup ça, et il me vient des regrets de n'avoir pas mené une existence baroque, aventureuse, trépidante, exotique... Si je dois passer ma mort à revoir les broutilles ordonnées qui ont composé ma vie, je sens que cela va être d'un ennui... Alors ce serait ça, le Paradis, l'Enfer ? Seul avec soi-même et ce qu'on a fait, pour l'éternité, monté en boucle. Je me demande dans ce cas si le sort de l'escroc jouisseur, du cambrioleur sans remords, du sadique impuni qui s'est bien marré n'est pas plus enviable que celui de l'honnête homme qui n'a jamais rien fait de mal pour demeurer en paix avec sa conscience.

Je regarde ce corps dont j'ai été expulsé sans préavis ; ce grand type aux fesses blanches étendu contre la cloison de la caravane, un peu maigre, un peu mou, pas fini, le pouce entre les pages 24 et 25 d'un roman de Lamartine. Qu'ai-je laissé de moi sur terre ? Quel intérêt avait mon existence ? J'ai nourri jusqu'à l'indigestion des rêves d'enfance auxquels je suis toujours resté fidèle, j'ai poursuivi le même idéal féminin, la même quiétude intérieure du bout de mon pinceau, j'ai barbouillé des tableaux pour faire écran entre le quotidien et moi, j'ai regardé grandir mon fils et vieillir mon père, en essayant de leur cacher ma déception ; j'ai adoré le lac du Bourget, les livres d'Alexandre Dumas, l'odeur des cyprès sous la pluie, le bourgogne, la fondue, les opéras de Verdi et les chansons de Brassens, les éclairs au café, le silence de la neige et la silhouette qui naît d'une tache sur la toile vierge, quand tout demeure encore possible. J'ai aimé la vie sans avoir besoin d'en profiter tout le temps, j'ai parcouru le monde dans ma caravane immobile et, si je ne suis pas allé bien loin, du moins n'ai-je rien perdu en route. J'ai vécu relativement heureux et je meurs comme on sort de table, en remerciant le chef. À quoi bon critiquer le menu qu'on a choisi, contester l'addition, réclamer du rab ? Si l'on m'avait accordé dix ans de plus, j'aurais prolongé avec plaisir, mais sans vraie nécessité. Ce n'est pas le temps qui transformera mes croûtes en chefs-d'œuvre, et j'ai fait le tour du reste.

Évidemment, ce serait différent si les gens qui me sont chers avaient eu besoin de moi. Mais mon fils ne m'aime pas, mon père me fait la gueule, ma femme ne me voit plus. Lucien me reproche de n'être pas assez sérieux devant ses copains et son institutrice, papa m'en veut de ne plus être un enfant et, pour Fabienne, la quincaillerie tourne sans moi ; je ne suis que l'héritier des murs. Quant à Naïla, elle vend des voyages à l'agence Havas : je n'étais qu'une étape, et d'autres clients plus libres que moi viendront feuilleter ses catalogues.

Je ne dirai pas que ma mort se justifie, mais enfin ma vie n'avait pas vraiment de raisons d'être plus longue. Si je laisse un vide, il se remplira. Ma disparition fera de moi une curiosité dont mon fils pourra enfin être fier, papa continuera à vivre un peu plus dans le passé, au milieu de mes photos d'enfance, et Fabienne s'empressera de bétonner la cour d'herbes folles où trônait ma caravane pour agrandir l'entrepôt. Tout sera bien, sans moi. C'est peut-être le seul bilan dont je puisse me flatter, au moment de comparaître devant Qui de droit, mais si je me présente les mains vides, j'ai l'impression qu'elles sont propres.

Voilà. Mon examen de conscience est terminé, me semble-t-il. Si c'est ce que Vous attendiez pour apparaître. Je suis prêt. Vous pouvez Vous faire connaître. À mesure que les minutes à quartz se succèdent sur l'écran, je me persuade qu'il va se passer quelque chose, qu'on va m'appeler, tel un patient dans une salle d'attente.

Je me demande qui va m'ouvrir, qui s'est porté volontaire ou qui l'on a mandaté pour m'accueillir. Un ange gardien, un juge, ma mère que je n'ai pas connue, mes grands-parents qui m'ont tant manqué, un être de lumière émergeant d'un tunnel, comme dans le témoignage de certains accidentés qui sortent du coma avec le regard empli de sérénité péremptoire et la nostalgie de la mort qui n'a pas encore voulu d'eux ? Un passeur d'âmes, sur le fleuve de l'oubli ? Un contrôleur qui épluchera mes comptes ? Un avocat ailé, commis d'office, chargé d'assurer ma défense contre un procureur à cornes ?

Dans le doute, pour tuer le temps, je révise ma vie.

La vie interdite

Dérisoires dans le mouchoir en papier froissé, les deux préservatifs témoins de ma dernière nuit sur terre ont roulé contre le pied du chevalet, où sèche le portrait de Naïla que je ne terminerai pas.

Je m'appelais Jacques Lormeau, 64 avenue des Thermes à Aix-les-Bains, j'allais avoir trente-cinq ans et les gens disaient que je ne faisais pas mon âge. En fait, je ne faisais pas grand-chose. Chez les Lormeau, on est quincaillier de père en fils, depuis cinq générations et demie — la vocation m'avait épargné, le client m'ennuyait, les chiffres ne me parlaient pas et les outils me tombaient des mains. Heureusement pour mon père, qui avait tenté patiemment, sans trop y croire, de corriger ma pente, j'avais rencontré Fabienne.

Lorsqu'il nous a laissé le magasin, au début, elle a fait mine de m'employer, par égard pour papa. Elle prenait sa succession. Elle était à son comptoir, et elle m'appelait. Jacques, viens expliquer à Mme Beaufort que le fil d'étendage, c'est en rouleaux de vingt mètres : on ne fait pas au détail. Comme Mme Beaufort me démontrait alors, mesures à l'appui, qu'elle avait besoin de six mètres cinquante au grand maximum et que, pour avoir la paix, j'allais les lui couper, ma femme m'a rapidement rétrogradé dans la hiérarchie. Avec satisfaction, j'ai redescendu les échelons que mon père m'avait fait gravir. De conseiller-clientèle je suis passé à la caisse, de caissier adjoint je me suis relégué aux accessoires de salle de bains, puis, comme je lisais *Les Trois Mousquetaires* dans les baignoires, on m'a poliment dissimulé dans la boulonnerie, au troisième étage, où je débitais les boulons suivant les commandes que me transmettait Fabienne dans l'interphone que je débranchais aux heures de pointe, alors je me suis retrouvé à défaire des cartons dans la réserve, comme à quinze ans. Le temps aidant, on a renoncé à me chercher une utilité quelconque, on s'est déshabitué de ma présence et j'ai pu retourner à mes tableaux, aménager mon atelier dans la caravane Évasion 400 L que papa nous avait offerte en cadeau de mariage.

Mon angle de vision a changé. Une impression de chaleur m'entoure, à présent, des chants d'oiseaux, la rumeur lointaine d'un avion à hélice. J'ai cinq ans et je viens de marcher accidentellement sur un escargot, dans le jardin de la maison du Pierret. C'est apparemment l'événement le plus important de ma vie : ma pensée m'y ramène sans cesse, par bribes. Je revis la scène tantôt dans son entier, tantôt en résumé, tantôt développée dans toutes ses conséquences à court et moyen terme. Je ramasse l'escargot, le dépose sur une feuille de noyer. La coquille est brisée, les antennes couchées, le corps gluant se recroqueville. Je fonds en larmes. Je cours dans la maison, je demande à ma grand-mère qui prépare le repas une fourchette à gâteau et un rouleau de scotch, je m'installe sur la table de la cuisine et j'entreprends de réparer la coquille, rassemblant les débris, colmatant les vides avec des bouts de carton collés. Puis je transfère le blessé dans une boîte de Choco-BN, sur un lit de salade, et je vais le placer dans un rayon de soleil sur l'appui de la fenêtre. Il ne bouge pas, mais c'est parce qu'il se méfie. Mon père hoche la tête en écoutant mon diagnostic, dans la fumée de sa pipe. Il m'explique que j'aurais dû prendre des feuilles de salade nature, ou du moins, psychologiquement, par délicatesse envers l'escargot, retirer l'ail. Toutes ces paroles oubliées, incomprises sur l'instant, me reviennent avec une précision méticuleuse, un écho immédiat dans les sentiments qu'elles ont inspirés par la suite.

Le soir, l'escargot n'avait toujours pas bougé. Je savais bien qu'il était mort, mais je refusais de l'admettre devant les autres, je voulais l'avoir guéri, je montrais avec véhémence les feuilles de salade racornies que j'affirmais *grignotées.* Mon père se rangeait à mes arguments, face à ma grand-mère qui trouvait cruel et pas propre de m'entretenir dans mes illusions. Elle désignait la colonne de fourmis qui escaladait l'emballage des Choco-BN, en direction du convalescent qui méditait dans la scarole. J'écrasai les fourmis, une à une, déclarant qu'il était trop tôt pour les visites. Mon grand-père plaça la boîte de réanimation en équilibre sur un compotier rempli d'eau, pour noyer les indésirables, et ma grand-mère alla se coucher en soupirant.

Je me lève au milieu de la nuit, descends dans la rosée en pyjama. À la lueur de la lune, je passe au peigne fin les vingt mètres carrés du jardin en triangle, entre les hortensias, les pruniers du Japon, sous le grand noyer du voisin qui craque au vent. Je finis par trouver un escargot similaire, je le ramasse avec des précautions infinies, en lui expliquant la situation, je colle des bouts de scotch agrémentés de carton sur la coquille à l'intérieur de laquelle il s'est réfugié, et je vais l'installer sur la salade à la place de l'accidenté, que je balance par-dessus la haie du voisin, après lui avoir récité un Notre-Père.

Le lendemain matin, papa me réveille, tout gaillard, en m'annonçant un miracle. Il sort ma grand-mère de la salle de bains, sa brosse à la main, pour l'entraîner devant la boîte de Choco-BN où il nous désigne d'un doigt vibrant l'escargot scotché, ressuscité, en train de prendre son petit déjeuner dans la scarole jaunie. J'arbore un air modeste. Ma grand-mère me félicite pour sa bonne mine, et entreprend de lui changer sa salade. C'est alors qu'elle découvre, sous une feuille, un deuxième escargot pareillement scotché, qui étudie la paroi du paquet de biscuits à petits coups d'antennes. Mon père et moi avions eu la même idée. Le regard que nous avons échangé, sans rien dire, résumait la complicité qui nous a unis tant d'années, avant de s'émousser, peu à peu, du jour où Fabienne est entrée dans notre vie.

— Jacques !

La voix efface la scène ; un paysage se recompose. Sur chaque tiroir métallique, du sol au plafond, est collé à titre indicatif un tournevis, un verrou, une pince multiprise, un clou — ça décore et ça pousse à l'achat bien mieux qu'une étiquette, avait décrété ma femme en imposant ce nouveau style. Quand le client ignore le nom de l'article dont il a besoin, il peut ainsi le montrer du doigt et son honneur est sauf. En dix ans de mariage, Fabienne a augmenté notre chiffre d'affaires déjà prospère de quarante pour cent. La réussite qu'elle attribue à sa psychologie relève surtout de son physique : à vingt-huit ans, elle a gardé la silhouette impeccable et le maintien suspendu qui lui avaient valu en 1986 le titre de Première dauphine de Miss Savoie, même si son genre suédois est devenu un blond terni par les néons du commerce, un blond de comptoir.

Elle se tient devant l'appareil à shampouiner les moquettes, et elle m'appelle. J'ignore si mon esprit s'est transféré dans le magasin, au présent, ou s'il s'agit d'un souvenir.

— Jacques, Mlle Toussaint voudrait le dernier catalogue des autoportées de chez Massey-Ferguson.

C'est un souvenir. Me voilà qui descends de la vitrine, deux ou trois ans plus tôt, pour venir présenter à Mlle Toussaint le dépliant des nouvelles tondeuses. Mais quel intérêt ? Qu'est-ce que je fais dans cette scène, à discuter des mérites du bac de ramassage intégré basculant de série sur le modèle D 93 ? Je n'ai vraiment rien de plus urgent, de plus agréable à revoir dans ma vie terrestre ? L'aventure de l'escargot, passe encore ; j'en comprends à peu près le sens et la portée, sinon le symbole, mais les critiques atrabilaires de Mlle Toussaint sur son équipement de jardin, vraiment, leur utilité m'échappe.

Le plus pénible est que je sais exactement, mot pour mot, ce qui va tomber des lèvres de cette emmerdeuse, et ce que mon personnage va lui répondre.

— Mais ont-ils amélioré le système de la courroie d'entraînement des lames ? Trois fois, dans la saison, elle a sauté quand j'ai embrayé.

— C'est aussi que vous tondez trop bas, mademoiselle Toussaint. Je vous ai dit de vous mettre sur le cran 2.

— Sur le cran 2, ma pelouse ressemble à de l'herbe à chat ! Je veux qu'elle soit rasibus comme un golf, ce n'est pas difficile, je vous l'ai répété cent fois !

Quelle plaie. Soixante-dix ans, une santé de fer, un corps de petite fille surmonté d'une tête sans rides aux yeux de serpent, avec des cheveux gris maintenus en queue-de-cheval par un élastique, une robe anthracite à fleurettes parme, une doudoune en toute saison, le cabas de son chien au bras, les pieds chaussés d'énormes Palladium roses à semelles crantées laissant derrière elle des empreintes de géant, et donnant à ses jambes des proportions de cure-dents fichés dans des saucisses-cocktail. J'ai essayé à vingt reprises de la refiler à nos concurrents, mais, en tant que plus grosse fortune aixoise, elle entend se fournir chez le plus gros quincaillier. Et, tous les quinze jours, elle vient changer son matériel en exigeant d'être reçue « par le patron », ce que je redeviens alors, le temps de ses jérémiades et de ses récriminations, jusqu'à la signature de son chèque. Personne n'est dupe, mais elle a le sentiment d'exister. Dans le fond, je la comprends. Jusqu'à ses soixante-trois ans, elle a servi de souffre-douleur et d'aide-soignante à sa mère, un dragon soupçonneux qui possédait les deux tiers de l'hôtellerie locale. On les voyait passer dans une vieille Simca Aronde, la mère à l'arrière, bougonnant dans ses comptes, la fille au volant, réduite au rang de chauffeur. Du Bristol au Beau-Rivage, du Grand Hôtel des Thermes au Reine-Hortense, elles sillonnaient la ville sur des pneus lisses pour aller vérifier les fourchettes, les réservations, le personnel présent et réduire les devis de plomberie.

À chaque tentative de rébellion timide contre l'ordre établi, quand Mlle Toussaint se permettait de réclamer le chauffage central dans leur trois pièces ou une paire de pneus neufs, le dragon répondait invariablement : « Quand je serai morte, on verra. » Au décès de sa mère, Mlle Toussaint a bazardé tous les hôtels, s'est acheté une Lamborghini Diablo, un parc de trois hectares dans le centre-ville qu'elle a défiguré par un blockhaus à panneaux solaires, et dilapide son héritage en voyages organisés, croisières autour du monde et tracteurs à gazon.

— Téléphonez chez Massey-Ferguson, Jacques, et posez-leur carrément la question sur la courroie d'entraînement des lames.

Je m'entends répondre :

— C'est occupé.

— Eh bien réessayez, Jacques ! J'ai tout mon temps.

La seule chose que j'aime chez elle, c'est son chien. Un vieux caniche pelé, sourd et borgne, qu'elle emmène partout et qui n'en peut plus, l'air apeuré dans son panier, et qui s'accroche à la vie pour ne pas faire de peine.

— Parce que ça serait trop facile : on augmente le rayon des poulies pour que les courroies soient plus grosses, et on se croit dispensé d'améliorer le système d'entraînement des lames !

— Au revoir mademoiselle Toussaint.

En me concentrant, de toutes mes forces, je me suis fait prononcer cette phrase qui a interrompu la scène.

Me voici dans un brouillard jaunâtre, totalement silencieux. On dirait que je progresse. Si j'ai les moyens de lutter contre la banalité de ma vie, de retrouver l'équivalent de la mémoire sélective qui aérait mes journées, alors mon supplice sera supportable — s'il s'agit d'un supplice. C'est peut-être mon pain blanc que je suis en train de manger. Mon Dieu, qui que Vous soyez, celui de mon baptême ou un Autre, épargnez-moi l'amnésie générale, la perte de mon décor, de mon identité, le vide. C'est cela que je redoute le plus dans la mort, maintenant je le sais.

Je ne veux pas disparaître. Ce flou jaunâtre qui me semblait accueillant m'apparaît soudain comme une oubliette, un égout. Il faut que je remonte le courant, que je reprenne le fil de ma vie, que j'accepte de ressasser les souvenirs imposés par le programme, comme on se prépare à un examen.

Voilà : le paysage se reforme, le brouillard cotonneux s'estompe et restitue les contours du magasin. Je suis de retour dans la vitrine de gauche, là où je me trouvais quand Fabienne m'a appelé. Ai-je réussi un saut en avant dans le temps, une compression de l'épisode des courroies d'entraînement qui avait duré une heure ? Non. Mlle Toussaint stationne de l'autre côté de l'avenue, brandissant son parapluie fermé pour arrêter, d'un geste imprécatoire, les autos qui passent au feu vert. Loin d'abréger la scène ou de l'avoir contournée, je ne suis parvenu qu'à regagner mon point de départ, mon point de refus, un peu plus tôt. Mais l'essentiel est d'être de retour. Tout ce que me demande Fabienne, depuis qu'elle a renoncé à m'impliquer dans la bonne marche de la quincaillerie, c'est de faire de la présence, pour que les gens n'aillent pas dire. Alors je m'expose. Une fois par semaine, je redécore la vitrine. Les passants me voient au travail, le cœur à l'ouvrage, tenant mon rang, honorant mon nom : ils me saluent et je réponds. Je sème de la neige à Noël, des œufs à Pâques, des crêpes à la Chandeleur, des chars miniatures le 8 mai. Chaque année, l'union des commerçants du quartier me décerne son premier prix. J'ai ma semaine égyptienne, avec des pyramides en pots de peinture et des promos sur le papyrus encollable, ma quinzaine « vacances » avec transats, parasols et barbecues disséminés sur des dunes en vrai sable. Mais la vitrine que je préfère est celle de la fête des Pères. Je dispose des tronçonneuses, des scies sauteuses, des couteaux électriques ; de quoi découper toute la petite famille, donner aux malheureux géniteurs des idées de boucheries vrombissantes, de carnages pittoresques au milieu des guirlandes et des calicots « Bonne fête papa ! ».

En sortant de l'école, les enfants viennent me regarder composer mes décors. Je leur fais des grimaces et ils rigolent. Entre deux clients, Fabienne sort les chasser à coups de torchon. Dès qu'elle est rentrée, mes spectateurs reviennent. Je me passe un bois de cabinet autour du cou, je leur fais Guignol avec les gants de jardinage Multiflex, je les mitraille avec une perceuse, ils me visent avec leurs doigts et je meurs sous les spots au milieu des fleurs en papier, dans des souffrances abominables qui intéressent le passant quelques secondes, tandis que les petits s'esclaffent. J'aime tellement le rire des enfants. Mon fils ne rit jamais. Consterné par mon ridicule, il passe devant mes vitrines en détournant les yeux. Lorsqu'il m'arrive d'aller le chercher à l'école, il fait semblant de ne pas me voir. Je respecte sa honte et je le suis à dix pas.

Des rideaux verts séparent mes vitrines du magasin, et je les tire pour mes représentations. Fabienne, qui sait à peu près ce qui se passe derrière, affiche un air résigné dont raffolent les clients. « Ma pauvre madame Lormeau », soupirent-ils en glissant des regards en biais dans ma direction, et elle leur fait un prix. Tous les habitués le savent et, les jours de vitrine, la quincaillerie est pleine. Fabienne profite de l'apitoiement pour écouler ses invendus. Au bout du compte, le commerce s'y retrouve, mes tentatives de mutinerie finissant malgré moi en campagnes promotionnelles.

Une seule fois, un 1er avril, j'ai réussi à déstabiliser ma femme, par une pancarte « Fermé pour inventaire ». Fabienne est restée toute la matinée derrière le comptoir, torturée par l'incompréhension, rongeant ses ongles et bousculant ses vendeurs figés dans l'inaction. Quand elle sortait pour guetter le client, j'escamotais la pancarte et je continuais paisiblement d'améliorer ma vitrine de printemps, plantant mes cannes à pêche sous mon pommier de plastique en fleur.

Fabienne n'a pas dit un mot de tout le déjeuner, puis elle s'est levée soudain, a pris les clés de sa Mercedes E 300 D (Mercedes pour afficher la réussite, Diesel pour montrer qu'on est resté simple), et elle a disparu pendant une heure. J'ai appris par la suite qu'elle était allée chez François Philippe et Brico 2 000, nos deux plus gros concurrents, les accuser de casser les prix en dehors des soldes autorisés par l'arrêté préfectoral.

En milieu d'après-midi, quand je lui ai avoué mon excellente blague en lançant « poisson d'avril ! », sa réaction m'a bouleversé. Elle a regardé l'un après l'autre ses employés qui avaient tous été mes complices, qui retenaient leurs gloussements en attendant l'explosion d'hilarité générale, et elle a pleuré. Devant tout le monde, de longues larmes en silence. Les vendeurs s'éclipsaient l'un après l'autre pour aller soulager leur fou rire dans la réserve. J'étais là, les bras ballants, devant cette belle étrangère froide que je n'avais connue qu'en diadème et paillettes, souriant glamour dans son écharpe de Miss, puis transformée en patronne laborieuse, responsable et butée, passant avec une organisation parfaite, sans transition ni faille, du chef d'entreprise à la mère au foyer et qui redevenait, soudain, la petite fille en plein vent des marchés aux légumes d'avant notre rencontre. La petite vendeuse en herbe malmenée par ses parents, moquée par les maraîchers, pelotée dans les courants d'air.

Je l'avais prise dans mes bras, lui avais présenté mes excuses et nous avions fait l'amour, le soir, pour la dernière fois. Après une nuit passée les yeux ouverts, elle m'avait demandé d'aller dormir dorénavant dans la chambre d'ami. J'avais protesté : ce n'était qu'une blague idiote ; jamais je n'aurais pensé lui faire du mal. Elle m'avait répondu : « C'est ça que je te reproche. Justement. Ne pas savoir ce qui me fait du mal. » Et, de ce jour-là, notre couple n'avait plus existé qu'en présence de notre fils, ou dans les quelques soirées du Lions Club où j'acceptais d'aller faire de la figuration. À la chambre d'ami, finalement, j'avais préféré la caravane.

Je comprends ce souvenir du 1er avril, je comprends pourquoi je viens de le revivre intensément, dans toute sa douleur. Je l'attendais. Je sais quels sont mes torts envers Fabienne, comment je suis passé à côté d'elle par flemme et par injustice, par nostalgie de mon adolescence, par dépit de n'avoir rien fait de ma vie. C'était si facile de l'en accuser. Si facile de décider que ma liberté s'était achevée dans cet enfant que je n'avais pas voulu. Cet enfant qui lui ressemble tant, sans humour ni paresse, sans la moindre démangeaison artistique. Peinture, musique et lecture l'indiffèrent. Tout ce qu'il aime, c'est se rendre utile, avoir sa place dans le monde des adultes. Servir les clients, mettre un nom sur les outils, débiter du fil, mesurer les tuyaux. À huit ans et demi il rend la monnaie, comme mon père me l'avait appris. Je me sens recommencé. Sauf que moi je trichais, je faisais semblant d'aimer ça. Lui non, je crois ; il est sincère quand il lance : « Au revoir messieurs-dames, au plaisir. » Lorsque les clients lui demandent, en le voyant dépasser à peine de derrière le comptoir, sur la pointe des pieds : « Et qu'est-ce que tu veux faire, quand tu seras grand ? » il répond : « La même chose. » Il attend impatiemment que passent les mois qui lui permettront d'atteindre des tiroirs de plus en plus hauts.

Il m'a rendu très heureux quelques semaines, dans sa première année. Fabienne s'était cassé la jambe en suspendant une ponceuse, et c'est moi qui me levais pour les biberons. Dans l'éclairage saumon de sa veilleuse, je lui racontais des histoires de cow-boys. Il avait l'air de comprendre, d'aimer, d'attendre la suite ; il rigolait en recrachant son lait. Fabienne me l'avait repris, dès qu'on lui avait enlevé son plâtre, m'accablant de reproches. Je ne savais pas stériliser, je le nourrissais mal, il maigrissait à vue d'œil, etc. J'ai recommencé mes grasses matinées, vexé mais lucide : elle avait sans doute raison, je n'étais bon à rien dans ce que les gens appellent « la vie ».

Lorsque Lucien a su parler, j'ai voulu reprendre mes histoires. Mais l'un des premiers mots qu'il avait appris, c'était : « Pourquoi ? » Dès que sa mère descendait au magasin, le matin, je sortais du lit sans bruit, je filais dans sa chambre, enjambais l'enclos de son parc à jouets, m'asseyais en tailleur en face de lui, au milieu des cubes, et attaquais : « Il était une fois au fin fond du Far West un shérif qui s'appelait William.
— Pourquoi ? »

J'ai renoncé très vite.

— Jacques, Mlle Toussaint voudrait le dernier catalogue des autoportées de chez Massey-Ferguson.

Entre deux biberons, une vente de tondeuse et la guérison de l'escargot, j'essaie de me concentrer sur Naïla. Il est neuf heures moins cinq. Elle dort toujours et l'horreur absolue serait que Fabienne nous découvre enlacés, nus, elle si jeune et moi mort. Je n'ai aucune information, aucune intuition concernant les événements futurs. Simplement une appréhension vague, un sentiment d'urgence. Je me cramponne à la vision de mon corps, à la caravane, à l'heure présente. Je supplie Naïla de se réveiller, de me secouer, de prendre mon pouls, de se rendre compte. Pas d'affolement, surtout. Tu ne peux rien pour moi. Je t'aime. Efface les traces de ton passage, emporte les restes de notre nuit, vérifie que personne ne te voie et va-t'en, je t'en prie. Fais ça pour moi. Reste en dehors du drame : je m'attends au pire.

Mais elle dort toujours, détendue, sa respiration de plus en plus régulière.

Ma vue se brouille, son corps redevient flou, les objets disparaissent : je repars, à nouveau. L'escargot m'appelle, ou le magasin... Non. Je suis sur le lac, à présent, dans le voilier de Jean-Mi. Le vent qui tourbillonne accélère la cadence des manœuvres, je m'emmêle dans les drisses, trébuche sur l'ancre, essaie de réagir aux injonctions pressantes de mon skipper.

— Affale, bordel, affale, on se tape un force 4 ! Gaffe, un kayak à tribord. Jacques ! On vire ! Putain, mais quel nase ! Kayak à tribord, j'ai dit ! Tu m'entends ? Vire !

Non, je n'entends pas. J'ai la capuche enfoncée, les yeux pleins d'eau, j'ai reçu trois fois la bôme dans la tête, le Fireball en acajou verni se couche au près et nous percutons le kayak.

— ...températures sous abri au lever du jour : Chambéry moins quatre, ça craint, Aix-les-Bains on assure un poil plus avec un petit moins deux, et alors en montagne, vaut mieux rester sous la couette...

Neuf heures : la radio s'est déclenchée. Naïla se réveille d'un bond, se penche vers moi, dépose un baiser sur ma nuque en disant :

— J'ai pas le temps pour le café, je me sauve. C'était super.

Merci. Elle saute sur ses pieds, enfile sa culotte, son jean, son pull.

— Bonne nouvelle pour les skieurs : on attend la

neige à partir de quatre cents mètres. Il était temps. Pas vrai, Christophe ?

Elle a quitté la caravane, me laissant seul avec Savoie FM. « Je me sauve. » On peut voir ça comme ça. Je ne sais plus si je suis soulagé ou déçu. De toute mon âme je souhaitais la tenir à l'écart de ce qui m'arrive et, maintenant que mon vœu est exaucé, même si je suis content d'accorder malgré moi un sursis à sa joie de vivre, j'aurais préféré lui laisser la primeur de ma mort. Entendre sa voix me crier de revenir, me dire des mots d'amour... Noyer mon chagrin dans ses larmes... Avec Fabienne, je ne m'en tirerai pas comme ça. J'aurai droit au Samu, à la réanimation, au massage cardiaque, aux décharges électriques. Tout cela en vain, je le sais bien. Je n'ai pas envie de concret, de scènes médicales, de démarches administratives, d'affliction concertée... J'aurais voulu partir avec Naïla, veiller sur elle, la suivre comme une ombre jusqu'à sa petite chambre sous les combles, avenue de Verdun. La voir prendre sa douche, discipliner ses cheveux frisés en chignon sage, mettre un tailleur sérieux d'agent de voyages, et courir s'installer derrière son bureau de verre, sourire en batterie, prête à vendre le monde avec sa gentillesse rêveuse et son air compétent, elle qui n'a jamais connu que Sarcelles, Mulhouse et Aix-les-Bains.

Mais apparemment, je n'ai pas les moyens de me quitter. J'ai pensé trois fois : « Je sors », très fort, et je suis resté là. Condamné à hanter la caravane, à faire mentalement les cent pas aux abords de mon corps, je vais devoir subir le sang-froid méthodique de Fabienne, l'effondrement de mon père, la dignité de Lucien que j'imagine se lever de son banc, à l'école, l'air important, après que le directeur, cet ampoulé de l'Isère, sera entré pour annoncer à la maîtresse d'un ton chargé de solennité : « Le petit Lormeau doit rentrer chez lui : il est arrivé un grand malheur dans sa famille. »

Et je passe sous silence la découverte des deux capotes dans le kleenex, associées au portrait inachevé de Naïla que, sans me vanter, on reconnaît déjà très bien. Quel gâchis. Quelle mort imbécile. J'aurais préféré cent fois souffrir, m'étouffer, agoniser des heures et que tout soit net, que chacun soit libre de penser à moi sans rancune, sans aigreur, sans grief. Le voilà, mon enfer. Dès l'instant où j'occuperai leur esprit en tant que défunt, ils me feront purger ma peine. Et j'attendrai, torturé par les remords dans lesquels ils m'auront embaumé, qu'ils pensent à autre chose. J'attendrai qu'ils m'oublient.

J'ai besoin de ton amour, Naïla. Résistera-t-il au sordide qui va s'abattre sur toi ?

— ... et vous ajoutez les blancs battus pour stopper la cuisson. Vous continuez de remuer en retirant la brouillade du bain-marie, et vous servez avec un bon gamay ou une mondeuse.

— Merci Christophe. Et sans plus attendre, nous écoutons, pour Patrick de la part de sa Karine chérie qui lui fait un méga-bisou en lui disant merde pour son rendez-vous chez Alcatel : *Je l'aime à mourir*, ah la la, nostalgie, de Francis Cabrel, et puis après c'est l'horoscope, avec Chantal.

— Ah non, Vanessa, tu te plantes : c'est avant.

— Ah oui, pardon : l'horoscope.

— Dis donc, j'sais pas ce que t'as bu hier soir, mais t'as l'air bien grammée.

— Bing, doudou, Savoie FM, 92 point 3, c'est la Savoie qu'on aime.

Je ne voudrais pas me prendre en pitié, mais si c'était possible d'arrêter ce poste... L'alternance des jingles de pub et des voix réjouies, mêlée aux récriminations de Mlle Toussaint et aux aventures de l'escargot, est proprement insupportable. J'essaie d'évacuer les broutilles, de me concentrer sur un souvenir important, de m'immerger dans un moment fort, de récupérer le contrôle de ma mémoire, mais rien à faire ; je reste en pilotage automatique.

— Bélier : prudence en affaires et c'est pas le pied côté cœur. Taureau : vous pétez le feu, bonjour la forme...

Et me revoici en voilier, sur le lac du Bourget, avec Jean-Mi en 86.

— Affale, mais affale, putain ! Choque-le, ton foc ! Tu vois pas qu'on vire à contre ?

— « *Vous pouvez détruire tout ce qu'il vous plaira...* »

— Attention, tu vas te prendre la bôme dans la gueule, et voilà ! Mais applique-toi, Jacques, bordel, t'es vraiment nase !

— « *... Elle n'a qu'à ouvrir l'espace de ses bras. Pour tout reconstruire, pour tout reconstruire, je l'aime à mourir...* »

Et nous recommençons à percuter le kayak. Tandis que Jean-Mi affale et jette l'ancre, je plonge pour secourir la pagayeuse blonde à serre-tête qui m'agonit d'injures.

— Enfin, Jacques, tu as vu l'heure ? C'est mardi !

J'ai la livraison de chez Jotul, occupe-toi de Mlle Toussaint, tu lui as promis son tracteur. Cette musique !

Fabienne éteint le radio-réveil d'un coup sec et ressort de la caravane. Comme c'est bon, le silence. Je me demande si ma prière pour qu'on arrête le poste a été d'une quelconque influence sur l'irruption de Fabienne. En tout cas, il n'est pas question de faire attendre Mlle Toussaint : si je ne suis pas sorti dans cinq minutes, Fabienne va revenir me secouer. Me voilà fixé sur la suite des événements. Mourir le jour des livraisons, c'est tout moi.

Oui, d'accord, j'arrive... Encore un tour sur le lac, en attendant, allons-y — pour ce que ça changera... Je saute dans le sauvetage en cours, repêche Fabienne qui a bu la tasse, la hisse dans le voilier. Je ressens beaucoup plus fort que tout à l'heure le contact de son sein contre mon bras. Est-il vraiment d'actualité d'avoir à nouveau envie de cette pagayeuse qui semblait sortie d'un fjord, avec ses yeux glacés turquoise pareils à ceux des chiens de traîneau ? Jamais une fille ne m'avait autant impressionné par son physique, et je l'avais laissée repartir sans même lui demander son nom. Nous avions échangé cinq phrases : « Pourriez faire attention, connards ! — Vous n'aviez qu'à nous éviter ; avec ce vent de merde, c'est plus facile en ramant ! — Et comment je récupère mon kayak, maintenant ? — Attendez, on finit d'affaler, deux minutes, et on y va au moteur. » Puis, au moment de quitter le bord : « Merci quand même. Vous ferez gaffe, la prochaine fois. » Et elle s'était éloignée, pagayant avec une régularité exemplaire, saluée par les commentaires flatteurs de Jean-Mi : « T'es con. Un canon pareil, tu le branches pas ? Tu vas pas sortir toute ta vie avec Angélique : ça fait quinze jours ! Un peu à moi, non ? »

Le soir même, j'avais retrouvé la naufragée au gala d'élection de Miss Savoie, dans le théâtre du Casino. Elle était candidate. Numéro 21, Fabienne Ponchet, d'Albertville, étudiante en commerce, aime la nature, l'opéra et les sports nautiques — autant de mensonges pieux : elle était vendeuse, incapable de distinguer un peuplier d'un saule, Mozart de Verdi, et le kayak n'était destiné qu'à raffermir les seins et muscler les abdos en vue du scrutin. Mon père faisait partie du jury, en tant que notable aixois, aux côtés du baron Triboux de la Société des jeux, de M. Pons, directeur régional d'EDF, du couple Ambert-Allaire des radios locales, de Jean-Mi représentant la grande pâtisserie-chocolaterie Dumontcel, du Dr Nollard de l'Établissement thermal, et de la générale Daubray qui avait payé la réfection du rideau de scène. L'ingénieur hydraulique Rumilloz, maire adjoint à la culture, qui préside la délibération, se penche avec une importance soucieuse pour recueillir l'avis de Robert Boranewski, P-DG de Bora-Pneus.

Je m'apprête à revivre en direct la proclamation du palmarès, mais on frappe à la porte que Fabienne a laissée entrebâillée.

— Toc, toc ! lance une voix fluette sur un ton martial. On peut entrer, vous êtes visible ?

Mlle Toussaint passe la tête à l'intérieur de la caravane. Allons bon. Dans mes rêves les plus sombres, je n'avais jamais imaginé qu'elle me poursuivrait jusque-là.

— Popeye, dis bonjour à ton ami Jacques, ordonne-t-elle à son chien tassé au fond du cabas.

Le vieux caniche émet un gémissement plaintif étouffé par la toile écossaise.

— Alors, Jacques, mon tracteur, vous venez me le vérifier ? Hop-hop-hop ! On se réveille !

Je présume que ma nudité la dissuadera de pénétrer plus avant dans la caravane, mais elle a été infirmière volontaire sur le front en 39, et entreprend de me secouer sans manières :

— Allez, debout là-dedans ! Grand feignant ! Avec une épouse qui est toujours sur le pont dès l'aube !

Ses doigts s'immobilisent, crispés sur mon épaule, puis glissent vivement jusqu'à la veine jugulaire qu'ils pressent.

— Jacques ?

Avec une force étonnante pour son gabarit de porcelaine, elle me retourne. En découvrant mon visage raidi, la bouche entrouverte, les yeux fixes, elle réprime un mouvement de recul, mord son poing et s'exclame :

— Formidable !

Puis elle ajoute plus bas, en s'adressant à la cloison du coin-toilettes, quarante centimètres au-dessus de ma tête :

— N'ayez pas peur : je suis là. Vous êtes mort, précise-t-elle. Mais tout ira bien, je vais vous aider. Restez tranquille, détendez votre corps mental, vous êtes dans l'état intermédiaire où vous ne risquez rien. Je reviens tout de suite.

Et elle ressort. Du haut du réfrigérateur où mon esprit continue d'accompagner les événements de la caravane, je baigne dans une perplexité inquiète. Son dernier voyage organisé a conduit Mlle Toussaint à travers le Tibet, cet été, d'où elle est revenue bizarre, nimbée d'une lueur de mystère, avec un sourire entendu et des airs d'initiée. En me commandant son nouveau tracteur Bolens, début décembre, elle m'a confié qu'elle était devenue bouddhiste. Mais chut, a-t-elle ajouté, penchée au-dessus du comptoir, avec un regard circulaire pour la clientèle profane. J'en avais raturé son bordereau. Elle, la grenouille de bénitier qui, tous les dimanches à la grand-messe de Notre-Dame, était en charge de la seconde lecture, la plus prestigieuse, décochant contre les Pharisiens ses postillons liturgiques dans le micro sur pied ; elle, la figure de proue de la paroisse, capable de faire dérailler de sa voix de crécelle énervée la chorale entière ; elle, l'animatrice infatigable de l'Action catholique et de l'atelier tricot pour les pays en guerre, par quelle révélation flamboyante ou quels détours ombreux s'était-elle convertie à Bouddha ? Je l'imaginais enroulée dans un drap, le crâne rasé, haranguant devant la buvette des Thermes le karma des curistes en agitant des clochettes. Ça m'avait fait rire, sur le moment. Maintenant, moins.

D'un instant à l'autre, elle va revenir avec Fabienne, alors les événements s'enchaîneront. Il n'est plus temps de s'évader dans les souvenirs ; il va falloir que j'affronte la réalité de ma mort. Son intendance, ses conséquences, l'indifférence ou le chagrin qu'elle suscitera. Tant que personne n'avait constaté mon décès, le doute était permis. Maintenant que je peux contempler mon visage de face, ces yeux vides et cet air interrompu, je sais que je ne suis plus de ce monde, que la parenthèse de ma vie s'est refermée derrière une date. Qu'on me sépare de mon corps ou qu'on m'enterre avec lui dans le cercueil, je — ce « je » posthume qui tourne en rond, pensée privée d'action, privée d'écho — je n'ai plus rien à ajouter, je ne ferai que subir. Allons-y. Faites entrer la famille, livrez-moi au supplice de les entendre sans pouvoir leur parler.

Un « Quoi ? » résonne par-dessus le bruit du camion de livraison qui manœuvre pour entrer dans la cour. Un « Quoi ? » de corbeau, strident et fissuré, répété trois fois dans des modulations différentes. C'est la voix d'Alphonse. Je préfère.

Le bruit sec d'une pelle tombant sur le dallage précède une galopade jusqu'à la caravane, qui tangue brutalement tandis qu'Alphonse surgit en manquant arracher la porte. Un mètre quatre-vingt-dix, quatre-vingts ans, un corps d'athlète et un visage de Grand d'Espagne surmonté d'un béret enfoncé droit, il a reçu la Légion d'honneur à titre militaire pour avoir tué à mains nues, en 42, six soldats allemands qui gardaient un fortin dans la Tarentaise. « C'est par hasard, avait-il répondu au préfet qui le décorait, à la Libération. J'étais là, eux aussi, ça s'est fait comme ça, chacun son devoir : ç'aurait pu être moi. Et je pense aux familles. » Alphonse est l'être humain le plus merveilleux que j'aie rencontré sur terre. Le soir de son départ en retraite, il y a quinze ans, il a offert l'apéritif à tout le personnel de la quincaillerie, jusqu'à minuit, il a déballé ses cadeaux, bien content, a remercié tout le monde, et le lendemain à six heures du matin il était à son poste. Personne n'a eu le cœur de le dissuader. Il est resté notre premier vendeur, au sens de « plus ancien », mais c'est surtout le baby-sitter de la famille. Engagé par mon aïeul qu'il avait sauvé dans le Maquis, il nous a élevés, mon père, ma sœur, mon fils et moi, avec les mêmes mots, les mêmes jeux et les mêmes lectures, nous mélangeant dans sa mémoire qui ne contient rien d'autre que des Lormeau et des poèmes de son ancêtre adoptif. Bébé trouvé en 1915 sur le banc du site Lamartine *(Alphonse de, académicien français, 1790-1869 ; la municipalité reconnaissante)*, face au lac où le poète amoureux d'une poitrinaire en cure à Aix demanda au temps de suspendre son vol, les religieuses qui le recueillirent le baptisèrent Alphonse Dulac.

Il tombe à genoux contre mon corps, pose la tête sur ma poitrine pour écouter mon cœur, se redresse au bout d'un instant, se signe et, balbutiant mon prénom, m'abaisse lentement une paupière, puis l'autre, de son grand pouce tremblant. Ses larmes commencent à couler sur ses joues, slalomant au fil des rides, et il entame une litanie de « Je vous salue Marie » où, sous le choc de l'émotion, se faufilent quelques alexandrins. Ses prières me font du bien, moins par les paroles que par la musique, régulière, délassante. Instinctivement, Alphonse retrouve le rythme des berceuses qu'il me chantait autrefois. Sans lamentations inutiles, il a rassemblé ma vie dans une mélodie unique pour accompagner ce qu'il pense être ma montée au ciel. On se moque de lui, souvent, en ville. C'est le simplet local, inoffensif et pittoresque.

— Page 25, soupire-t-il tristement en regardant le roman sur lequel je me suis endormi. Est-ce que ça t'a seulement plu ?

Fabienne est entrée derrière lui, très droite, soutenue par Mlle Toussaint dont elle n'a nul besoin.

— Attention, mon petit, la marche.

— Laissez-moi.

Ma femme s'approche à pas lents de la couchette. Et elle a exactement la réaction que j'attendais. Les doigts encore crispés sur le bon de livraison des poêles Jotul, elle me dévisage, les yeux brûlants, les lèvres serrées, puis se précipite soudain, envoyant bouler Mlle Toussaint qui part se cogner dans le frigo, ramasse l'édredon sur le sol et repousse Alphonse :

— Couvrez-le, laissez-lui de l'air, enfin, ouvrez les vitres, appelez le Samu et le Dr Meylan, le numéro est à la caisse, vite !

Alphonse se rue hors de la caravane en emportant Mlle Toussaint. Il n'est pas dupe, mais si Fabienne veut me croire vivant encore un peu, il mettra tout en œuvre pour retarder la vérité dans l'agitation de l'urgence.

Je reste seul avec ma veuve. Curieusement, elle tourne le dos à ma dépouille, les doigts cramponnés au rebord de l'évier. Elle secoue la tête, trois fois, les yeux toujours secs, mordant ses lèvres qui blanchissent, fixant la toile inachevée sur le chevalet. Puis elle saisit brusquement le flacon de Paic-citron avec lequel je faisais ma petite vaisselle, les soirs où je dînais dans la caravane, se retourne et le balance sur mon corps en hurlant :

— Con !

Et je suis bien d'accord avec son oraison funèbre.

Rupture d'anévrisme, a diagnostiqué le médecin. Je n'ai pas souffert, précise-t-il en pensant rassurer l'entourage. Mais Fabienne, qui depuis les oreillons de son fils passe la moitié de ses loisirs dans le Larousse médical, lui explique aussitôt que l'éclatement d'une poche dans le cerveau signifie que j'avais de l'hypertension. Le médecin, un jeune type qui m'a acheté une toile, l'an dernier, pour égayer sa salle d'attente, a beau protester que ma tension était parfaitement normale, Fabienne a déjà embrayé sur les conséquences, lui jetant au visage d'un ton cinglant, comme si c'était de sa faute, que l'hypertension est une maladie héréditaire. Pauvre Lucien. Déjà qu'il gâche son enfance devant l'écran de ses jeux vidéo, sa mère va désormais lui sauter dessus dix fois par jour avec un tensiomètre, lui emprisonnant le bras dans la bande de velcro et gonflant sa poire, l'œil rivé sur le cadran de pression. La vision de son fils condamné dès huit ans et demi au régime sans sel décuple la rage qui, pour l'instant, lui tient lieu de chagrin, et le médecin se retire sans discuter, penaud, après avoir signé mon certificat de décès.

Dans la cour, il croise mon père qui déboule, l'air

hagard, le chandail boutonné de travers par-dessus sa veste de pyjama, un filet de café renversé sur la laine, flanqué d'Alphonse Dulac qui brandit le téléphone portable comme une flamme olympique — tiens, je suis sorti. Sans m'en rendre compte. Ma conscience a emboîté le pas au Dr Meylan et me voici dans le crachin, à hauteur d'enseigne, entre le panneau « Lormeau-Livraisons » surmontant le mur de la rue et la vieille DS de papa qui lentement s'affaisse sur ses suspensions, portière ouverte. J'ai donc quitté le voisinage de mon corps, sans effort réfléchi, pour aller au-devant de mon père — ou simplement reconduire, dans un restant de savoir-vivre, le jeune médecin qui m'a examiné avec une compassion émue. Mais je n'ai pas le temps de m'appesantir sur cet événement considérable, car mon père et Alphonse ramènent aussitôt ma vision dans la caravane où ils s'engouffrent.

— Jacky ! hurle papa qui ne m'a pas appelé comme ça depuis vingt ans.

Et il s'abat sur mon corps, en travers de la couchette.

— Touchez à rien, monsieur Louis ! s'épouvante Alphonse. Pour les empreintes. Les gendarmes arrivent, je les ai prévenus dès que la Toussaint m'a eu dit, quel malheur, quelle misère, madame Fabienne ! Le salaud qui a fait ça, croix de bois croix de fer, que je le trouve et j'y arrache la tête.

Je comprends l'attitude d'Alphonse. Après avoir entretenu Fabienne dans l'illusion qu'on pouvait encore me sauver, il met un point d'honneur à transformer mon décès en crime de rôdeur pour alléger son deuil, détourner son chagrin vers la recherche d'un coupable.

— C'est une rupture d'anévrisme, laisse tomber Fabienne d'une voix qui sonne faux, comme à côté de ses mots.

— C'est ce qu'ils disent, réplique Alphonse avec un air entendu.

Et il cherche autour de lui, fébrile, une trace d'effraction, un indice quelconque. Lorsque ses yeux tombent sur le mouchoir jetable imprégné de mes amours couvertes, il comprend aussitôt la situation, et met le pied dessus.

— Réponds-moi, Jacky, réponds-moi, sanglote mon père en me secouant.

— Il ne peut pas, plaide Alphonse avec toute la gentillesse du monde, une main sur l'épaule de papa. C'est une belle mort, allez. Il ne pourra pas dire.

Tu as raison, Alphonse. C'est la plus jolie épitaphe qu'on pouvait me trouver. Je ne me plains de rien, je ne regrette que la peine que je vous cause, et tu viens de m'ôter, par ta semelle de crêpe dissimulant ma nuit de plaisir, la principale angoisse qui me gâchait la mort. Qu'on puisse penser que j'ai rendu l'âme en faisant l'amour à Naïla, et qu'on l'en accuse, me serait insupportable.

Une douceur inconnue dissout mon inquiétude dans l'atmosphère de la caravane, redevenue soudain paisible et comme réconciliée avec les événements. Quelqu'un gouverne-t-il l'ironie, les faux hasards, les clins d'œil du destin ? C'est Alphonse qui m'a donné mes premiers biberons, fait faire mes premiers pas, offert ma première boîte de peinture. C'est lui qui a guidé mon départ dans la vie, tandis que papa, qui avait tellement voulu avoir un garçon, se traitait d'assassin en se projetant inlassablement les images de maman en super-huit. Et c'est Alphonse, aujourd'hui, qui protège mes débuts dans l'au-delà, en se baissant prestement pour ramasser la boule de papier, comme si elle venait de tomber de sa poche où il l'enfouit aussitôt. Puis il redécouvre au bout de son bras le téléphone portable.

— Oh, pardon ! C'est Brigitte.

Fabienne prend l'appareil, lance un allô d'outre-tombe, confirme que je suis décédé à ma sœur qui est en concert à Bar-le-Duc, et abrège l'entretien en prétextant l'arrivée des gendarmes.

Coup d'ongle au képi, condoléances, calepin, questions, réponses. Sans intérêt : je sais déjà tout ce qu'ils demandent. Le plus jeune, sans doute un appelé du contingent, taches de rousseur et points noirs, vomit sur mes genoux, à travers ses doigts plaqués trop tard en écran devant sa bouche (« Excusez-le, madame Lormeau, c'est le premier cadavre qu'il voit »), ce qui abrège l'enquête et classe l'affaire. Cause naturelle : on peut disposer du corps.

J'ai une absence. Une sorte de trou noir qui me paraît n'avoir duré qu'une seconde, mais les gendarmes ne sont plus là. J'ai manqué leur sortie. Où étais-je, que s'est-il passé ? J'ai peur, soudain. Cette interruption de ma conscience me glace, au moment où je commençais à m'acclimater, à me sentir bien sans ma peau. L'état immatériel devenait comme une seconde nature ; les effets du décalage s'estompaient dans une impression d'éternité, et voilà que tout est remis en question. Deux, trois ou cinq minutes se sont effacées, n'ont pas eu lieu pour moi, alors que je me croyais repris par le mouvement des vivants, que j'étais sorti de ces déviations dans le souvenir pour suivre ma route au présent, parmi eux, en temps réel. Si ce sont les premiers ratés avant la panne, je préférerais que ma pensée s'arrête tout de suite. Mon Dieu, maman, grand-père, si vous m'entendez, ne me laissez pas m'éteindre comme ça. Je veux garder ma lucidité. C'est tout ce qui me reste.

On m'a retiré mon livre, nettoyé les genoux, enveloppé dans la couverture, emporté. J'aurais bien aimé rester dans la caravane, mais je me sens obligé de suivre ma dépouille, à la manière d'un chien fidèle. Vais-je me laisser mourir pour de bon, âme et conscience, dans quelques jours, sur le marbre de notre caveau de famille, ainsi que l'avait fait le labrador de maman qui, lui non plus, n'avait pas voulu de moi ?

— Doucement, ne le cognez pas ! s'alarme Alphonse au passage de la porte vitrée marquée « sortie de secours », qui donne sur l'arrière de la quincaillerie, rayon piscine et accessoires.

Maintenant que je suis rassuré pour l'avenir de Naïla, je voudrais être près d'elle quand elle apprendra la nouvelle. Me laver dans ses larmes. La douleur sèche de Fabienne me fait mal, ses pensées me salissent. Je sais trop bien ce que signifie ma mort, avant tout, pour ma femme. La succession est ouverte — comme on dit de la chasse.

— Et il lisait *Graziella*, se désole Alphonse en brandissant mon livre d'un air coupable, avant de préciser, comme personne ne renchérit : Le roman de Lamartine !

— Et alors ? dit Fabienne avec impatience, en faisant signe aux vendeurs de retenir les clients à l'avant du magasin.

— J'y avais offert.

— Ce n'est pas ça qui l'a tué, lâche-t-elle sèchement, tandis qu'elle rattrape l'épurateur de chlore que mes pieds ont percuté.

— Il n'aura pas su la fin, soupire Alphonse en enfouissant le roman dans sa poche, tristement, pardessus mes préservatifs.

Pense à moi, Naïla. Pense à moi vivant. Essaie de m'attirer auprès de toi. Je n'ai plus rien à faire ici, pour l'instant. Je ne veux pas voir ce qui va suivre.

Mais aucune des images, aucun des souvenirs où je tente de te retrouver ne réussit à prendre corps. Mon esprit souffle des bulles qui éclatent au moment de s'y réfugier. En vain je me raconte notre histoire. On dirait qu'elle ne m'appartient plus, ou que je n'y ai pas droit. C'est trop tôt pour les moments de bonheur. Il faut que je respecte mon deuil.

— « *Qui m'en a détaché ?* me demande Alphonse pour accompagner ma montée de l'escalier, tête en bas. *Qui suis-je et que dois-je être ? Je meurs et ne sais pas ce que c'est que de naître...* »

— Fous-lui la paix, grogne le responsable des stocks, qui me tient par les chevilles.

Docile, le vieux continue le poème à voix inaudible. C'est *L'Immortalité*, si je ne m'abuse.

Toi qu'en vain j'interroge, esprit, hôte inconnu,
Avant de m'animer, quel ciel habitais-tu ?...

Étonné, je me rends compte que je lis sur ses lèvres, ou que je sais par cœur ces vers de mon enfance que je croyais perdus, ringards, obscurs. Évidemment, maintenant, je me sens concerné...

Pour quel nouveau pays quitteras-tu la terre ?
As-tu tout oublié ? Par-delà le tombeau
Vas-tu renaître encore dans un oubli nouveau ?
Vas-tu recommencer une semblable vie ?...

Ils sont deux, la mine austère et compassée, le geste expert, le verbe rare. Ils m'examinent avec des airs d'huissiers. Ils échangent des chiffres, des formules bizarres, des noms pharmaceutiques, se concertent, se contredisent et puis s'accordent.

Une petite valise s'ouvre où s'alignent des flacons, des seringues et des tubes.

Fabienne quitte la pièce en refermant la porte dans son dos.

Ces messieurs de chez Bugnard, avenue des Bains, se dégourdissent les doigts, font craquer les jointures, et entament les travaux.

Place à l'art funéraire.

Sans vouloir dramatiser, la toilette du mort est un spectacle qui rend modeste. J'ai détourné les yeux — si je puis m'exprimer ainsi — pendant que les Bugnard brothers m'administraient le petit traitement maison, piqûres et maquillage, destiné à me redonner une fraîcheur présentable. Je suis tout à fait rassuré sur mon absence de tout à l'heure. Lorsqu'un événement autour de moi me contrarie, j'ai la faculté de m'abstraire, ressource appréciable dont je crois avoir découvert le mode d'emploi. Il me suffit de penser très fort à l'un des souvenirs auxquels j'ai accès, pour ne plus être témoin de ce qu'on fait subir à mon corps. Lorsque l'appelé du contingent a gerbé sur mes genoux, pendant l'enquête de gendarmerie, j'ai été surpris et je n'ai pensé à rien, d'où l'impression d'un trou noir. Cette fois, prudent, commençant à avoir une certaine expérience dans le sauvetage de l'escargot, j'y retourne et m'y cantonne, en attendant qu'on ait fini de m'enjoliver. Escargot, tondeuse ou kayak : mes moyens d'évasion présentent un choix assez restreint, pour l'instant, mais j'espère qu'avec le temps, je pourrai varier le menu.

Ne rien brusquer, avancer lentement dans mon apprentissage, me familiariser avec les pouvoirs dont je dispose, progresser en douceur, faire des gammes...

J'ai atterri dans le jardin de la maison du Pierret, mais les hortensias sont nus, le grand noyer du voisin a disparu ; ce n'est plus la même saison ni la même année. Mes grands-parents sont retournés vivre dans le Midi, ma sœur s'est mariée, la maison est devenue trop grande pour deux ; mon père la met en vente. Le type jure qu'il n'y touchera pas, qu'il l'habitera sans travaux, qu'elle lui plaît comme ça, décrépie, mangée au lierre, affaissée, mal chauffée... « Le cachet », répète-t-il toutes les trois phrases, d'un ton définitif. Papa lui serre la main. Je pleure en respirant les pièces, l'une après l'autre, j'allume les lumières une dernière fois pour les éteindre, je referme chaque porte avec un signe de croix, pour dire adieu à l'enfance, remercier les murs et demander pardon. Le type me voit. Il sourit. Il promet : tout restera en l'état. Six mois plus tard la maison est rasée, le jardin n'est plus qu'une parcelle numérotée sur un plan.

J'ai toujours gardé en moi l'humidité silencieuse de la grande bâtisse, ses recoins, ses couleurs, ses odeurs de vieille pomme et de feux éteints. Et toutes ces sensations dispersées dans la mémoire se réunissent à présent pour reconstruire la maison, me rendre ce qu'elle m'avait inspiré — ce sont les *émotions* qu'habitent les morts ; rien ne m'autorise encore à parler au pluriel, je le sais bien, mais cette découverte qui se confirme de souvenir en souvenir est un bonheur que je voudrais tant partager...

Lorsque je suis de retour, j'ai du mal à me reconnaître. Engoncé, cravaté, pimpant, rose à joues et soupçon de rimmel, mon cadavre évoque un notaire cuvant sa cuite après une nuit passée dans un cabaret de travelos. Les auteurs de la métamorphose rangent leur matériel avec une lenteur satisfaite.

Derrière la cloison retentit la voix du représentant qui est venu soumettre le programme des réjouissances. Les feuilles du catalogue tournent et les avis divergent sur le satin du capiton, la forme des poignées, la nature du bois. Pour monsieur qui était un homme de goût, le chêne verni s'impose. Notre modèle Versailles, avec ses poignées cuivre ou laiton, son intérieur soie gaufrée de série et son doublage en plomb, garanti à vie. Mon père, dans un accès de violence inattendu, vire le metteur en bière, beuglant que je logerai dans le pin stratifié taille unique vendu par les centres Leclerc, et voilà, toujours assez bon pour donner aux vers, sale profiteur, qu'est-ce que ça veut dire « garanti à vie », foutez-vous-le au cul, votre doublage en plomb, et laissez mon fils tranquille, où qu'il soit ; ce n'est pas vous qui allez me le rendre ! Fabienne essaie de calmer papa, va l'asseoir à la cuisine, rattrape dans l'escalier le représentant qui roule des yeux terrifiés de cinéma muet, lui demande de comprendre la douleur qui s'égare, et négocie un Trianon sans plomb au tarif collectivités — accident d'avion, incendie, naufrage.

Curieusement, la détresse de mon père m'a rempli d'allégresse, et je me sens plus proche de lui, peut-être, que je ne l'ai été depuis dix ans. Je voudrais lui dire merci pour cette explosion de colère, merci pour

Leclerc et la garantie à vie, lui dire qu'à sa place je n'aurais pas réagi différemment, que je l'aime comme il est et qu'il mérite de me survivre. Quelle infirmité de ne plus pouvoir communiquer. J'aimerais tant parler à papa, à Alphonse, à ma sœur qui doit traverser les Vosges sur sa moto, en ce moment même, vers notre dernier rendez-vous... Dans un élan d'optimisme, je me dis que ce n'est qu'une question de temps : pour l'instant la douleur qu'ils éprouvent les empêche de m'entendre ; leur deuil est trop frais, le désespoir est mauvais conducteur et mes tentatives d'émission brouillées par les larmes ambiantes. Quand ils se seront habitués à ma mort, je pense qu'ils pourront me capter. Quand, privés de mon corps figé dans son ultime apparence terrestre, ce notaire mutin qui sourit en coin, ils devront faire un effort pour me visualiser, me remettre en scène dans leur mémoire et leur imaginaire, alors je parviendrai à renouer le contact. Dès que la terre se sera refermée sur moi, je renaîtrai en eux. J'espère.

D'ici là, détendons-nous, observons-les, ne perdons rien. Le sommeil m'a déjà privé de mon agonie, essayons de ne pas rater la suite. C'est drôle, cette impression qu'il est nécessaire que j'arrive *complet* au rendez-vous qui m'attend, quelque part, dans cet au-delà où pour l'heure on me laisse faire antichambre. Avec ma vie en ordre, mes souvenirs en état de marche, révisés, présentant bien. Mes actes et leurs conséquences, les traces que j'ai laissées. Je me trouve probablement dans une sorte de vestiaire, où il faut déposer ses affaires, se laver, se changer pour se préparer à jouer une partie décisive... Mais c'est agaçant de ne pas savoir ce qu'on attend de moi. Peut-être qu'on n'attend rien. Peut-être qu'on m'a oublié au vestiaire.

Quoi qu'il en soit, dorénavant dénué de réalité physique, je ne pèse plus que le poids des pensées que je suscite chez les autres. Et leur influence sur mon humeur est étonnante. Ainsi la violence hargneuse de mon père m'a rendu tout joyeux, tandis que la manière dont Fabienne m'a obtenu un cercueil à prix coûtant me navre et m'ampute d'un désarroi de sa part auquel, me semble-t-il, j'ai quand même droit. J'aurais aimé que ma mort l'abatte un peu. La prenne au dépourvu. Mais elle s'est toujours adaptée plus vite que les autres, elle a toujours devancé l'événement. Dix jours avant notre mariage, nos cartes de visite sortaient de chez l'imprimeur.

Tandis qu'on faisait ma toilette, elle a commencé à donner ses coups de téléphone. Elle a prévenu Me Sonnaz, la banque, l'assureur, la mairie, le traiteur, l'église et le rédacteur en chef du *Dauphiné libéré.* Elle a trouvé le ton, à présent ; son affliction contenue sonne juste. Au spectacle de son énergie à l'œuvre, je découvre, en même temps qu'elle, tous les débouchés qu'elle explore, je la vois s'affirmer, prendre le pli, s'affermir à chaque pas effectué dans cet avenir imprévu qui s'offre à elle, et j'ai le sentiment — qu'elle n'ose sans doute pas se formuler encore — d'avoir fait enfin quelque chose d'utile en mourant. J'exprime cela sans amertume, au contraire ; je suis content pour elle et plutôt bien où je suis. Nous avons trouvé des rôles à nos mesures, des emplois qui nous conviennent : j'avais le profil d'un *has been ;* elle a celui d'un ayant droit.

Déjà elle a sorti les procurations, les documents d'état civil, entrepris de trier mes papiers. Et voilà qu'elle tombe sur la cassette. La cassette étiquetée « papa ». Non, Fabienne, s'il te plaît, ne te méprends pas... Remets-la dans le tiroir, ou jette-la, écoute-la : tu verras bien... Mais ne va pas la lui donner, je t'en supplie...

Son visage s'est creusé. Je devine la grande question qui germe. Elle quitte vivement la pièce, rejoint mon père dans la cuisine. Il est assis devant la machine à laver et regarde le linge tourner derrière le hublot. Dans le flot du rinçage s'enroulent mes chemises, mes chaussettes, mon pantalon de jogging aux taches de peinture indélébiles.

Fabienne lui tend la cassette, sans un mot. Papa s'arrache à la contemplation de ma dernière lessive. En voyant le nom sur l'étiquette, il s'affaisse un peu plus sur sa chaise. Quel imbécile j'étais d'avoir conservé cette cassette. On devrait toujours prévoir, ne rien laisser traîner, jeter l'indésirable comme si l'on allait mourir demain. Fabienne se tient debout, immobile dans l'instant de silence qui sépare la vidange de l'essorage, avec l'attitude du messager conscient de l'importance de la mission qu'il vient d'accomplir, sans en connaître le sens.

Les doigts de mon père tremblent sur la cassette. S'agit-il de mes dernières paroles, d'une confession, d'un pardon que j'implore à titre posthume, jetant brusquement des doutes sur ma mort « naturelle » ? Je lis l'interrogation dans leur regard. Fabienne amorce un geste vers le placard au-dessus du congélateur où elle conserve les graines empoisonnées pour les souris du grenier. Mais, d'un commun accord, ils repoussent l'hypothèse. Ça ne me ressemblait pas. Quelle raison aurais-je eue d'interrompre une vie qu'ils estimaient consacrée à mon confort personnel ?

— Il était heureux, non ? dit papa comme un reproche.

Le fracas de l'essorage lui répond soudain. J'aimerais qu'on prête à mon esprit ce genre de manifestation, de « signe », cette ironie complice de fantôme au foyer. Cela viendra peut-être. Avec sa logique habituelle, sur un ton qui se voudrait rassurant et qui est surtout chargé de rancœur, Fabienne laisse tomber :

— S'il s'était suicidé, il aurait d'abord terminé son tableau.

Mon père hoche la tête, se rangeant à l'argument avec une facilité qui me désole — on fait vraiment peu de cas de mes états d'âme ; on ne me laisse même pas le droit à l'incohérence, à la désillusion longtemps refoulée qui soudain déborde à l'improviste. Je n'aurai été un mystère pour personne. C'est une solitude que je n'imaginais pas.

Les paroles de Fabienne ont fait resurgir l'esquisse de Naïla, sur le chevalet de la caravane. Son corps nu sortant de l'eau sur une plage, vu à travers une vitre sans murs. Le tableau se serait appelé *La Fenêtre oubliée*. Que va-t-il devenir ? J'ignore si ma veuve exécutera mes dernières volontés qu'elle découvrira à la lecture du testament. Et je ne sais plus si je le souhaite. L'image de Naïla recevant son portrait inachevé en cadeau de départ ne m'enchante plus guère. La vision brouillonne, fragmentaire que je donne d'elle-même risque de déteindre sur les souvenirs qu'elle a de moi, sur la qualité des sentiments qu'elle me prêtait. Moi qui voulais tellement la comprendre, comme je le lui répétais sans cesse, et qui n'ai même pas été capable de la finir...

Mon père regarde la cassette sous un jour différent. Ce n'est plus l'aveu d'un désespoir improbable, c'est le symbole du silence qui s'était installé entre nous, ces dernières années. Son index effleure la poussière de l'étiquette. Je devine le cheminement de sa pensée : j'avais enregistré un jour des paroles que je n'avais pas le courage de lui dire en face, et je les avais oubliées dans un tiroir, voilà. Le pauvre. Quand il saura...

Sur le seuil de la cuisine apparaissent mes deux maquilleurs, avec l'air navré du devoir accompli. La façon pieuse dont ils abaissent les paupières signifie que je suis prêt.

Papa se lève de sa chaise en prenant appui sur la machine à laver, regarde encore une fois la cassette et la glisse dans sa poche, pour plus tard.

Je gis, les pieds en flèche, le teint ciré, les doigts croisés sur le nombril, dans le costume gris foncé que je portais le jour de mon mariage. Le demi-sourire rassurant que j'affiche, destiné aux tiers, vient de chez Bugnard, la grande maison de prêt-à-prier de l'avenue des Bains. Entouré de roses blanches et de bougies vacillantes, les volets tirés sur le parfum sucré de la mort apprivoisée, j'attends le public.

On a installé ma petite chapelle ardente dans la chambre d'ami, débarrassée pour l'occasion du cheval à bascule, du landau, du parc à jeux et autres accessoires révolus de notre fils que Fabienne avait entreposés là jadis, dans l'attente d'un second enfant, comme nous n'avions pas d'amis.

La fenêtre aux persiennes lie-de-vin baigne dans le néon intermittent du magasin Top-Sport, où j'achetais naguère mes maillots de bain, mes bottes de cheval et mes chaussures de ski. Nous sommes fâchés depuis septembre, justement à cause de ce néon que Fabienne accuse de faire clignoter le nôtre par un effet de parasitage, et les Top-Sport n'assisteront sans doute pas à ma veillée funèbre. C'est dommage. Nous avions des souvenirs.

Les pas s'approchent, la porte s'ouvre, Alphonse entre le premier, repousse le battant, et vient s'agenouiller prestement sur la descente de lit.

— Je suis allé la prévenir, chuchote-t-il à toute vitesse dans le creux de mon oreille. Elle a pleuré toutes les larmes de son corps, j'étais content pour toi. C'est beau d'être aimé, seulement il faut mourir pour s'en rendre compte : regarde Julie, avec Lamartine. Si elle était restée de ce monde, ils seraient venus s'asseoir sur le banc du lac, tous les deux, comme deux vieux, et il n'aurait pas écrit sur elle. Je lui ai dit qu'elle ne s'inquiète pas, pour ce que tu sais : personne n'y a vu, c'est dans ma poche. Elle ne peut pas venir, à cause du respect à ta famille, mais elle m'a dit de t'embrasser et d'ouvrir ta fenêtre, par rapport à sa religion : il paraît que ton âme pourra mieux s'en aller, comme ça... Ainsi soit-il, enchaîne-t-il plus haut, à l'entrée de Fabienne.

Et, avant de se lever, il dépose sur mon front un baiser qui fait frissonner la scène. Déformée par mon émotion, la chambre se tord, les bougies se renversent.

— Mais vous êtes fou ? s'écrie Fabienne. Il fait moins trois ! Fermez cette fenêtre !

Je marchais sur le trottoir quand je l'ai aperçue, entre une affiche du Brésil et le programme d'une croisière. Téléphone coincé sous la joue, elle se déplaçait sur sa chaise à roulettes, rapportait une brochure, la tendait à la personne assise en face d'elle, parlait en désignant les photos et je n'entendais rien. Le feu rouge bloquait les voitures au coin de l'avenue, dans mon dos, j'étais figé devant la vitrine et je la regardais, une baguette sous le bras. Dans la lumière d'aquarium où elle glissait, du téléphone au client, elle avait l'air à la fois précise et lointaine, détachée, irréelle. Je ne sais ce qui donnait cette impression. Peut-être ce calme sur son visage qui ne correspondait pas aux mouvements qu'elle enchaînait, rapide, à l'enthousiasme apparent de son discours, à ses lèvres qui souriaient à la fin de chaque phrase en ne modifiant rien dans son regard sans joie. Cette fixité mobile me fascinait ; je contemplais la mèche frisée qui s'échappait de son chignon lisse, cet air de mélancolie dans ses yeux qui ne me voyaient pas. Une émotion serrait ma gorge, mes doigts se refermaient sur le pinceau absent avec lequel j'aurais aimé voler cet instant de silence au milieu des reflets, cette bulle de sérénité bizarre ; l'image d'une adolescente venue d'ailleurs qui vendait du rêve exotique avec toute la tristesse du monde.

Soudain le feu est passé au vert et les voitures ont roulé sur la vitrine, klaxonnant ; j'ai fait un saut de côté comme si j'étais au milieu de la rue.

Le lendemain je suis repassé, le surlendemain encore. Je l'observais, le nez collé au verre, avec l'air de m'intéresser au Brésil, et toute la journée je promenais son visage avec moi, j'essayais de rendre sur la toile le mouvement de ses seins dans le chemisier blanc quand elle se déplaçait en ligne, et ce geste pour remettre à la sauvette la mèche rebelle dans son chignon sage. Mes esquisses ne valaient rien, mais son sourire de commande habitait mes yeux dès que je les fermais. Je souriais moi aussi, au-dessus de mon assiette, et Fabienne me demandait : « Qu'est-ce qu'il y a ? » Je répondais : « Rien », et je replongeais dans mon potage où une chaise à roulettes glissait entre les pâtes.

Le jour où je me suis enfin décidé à pousser la porte, j'ai vu dans ses yeux une lueur d'amusement qui m'a refroidi. J'avais été repéré.

— Bonjour. Vous désirez aller au Brésil ? m'a-t-elle demandé en montrant l'affiche de la vitrine.

Sa voix était douce, beaucoup plus délurée que je ne l'avais imaginé. « Brésil » s'était achevé dans le sourire habituel, son sourire agence-Havas, et j'ai répondu oui. Elle a hoché la tête, pensivement, elle a joint ses doigts sous son menton, puis elle les a détachés avec un soupir fataliste en me désignant la plante verte à sa gauche.

— Il faudrait que vous voyiez avec ma collègue, c'est elle qui traite l'international.

Le Brésil a disparu de la surface de la terre, et j'ai vu la grosse rousse qui m'attendait avec un air gourmand, sous une feuille de ficus.

— Désolée, a murmuré Naïla en rentrant son sourire.

Et je me suis retrouvé devant la replète écarlate qui me bombardait goulûment de questions auxquelles je répondais au hasard, sans comprendre. Quand je me suis ressaisi, j'ai vu qu'elle épluchait son catalogue, le front barré d'un pli soucieux.

— Je ne pense pas que vous ayez droit au tarif G sur le vol du dimanche pour Rio. Je vérifie au cas où, chez Rêv'Tour, mais *a priori*, ça me paraît exclu...

J'étais déjà moins appétissant, dans son regard. Du coup je me suis mis à lui poser tous les problèmes possibles, à répondre non à toutes ses suggestions, à discuter les prix, disséquer les forfaits, exiger des escales absurdes, demander la lune et contester ses compétences. Quand il est devenu évident que nous ne pouvions pas avoir le même Brésil, et qu'elle était à deux doigts de m'envoyer son catalogue Rêv'Tour automne-hiver à la tête, j'ai consulté ma montre et j'ai dit que je repasserais demain.

Je suis sorti en regardant Naïla, et elle m'a suivi des yeux avec un air complice qui ne m'a pas quitté pendant vingt-quatre heures.

En entrant dans l'agence, le lendemain, je suis allé droit au ficus, m'asseoir devant la rousse qui ne souriait pas. Elle m'a annoncé avec des trémolos d'importance qu'à titre tout à fait exceptionnel, le tour opérateur consentait à m'accorder le tarif G le dimanche, si ensuite je ne touchais plus à *rien* dans le déroulement du circuit jusqu'à mon retour. J'ai répondu que j'avais réfléchi, pour le Brésil, et que finalement je préférais la Corrèze. Elle a refermé son catalogue d'un coup sec.

— Naïla, tu t'occupes du monsieur.

Et elle est allée ranger le carnaval de Rio en marmonnant des anathèmes contre les ploucs et les beurettes.

J'ai pris l'habitude de venir un jour sur deux, à l'heure du déjeuner, quand Naïla assurait la permanence avec son sandwich. Je lui ai fait la cour à travers l'Hexagone ; elle m'a emmené de Brive-la-Gaillarde à Mont-de-Marsan, du Maine-et-Loire à la Camargue, des tranchées de Verdun aux gorges du Tarn. Nous pique-niquions dans les étapes gastronomiques, prenions les autorails au vol, choisissions les gîtes ruraux sur photos. Notre carte du Tendre se dessinait de routes des vins en itinéraires bis, de monuments classés en villages typiques... Des horaires de départ en guise de rendez-vous, des formules tout-compris tenant lieu de promesses, des excursions si bien décrites qu'elles nous devenaient des souvenirs communs. Je traversais dans sa voix la mer de Glace, plongeais dans la calanque de Port-Miou, descendais le canal du Rhône au Rhin, m'emmêlais dans les correspondances SNCF et les passages d'écluses pour qu'elle vienne à mon secours, souffrant un peu qu'elle devine les propositions que je n'osais lui faire, lorsque je lui demandais si les moustiques étaient moins virulents dans le Marais poitevin qu'aux Saintes-Maries-de-la-Mer.

Moi qui, avant d'être marié, changeais de fille tous les deux ou trois mois, j'étais paralysé de timidité devant cette gamine qui regardait mon alliance. Alors je tentais de changer de peau dans les auberges de jeunesse et les gares routières, et je repartais avec des kilos de brochures où je traquais son parfum de vanille, la nuit, dans ma caravane, finissant par m'endormir au milieu des moutons du Larzac ou des chamois du Mercantour.

Infatigable, elle me composait des vacances à la carte auxquelles je me faisais toujours un devoir de renoncer, à la dernière minute, pour la lancer sur une destination nouvelle. Touriste immobile, j'avais souscrit l'assurance annulation qui était dans mon cas le titre de transport idéal. Naïla jouait mon jeu avec une application méthodique où n'entrait, au début, qu'un tiers d'intérêt pour moi et deux tiers de jubilation intérieure en voyant, semaine après semaine, Mme Ficus jaunir de rage au retour de son déjeuner, devant les centaines de kilomètres virtuels que nous avions parcourus pour diminuer entre nous les distances.

C'est à Chalon-sur-Saône, un lundi, en transit, que je me suis jeté à l'eau. Il y avait une attente de trois heures avant la correspondance pour Lons-le-Saunier, et je lui ai demandé tout bas si elle était libre ce soir. Avec un petit haussement d'épaules désolé, elle m'a montré l'horaire des cars et m'a dit que nous n'avions pas le temps. J'ai pris cela pour une fin de non-recevoir et, vexé, j'ai fait sentir le poids de mon absence pendant trois semaines. Bloqué à l'étape, désespéré et couvant ce désespoir, j'ignorais si je souffrais parce que je ne la voyais plus ou si j'étais heureux de ne plus la voir pour souffrir d'elle, la nuit, devant ma toile où elle ne se ressemblait jamais.

— Saute-la, m'a dit Fabienne en sortant de la messe, un dimanche de pluie.

— Pardon ?

— La fille que tu as en tête. Au moins tu arrêteras de me faire la gueule, de dire pardon aux réverbères dans lesquels tu te cognes et de chanter Brassens pendant la messe.

C'était la première fois que j'étais au bord de tromper ma femme et, cela aussi, elle avait réussi à me le gâcher.

Trois jours plus tard, une carte du Mont-Saint-Michel, postée au coin de ma rue, m'attendait dans la boîte aux lettres. L'écriture penchée, bleu pâle, disait : « Il y a une nouvelle ligne directe Épinal-Châteauroux. » Lorsque j'ai poussé la porte de l'agence, elle a simplement tourné vers moi le sourire qu'elle était en train d'utiliser pour une famille à tarif kiwi, dont les problèmes de réservation étaient suspendus aux *Quatre Saisons* de Vivaldi que diffusait dans l'écouteur le standard de la SNCF. « Bonjour, monsieur. Je peux vous aider ? » J'ai répondu : « Je préférerais Clermont-Ferrand. — Ça peut se négocier. » Sous le regard plombé des kiwis, notre tour de France amoureux avait repris ses méandres.

Je m'étais fait une raison : sa religion lui interdisait probablement une liaison avec un homme marié, et de mon côté ça m'arrangeait un peu de rester platonique. Ce dont Fabienne m'avait privé, ce n'était pas du plaisir sexuel, mais de la légèreté d'un bonheur sans calculs, d'une harmonie sans attaches. L'excitation de la confiance, de l'humour partagé, l'envie d'une parenthèse où la vie me semblait encore devant moi, où le temps perdu était du temps gagné sur les concessions de l'âge adulte... Le désir que j'avais d'elle était le besoin de me retrouver.

Et puis un jeudi, en entrant, j'ai vu Naïla différente, les yeux cernés, les lèvres blanchies par la rage qu'elle serrait entre ses dents. J'ai posé une question sur les rivières de l'Ardèche. Elle m'a répondu qu'elle en avait marre de se faire engueuler par son père qui l'accusait de ne plus être vierge. Elle allait lui donner raison, si je n'y voyais pas d'inconvénient, et m'avait choisi dans cette optique. Étonnamment, cette franchise pas vraiment flatteuse pour moi avait su compenser l'invitation à l'adultère lancée par Fabienne et, dans le hangar à voiles du Club nautique, nous avions fait l'amour avec une vraie amitié qui ne s'était jamais démentie, même lorsque par la suite nous avions su nous donner du plaisir.

— Pardon, m'avait-elle murmuré en se détachant du bout des yeux.

— C'est moi, avais-je répondu, poli.

Et nous avions éclaté de rire, enroulés dans un foc, avant d'aller chercher des serviettes dans les vestiaires vidés par la fermeture de janvier.

C'était l'année dernière.

Notre histoire aurait-elle tourné court, avec le temps ? La passion et la confiance se seraient-elles usées dans la routine d'une liaison sans issue ? Aurais-je eu le courage — et l'envie — de quitter ma famille pour elle ? Aurais-je été capable de la choisir, un jour, ou de la sacrifier ?

Si quelque chose m'a tué, c'est peut-être l'indécision.

Et je constate avec amertume qu'elle me survit.

Ma bénédiction s'est bien passée. Je n'ai rien senti. Une enfilade de prières mâchonnées par un prêtre entre deux âges qui avait l'air de se demander ce qu'il faisait là. C'était la première fois qu'on se voyait. Je ne le connaissais ni de Notre-Dame ni du Pierret ; c'était peut-être un numéro vert, l'envoyé d'un réseau téléphonique du style SOS-Médecins.

J'ai honte, mais en l'entendant recommander mon âme, je pensais surtout qu'il était l'heure de l'apéritif.

Lucien est rentré de l'école, à midi, cartable au dos, le visage normal, le nez sur le jeu électronique à piles qui l'occupe durant le trajet. Visiblement, malgré le coup de téléphone de Fabienne, l'institutrice et le directeur s'étaient dispensés de jouer les faire-part. Avec mille précautions et détours incompréhensibles, Fabienne, qui l'attendait dans le vestibule, lui a expliqué, les mains posées sur ses épaules par-dessus les courroies de son cartable, qu'il était arrivé dans la maison un grand malheur qui allait faire de lui un homme. Ça l'a intéressé tout de suite.

— Papa est mort ? a-t-il lancé, les yeux ronds, l'air captivé.

Fabienne, qui s'emberlificotait dans des idées générales sur la vie, les épreuves, la croissance, s'est interrompue, désarçonnée. Je ne dirais pas « déçue », mais enfin, elle avait préparé des phrases.

— Ce n'est pas ça, a-t-elle laissé échapper, malgré elle. Enfin... si. Il est parti, si tu veux, mais sans nous quitter : il est allé rejoindre ta mémé au Paradis. Tu comprends ? Et tu dois prier très fort pour lui, parce que...

— Il est mort de quoi ? a coupé Lucien qui va toujours à l'essentiel, comme sa mère en temps normal.

— Une rupture d'ané... Comme une petite coupure, si tu veux. Il n'a pas souffert, il ne s'est pas senti partir, mon chéri. Sois courageux.

Et elle l'a pressé contre elle, étreignant son cartable. Elle pleure, enfin. Moins sur moi, je devine, que sur la menace d'hypertension qui plane sur notre fils.

— Où il est ? demande Lucien en se dégageant, très raide.

Le visage de Fabienne amorce un mouvement vers la chambre d'ami.

— Tu veux lui dire au revoir ?

Elle passe la main sur la joue de Lucien, avec un air compréhensif, un sourire qui essaie d'alléger les circonstances.

— Tu n'es pas obligé, tu sais. Si tu veux garder le souvenir des autres jours... Quand il est venu te faire la bise, hier soir, tu te rappelles ? C'est comme ça que tu dois penser à lui. Comme à un papa vivant qui sera toujours à côté de toi quand tu éteins la lumière.

Et puis la porte d'entrée s'ouvre, et Alphonse introduit ma sœur. Prise de regards entre Fabienne et Brigitte. Formation de congères immédiate.

— Viens embrasser ton père, décide ma femme d'une voix changée.

Sans même lui enlever le cartable qui ballotte dans son dos, elle pousse Lucien dans le couloir.

— Non, pas comme ça ! proteste-t-il. Laisse-moi !

Il se débat, lui échappe et court dans l'escalier, fonce vers sa chambre dont il claque la porte.

— Lucien !

Sans un regard pour ma sœur, qui pose son casque sur la console en secouant la tête d'un air accablé, Fabienne grimpe les marches quatre à quatre et s'arrête devant le battant décoré de tortues Ninja.

— Lucien ! Réponds-moi, mon chéri !

Elle se mord un ongle. Hésite. Tape à la porte. Elle entre. Les dents serrées, le menton en avant, Lucien est en slip, torse nu. Son jean et son pull jetés en boule à côté de son cartable, il décroche de son placard le costume bleu rayé façon Wall Street qu'il m'avait demandé pour Noël, et tourne un regard de défi vers sa mère qui, les yeux baissés, referme lentement la porte.

L'après-midi est consacré aux démarches administratives, aux dispositions les plus urgentes. Clore mon compte, régulariser ma situation fiscale. Présenter les procurations, informer, certifier, interrompre, enclencher, mettre à jour... À la fermeture des bureaux, on s'occupera de mon âme.

Je n'ai pas vu le temps passer.

Il m'a semblé un moment qu'un tunnel de lumière s'ouvrait devant moi, débouchait sur une plage dans une harmonie de couleurs changeantes... Mais ce n'était que l'intention de mon tableau interrompu ; une sorte d'élan issu de mon dernier rêve, qui revenait m'obséder pour rien, pendant que les retombées concrètes de mon décès détournaient les vivants de mon souvenir.

Toutes les tonalités, tous les contrastes envisagés se reformaient autour de moi ; des perspectives se dessinaient, des profondeurs se creusaient, se refermaient, se diluaient dans l'impossibilité de les fixer désormais dans la matière. La présence de Naïla, son esquisse en clair-obscur, n'était plus qu'une construction géométrique dont la finalité m'échappait. Qu'avais-je voulu dire avec ce tableau ? Existait-il davantage par tout ce qu'il aurait pu être que par les traits auxquels je l'avais réduit sur la toile ?

Entre les murs bleus de la chambre d'ami et les teintes solaires de *La Fenêtre oubliée,* j'ai entendu clairement une voix me répondre, à plusieurs reprises, mais c'était la mienne. Je me disais : « Blanc d'argent, jaune de Naples, terre de Sienne... » ; je me répétais l'ordre des couleurs sur la palette de Vincent van Gogh, au temps des *Mangeurs de pommes de terre,* cette distribution que j'avais adoptée dans un esprit d'admiration superstitieuse, et je la récitais comme une incantation, comme un sésame ouvre-toi qui m'aurait entrebâillé les portes du Paradis, « cobalt, noir d'ivoire, vermillon... » — paroles magiques qui n'avaient jamais donné sous mon pinceau que des lumières sans vie.

Rassemblés pour mon exposition, assis autour du lit sur des pliants qu'on a montés du rayon jardinage, il y a ma famille au grand complet, quatre fauteuils, Alphonse qui a posé sur la table de chevet mon roman d'hier soir, avec un marque-page pour donner de l'espoir, Odile notre caissière et son mari Jean-Mi, le célèbre pâtissier-chocolatier de l'avenue Daniel-Rops, et enfin Mlle Toussaint qui, estimant qu'avoir découvert mon corps lui donnait des droits sur moi, a disposé le public par ordre de chagrin, préparé le café, allumé les bougies et renoué ma cravate. On dirait que c'est elle qui reçoit. Le tic-tic de ses aiguilles à tricoter accompagne le mouvement sourd du balancier de l'horloge. Ma veillée funèbre dure depuis une heure et demie, et les quelques larmes qui brillent encore sont dues à des bâillements.

— Comme il a l'air en paix, répète Odile pour la cinquième ou sixième fois.

Comme si j'avais jamais eu l'air en guerre. Les gens ont vraiment la mémoire courte et la phrase de rigueur, dès qu'on n'est plus là pour se défendre. Mais Odile a ses raisons. Un long visage terne, le dos voûté, les omoplates saillant comme deux ailes atrophiées qui tressautent quand elle pleure, elle me voue en secret une passion sans espoir depuis nos quatorze ans. Sans jamais afficher le moindre dépit ni la moindre rancune, elle m'a vu sortir avec toutes ses copines de lycée — qui, perfides, l'employaient comme chaperon avant de la renvoyer dans ses foyers quand elles m'avaient cédé —, épouser une Miss tandis que je lui donnais en mariage mon copain Jean-Mi, qui avait besoin d'une âme dévouée après son accident de ski nautique, et enfin lui demander, sans l'ombre d'une gêne et croyant lui faire plaisir, d'être la marraine de mon fils. À cause de moi, depuis vingt ans, Odile se consume en me faisant bonne figure — mais qu'y puis-je ? Ce soir, dans ses yeux humides, je repose, enfin, et c'est elle qui est en paix.

Lucien s'est avancé, très digne, les mains dans le dos, serré dans son costume rayé trop sérieux pour son âge. Il se penche vers mon front, lentement, y dépose un baiser protocolaire et se redresse en regardant l'assistance, pour bien montrer qu'il ne pleure pas. J'ignore quel est son état intérieur, le niveau de la nappe phréatique, mais ses efforts pour garder les yeux secs, afficher un courage viril de petit chef de famille me bouleversent. Avant de me tourner le dos, il m'adresse un signe de croix, poliment, comme ont fait les autres, me ravalant au rang d'objet nouveau dont on respecte le mode d'emploi, et il va se rasseoir, très droit sur son pliant vert, entre sa mère et sa tante, pour me regarder sans me voir.

Comme je regrette d'être passé à côté de ce petit garçon qui me ressemblait si peu. Un jour où je reprochais à Fabienne de l'entretenir dans son sérieux, elle m'a répondu qu'il était comme ça à cause de moi, parce que je ne lui avais jamais accordé le droit d'être enfant à ma place, de me reproduire, de me remplacer. Si j'avais tenu mon rôle de père avec rigueur, sans m'obstiner dans des puérilités hors d'âge, il aurait pu être un gamin normal, au lieu de ce petit vieux de huit ans, premier de sa classe, quincaillier en herbe le mercredi et replié, le reste du temps, sur son ordinateur et ses consoles vidéo, pour ne pas me déranger, ne pas empiéter sur mes terrains de jeu.

Début décembre, l'an dernier, il avait rangé sa chambre, en prévision du « Mac » qu'il avait demandé au Père Noël. Pour faire de la place, il avait déposé ses peluches dans le vestibule, sur les sacs de vêtements démodés que Fabienne destinait aux sans-abri, et il était allé garer sur les étagères de ma bibliothèque les petites voitures que je lui offrais, depuis sa naissance. J'avais eu les larmes aux yeux en découvrant, soigneusement alignées à côté de ma collection de locomotives, les Dinky Toys et les Solido qui, pour moi, retraçaient son enfance bien mieux que des photos. Fabienne avait raison. Maintenant Lucien va porter en terre ce grand môme attardé que, pour sacrifier aux usages, il avait appelé papa. Une fois dissipé le chagrin convenu, il pourra me reconstruire à son goût, dans son souvenir. Me reviennent avec une précision parfaite ses réflexions lancées à table, parfois, l'air de rien, au milieu d'un silence, sur le ton de l'information anodine : « Les parents d'Alain Nollard ont divorcé » ou « Amélie Révillon a perdu son père. » Je ne dirais pas qu'il y avait de l'envie, dans ses yeux, mais les renseignements qu'il donnait et la manière dont il les développait (« Alain travaille mieux que moi, maintenant qu'il a deux chambres », « Amélie, au moins, on l'a dispensée de gym ») pouvaient passer pour des exemples à suivre.

Je pense que mon égoïsme a culminé dans la paternité. Par-dessous les litanies qui s'entrecroisent à voix basse, le chapelet d'Odile, les alexandrins d'Alphonse, les soupirs de Brigitte et le tricot de Mlle Toussaint, j'entends se faufiler la musique foraine du Luna Park où j'entraînais Lucien, à chaque bulletin scolaire. Sa récompense. Nous « sortions en hommes », comme je disais. De bonne foi, je voulais partager avec lui, retrouver dans ses yeux le bonheur des manèges que ma sœur m'avait fait découvrir à son âge. Il traînait les pieds, tenant son bâton de barbe-à-papa comme une laisse sans chien, ignorait les stands de tir, bâillait dans la maison hantée, levait les yeux au ciel, consterné, quand des gamins hilares le percutaient avec leur auto tamponneuse, et regardait les toits de la ville tandis que s'élevaient autour de lui les hurlements de plaisir maso dans les montagnes russes.

Nous rentrions à la nuit, moi rayonnant et lui satisfait du devoir accompli, et quand Fabienne demandait : « Il s'est bien amusé ? », Lucien répondait oui.

Ces visions foraines s'enchaînent dans un rythme harmonieux, qui n'est plus du tout celui des premières scènes où ma mémoire me ballottait d'escargot en kayak. La présence de Lucien y est constante, plus forte que la mienne ; c'est son point de vue que je perçois en revivant les heures d'intimité que nous avons partagées sans Fabienne. En surimpression sur la grande roue et les autos tamponneuses, j'ai son visage d'aujourd'hui, à la lueur des bougies qui m'encadrent, je voyage au gré de sa pensée et soudain je me sens beaucoup moins mort, parce que je ne suis plus seul. Quel bonheur de revivre, à travers lui, ces souvenirs qui l'ont marqué bien davantage que je ne le croyais, et qu'il m'offre en guise de prière. Le sens de ma veillée funèbre m'apparaît maintenant sous un jour plus aimable. Tous, ou presque, ils sont venus m'apporter nos moments les plus forts, les plus doux, pour les partager autour de mon lit, pour meubler mon absence...

Mais je sens comme une interférence dans le manège des chevaux de bois. Le décor tourne de plus en plus vite, s'embrume, se comprime ; je me retrouve enfermé dans une salle de classe. Lucien n'est plus là. Je suis assis à sa place, les genoux coincés par son pupitre. C'est une réunion de parents d'élèves où je représente Fabienne, retenue par un inventaire. Nous sommes le mois dernier, ou bien l'année d'avant. Autour de moi, des mères sur le qui-vive et des pères installés de travers sur la chaise filiale. Je suis en train d'affronter l'épreuve du dessin. Toutes les œuvres de nos bambins sont accrochées aux murs de la classe. Sujet imposé : « Ma famille et moi ». Lucien a dessiné un château sans fenêtres, porte fermée, avec une voiture garée devant le perron, et personne en vue. Il paraît que c'est très grave. Les parents normaux, rassurés de figurer sur le dessin de leur progéniture, me regardent avec méfiance ou compassion.

— Pourquoi n'as-tu pas dessiné ton papa et ta maman ? demande la maîtresse.

Lucien se tient debout, un autre jour, devant le tableau noir. C'est curieux, j'ai désormais la réponse aux questions que je me pose, comme des parenthèses qui s'ouvrent à l'intérieur des scènes où la mémoire m'entraîne.

— Parce qu'ils sont allés faire les courses.

La maîtresse, une désabusée qui en a vu d'autres, permanente jaune et sourcils circonflexes, sourit en coin, doigt pointé vers le dessin.

— Ah oui ? Mais pourtant la voiture est là.

— Ils en ont une autre, répond mon fils avec le calme indulgent dont il ne se départ jamais, face aux questions idiotes des grandes personnes. Pour aller faire les courses.

— Et toi, pourquoi n'es-tu pas devant la maison ?

— Parce que j'étais en train de faire le dessin.

Retour au milieu des parents d'élèves. Certains se tortillent, ankylosés, d'autres ouvrent en catimini les tiroirs de leur enfant.

— Ils sont sages ? demande le directeur en passant la tête dans la classe.

— Très, répond la maîtresse.

Et la porte se referme. Indignée de se voir reléguée au fond de la salle près du radiateur, situation géographique reflétant les résultats scolaires de son petit-fils, Jeanne-Marie Dumontcel émet des critiques sur le système de notation. La maîtresse lui répond, point par point, réfutant les arguments avec un soin méthodique. L'importance démesurée de ces pinaillages, la précision des détails et la répétition mécanique de certains propos, à la manière d'un disque rayé, me font tourner en rond dans un malaise où l'ennui le dispute à l'angoisse. Je voudrais revenir à ma veillée funèbre, mais je n'ai pas les moyens, semble-t-il, de me projeter en avant ; je ne peux que me concentrer sur des souvenirs anciens. Et encore, cette fuite dans le passé ne me paraît soudain plus permise. Les voix qui m'environnent sont trop concrètes, le poids des regards sur moi trop fort pour que je puisse m'évaporer. La réalité a *pris,* autour de moi, telle un ciment. La peur de rester bloqué dans cette réunion de parents d'élèves ne fait que m'insérer davantage entre les murs de la salle de classe, dont les contours et les visages sont de plus en plus précis, comme si l'impression de claustration que j'avais eue à l'époque, la sensation d'étouffer sous les regards hostiles de papas dignes de ce nom s'avérait une mise en garde, une intuition dont il me fallait maintenant subir les conséquences. La mort est-elle un réservoir de pressentiments oubliés qui se vérifient ?

C'est Alphonse qui me repêche, en me ramenant au présent de sa voix claironnante.

— Jamais on n'aurait pu y deviner, personne !

Tout le monde a sursauté et le dévisage avec circonspection. Le vieux s'empourpre, lève les bras, demande pardon de cet éclat dans un mouvement d'essuie-glace, replonge dans son col en tortillant de la tête. Après une vingtaine de secondes, rassemblant tout son courage pour surmonter sa timidité, il ajoute brutalement, alors que chacun a déjà repris le cours de ses pensées :

— C'était un homme, lui, voilà !

Ma sœur et ma femme le remercient d'un sourire, espérant conclure son intervention. Mais je connais mon vieux baby-sitter. Quand il est lancé, personne ne l'arrête.

— Hier tantôt encore, tiens, je ne peux pas mieux dire, il était venu me donner un coup de main à l'entrepôt ; on sortait les fraises à neige de chez Skidex, une belle filouterie, ça encore, ces fraises à neige, qu'on n'en a pas vendu trois dans la saison dernière, et tout d'un coup, il me dit comme ça : « Le travail, Alphonse, c'est ce que l'homme a de meilleur à laisser derrière lui une fois mort, car celui qui n'a rien fait, quand on cherche à montrer ce qui reste de lui sur la terre, autant dire qu'il ne serait pas né, on n'aurait pas vu la différence. »

Je n'ai jamais dit ça. Mais j'aime bien ce réflexe destiné à remplacer le souvenir de ma paresse par une image laborieuse, à l'intention de saint Pierre qui se présente sans doute, aux yeux d'Alphonse, sous la forme d'un contremaître sourcilleux tout prêt à se laisser influencer par les ragots terrestres.

— Comme peintre, il aurait pu devenir quelqu'un jusqu'à Chambéry, même que le préfet y avait acheté une vue du lac à la tombola des chiens d'aveugles, aux actualités régionales, rappelez-vous bien — et qu'est-ce que je dis Chambéry... Il aurait pu monter jusqu'à des Paris et plus, s'il avait eu l'envie, seulement voilà : il y avait sa famille et son travail à la quincaillerie, c'était sacré pour lui, et moi qui l'ai tenu sur mes genoux pas plus haut que ça, c'était l'homme qui n'aurait jamais quitté les siens pour la chose qui brille et les flonflons. La gloire, il en aurait bien tant eu que ça ne lui aurait pas tourné le caractère. Cette affaire de grosse tête, quand on l'attrape, moi je dis qu'on était né avec. Lui, déjà tout petit, il était resté simple.

— Merci Alphonse, chuchote Fabienne avec une sécheresse atone, pour lui faire comprendre que son discours trop sonore dérange les prières alentour.

— De rien, madame Fabienne, se récrie Alphonse, la main sur la poitrine. C'est du cœur que ça vient : il n'y a pas mérite à dire. Un grand peintre, voilà ce qu'il était, et qui ne rechignait pas au travail — pourtant il aurait eu autre chose à faire que charrier la ferraille et l'outillage, avec des mains comme il avait, qui vous faisaient venir un coucher de soleil ou un bouquet de fleurs en trois minutes, que vous auriez juré des vrais, et je sais de quoi je parle : il m'a peint. Tel que vous me voyez, oui, et je ne l'ai jamais dit à personne, pour ne pas faire honte à côté de ses chefs-d'œuvre qu'on pendra un jour dans les musées.

Mlle Toussaint passe une assiette de biscuits, espérant que la diversion lui fera perdre son fil.

— Si, si ! insiste-t-il, comme si quelqu'un avait émis un doute sur sa bonne foi. Parole d'homme. Pour mes soixante-quinze ans, il m'a fait mon portrait qu'on aurait dit un miroir, sans me vanter, sauf que maintenant il ne me ressemble plus guère ; en cinq ans, la vieillesse, ça se connaît...

Fabienne ne dit rien, cette fois. Elle se contente de laisser passer un silence, et de faire entendre une brève toux claquante comme un fermoir de porte-monnaie pendant la messe. Alphonse a compris. Il mendie autour de lui un signe d'acquiescement qui ne vient pas, chacun regardant le sol ou mes pieds, retranché dans une méditation étanche. Alors il change son béret de côté, entre ses doigts, baisse les yeux, l'air penaud, et conclut :

— Ainsi soit-il.

Puis il continue de marmonner tout bas, pour ne plus déranger le monde. Le cliquetis des aiguilles de Mlle Toussaint a repris. Lucien se tient au bord de sa chaise, luttant bravement contre le sommeil. Odile, le nez dans son mouchoir, regarde à la dérobée Jean-Mi en lui reprochant mentalement de me survivre. Mon pauvre copain. On n'a jamais rien eu à se dire et on s'est toujours bien entendus. Athlète accompli, pâtissier émérite, il ne sait pas faire grand-chose de sa tête quand il a les mains libres. Veiller mon cadavre est un pensum, pour lui ; il ignore comment s'y prendre et s'en veut. Il ne m'a jamais dit « bonjour » ; il cognait du poing mes pectoraux en me lançant : « T'as la forme ? » Évidemment, ça le change.

J'évite de trop m'attarder sur ma sœur, dont je sens bien l'état d'esprit. Elle ne quitte pas des yeux mon visage de cire coloriée, avec une détresse qui se résigne ; elle le grave dans sa mémoire pour affronter le néant où, d'après ses convictions, je suis retourné. Le sentiment d'injustice qui brûlait dans son regard s'est éteint sous les larmes. Sans le moindre espoir ni le plus petit doute, sans un élan de prière vers mon corps ou le plafond, elle pense à moi dans le vide. Contre tout pronostic, elle survit depuis dix ans à un cancer du poumon et, de me voir couché aujourd'hui, à sa place, lui provoque à intervalles réguliers un soupir d'ironie cruelle que ma femme interprète de travers.

Fabienne pense au testament, bien entendu. Elle sait mes liens avec Brigitte, encore renforcés par l'éloignement que nous ont imposé la vie de son groupe, le rythme fou des tournées comme les longues périodes de chômage où elle ne voulait voir personne, et redoute avec raison le legs que j'ai pu lui consentir. En fait, l'avenir de Fabienne et Lucien étant garanti par l'entreprise, les murs et les Sicav, j'ai nommé Brigitte bénéficiaire unique de mon assurance vie, deux millions trois qui vont faire mal. Même si je suis enclin à noircir le caractère de ma veuve pour diluer les remords que je lui dois, je la connais assez pour voir passer dans ses yeux les travaux de modernisation du magasin, à quoi elle compte affecter le produit de mon décès accidentel. Eh non. Adieu revêtement carrelé pour remplacer la frisette, adieu la climatisation, les têtes de gondoles façon Castorama et le système de vidéosurveillance. Ça va être sanglant, chez le notaire.

J'essaie de me brancher sur mon père, mais je ne le sens pas, je le capte mal. Les doigts enfouis dans la poche de son lainage, serrés sur la cassette que lui a donnée Fabienne, il est absent, il est ailleurs, il se projette dans sa cuisine où, tout à l'heure, quand les vivants seront couchés, il pourra se retrouver seul face à ma voix. Ce qu'il pense être ma voix. Comme je m'en veux de la déception que je vais lui causer, de la cruauté dérisoire de cet objet de culte auquel il se raccroche, dans sa poche, de toutes les forces qui lui restent.

Il s'était déjà tellement éloigné, ces derniers temps. Quand j'allais le voir dans la ferme désaffectée de Trévignin où il s'obstine à habiter, entre deux bretelles d'autoroute, depuis qu'il nous a laissé la quincaillerie, les taupinières me renseignaient sur son état. Si les monticules étaient soigneusement arasés, autour de la maison, si une dizaine de branches fichées dans le sol indiquaient qu'il avait placé des pièges, j'étais rassuré ; j'allais le trouver comme avant, habillé, les joues nettes, devant ses trois magnétoscopes, en train de visionner, repiquer, mixer les visages de maman, ses mouvements capturés au super-huit, leur si long voyage de noces à travers les États-Unis, leurs fêtes incessantes, leur quatre années de bonheur avant que j'arrive.

Mais lorsque, le portail ouvert, je découvrais un champ de manœuvre où couraient de nouvelles galeries, d'une taupinière à l'autre, je savais qu'il serait assis en pyjama, pas rasé, téléviseur éteint, muré dans son silence derrière un flacon de marc. Les taupes avaient gagné. Il était probable que le combat, désormais, ne connaîtrait plus d'autre vainqueur, à le voir ce soir buté dans sa torpeur, avec sa barbe de huit jours, son col de pyjama rebiquant sur son lainage taché, sa manière de refuser d'un haussement d'épaules le costume noir qu'Alphonse était allé lui chercher à Trévignin. C'était dommage. L'an dernier, je suis sûr que papa aurait souri de cette ironie du sort, en nous voyant lui et moi pareillement vêtus, pour ma veillée funèbre, d'un costume porté le jour de mon mariage. Je suis sûr qu'il aurait partagé avec moi, par-delà le chagrin, le temps et l'espace, une complicité comme celle qui l'unissait à mes visages d'enfant sur ses vieux films, les bons jours, les jours de pièges à taupes. Aurais-je ma place d'adulte, enfin, dans ses montages vidéo ? Aurait-il encore la force de me repiquer ?

J'étais mort trop tard.

Alphonse, qui continue d'égrener dans son for intérieur le chapelet d'anecdotes qui constitue pour lui l'essentiel de ma vie, se met soudain à gargouiller dans son poing refermé. Fabienne lui jette un regard froid, soupire et change de fesse sur le pliant fleuri.

— Et le jour où son professeur de latin, à Grésy-sur-Aix, y avait eu un ballon qui avait cassé le carreau, dans la salle de classe, et que les ouvriers du lycée avaient collé un papier kraft à la place !... Hein ? Vous vous rappelez ?

Silence pesant. Les yeux d'Alphonse pétillent. Il a pris à témoin l'assistance, avec une jubilation enthousiaste qui ravine son front. Apparemment personne ne connaît cette histoire, sauf mon père qui, un instant secoué dans sa léthargie morne, grogne du nez et replonge dans ses mentons pour se souvenir en solitaire.

— Ah, ce qu'il m'a fait rire, de ce temps, mon Jacques ! Son professeur de latin, que son nom va me revenir, c'est trop bête, je suis allé encore à la Noël lui porter des marrons à son hospice, c'était l'homme sérieux, que vous auriez cru, je ne peux pas mieux dire, le poilu de 14 sur le monument aux morts de Clarafond, voyez ?

Il vérifie la pertinence de la comparaison sur les visages voisins. Par précaution, il précise :

— Sur la D 913, en face chez Périmond. Que c'était le monument aux morts le plus dangereux du pays, celui-là, en plein dans le tournant de la Laitière, il faisait douze morts de moyenne pendant l'hiver, avec le verglas ou seulement le brouillard, et bing ! ça s'emplafonnait en descendant du Revard, qu'on a fini par le déplacer du côté de la fontaine à Juquier où ils ont encore bâti un lotissement — de quoi on causait ?

Raclements de chaussures sous les pliants. En s'abstenant de répondre, chacun espère tarir le débit d'Alphonse, pour replonger dans la quiétude de la veillée funèbre. Certaines transformations sur les visages, certaines moues qui durcissent dans une rancœur fixe me laissent supposer qu'au fil des minutes mon souvenir s'estompe, et le salut de mon âme, au profit de bilans comptables, d'étalements d'impôts, de projets de vacances, de jalousies recuites ou de querelles de voisinage autour d'un mur mitoyen. L'odeur des cierges invite à la réflexion, et une heure de silence pour faire le point sur les problèmes en cours, c'est toujours bon à prendre.

Mais Alphonse interrompt leurs débats intérieurs en retrouvant son fil, d'un coup de béret sur le genou :

— Voilà ! Le professeur de latin, on disait. Un homme sérieux, du genre qui a reçu un obus dans la jambe en 40, et qui vous le fait sentir... Je vous parle entre nous ; je l'ai vu peut-être quatre fois en activité, quand M. Louis avait son inventaire et qu'il m'envoyait à sa place aux réunions de parents d'élèves — les embrouilles que j'ai pu entendre de ce temps-là, je serais bien en peine de vous y répéter, mais ça valait son poids de farine. Minoud, il s'appelle ! Voilà ! Comme le chat, je m'étais dit pour être sûr de me rappeler, mais avec le *d* au bout. M. Minoud, français-latin-grec, sauf que le grec, y avait personne. Le veston noir, été-hiver, et une canne, j'oubliais ! Aujourd'hui c'est le fauteuil roulant, mais la canne, c'est important pour la suite.

— Chut ! siffle Mlle Toussaint en me désignant, derrière les roses.

— Oh ben ça l'occupe, qu'on se recause du bon temps. Moi je dis : un mort, c'est de parler de lui vivant qu'on peut le mieux y faire honneur. Hein, monsieur Louis ?

Mon père se contente de répondre par un haussement de sourcils fataliste à l'intention de Fabienne, qui avale sa salive avec un air résigné.

— Alors donc, le carreau cassé, les ouvriers du lycée avaient collé comme ça un kraft à la place, en attendant le vitrier. C'est Perinetto, du Vivier, qui changeait les vitres en ce temps-là. D'origine italienne, il était : on l'appelait Ravioli, mais c'était juste la chose de rire un coup. Un bon gars, ce Ravioli, travailleur, qui ne ménageait pas sa peine mais qui ne pleurait pas non plus sur le marc...

— Si vous tenez absolument à nous empêcher de prier, coupe Mlle Toussaint, pincée, évoquez le disparu, au moins !

— Et c'est bien ce que je fais ! se défend Alphonse en tapant du talon sur le parquet. Écoutez seulement la suite...

— Vous nous parlez du monument de Clarafond, d'un professeur de latin et d'un vitrier, on s'en fiche ! s'entête Mlle Toussaint.

— Continue, Alphonse, encourage Brigitte.

Fabienne tourne un visage hostile vers sa belle-sœur. Mlle Toussaint reprend son tricot et attaque sa maille d'un air assassin. Odile donne un coup de coude à Jean-Mi dont l'estomac gargouille.

— Alors le professeur Minoud, d'entrer dans sa classe et de voir ce papier kraft à la place du carreau, ça lui mettait les nerfs en barbelés, il tapait de sa canne, il criait : « Foutre que nique ! »...

— Il y a un enfant, rappelle Fabienne.

— C'est du latin, improvise Alphonse à l'intention de Lucien.

Le petit le dévisage, les lèvres horizontales, avec l'agacement consterné qu'il lui a toujours témoigné.

— Et donc il criait, comme quoi on se moquait du monde et crac ! d'un coup de sa canne il déchirait le papier, parce qu'il n'avait tout de même pas sauté sur son obus dans le Vercors pour qu'on y colle ensuite un kraft en remplacement d'un vrai carreau. Et c'est là que l'histoire, elle commence.

Avec un gloussement prometteur, Alphonse allonge machinalement son bras pour prendre son verre, rencontre mon pied, se rappelle où il se trouve et, la mine en berne, commence à triturer mon lacet gauche.

— Mon Jacques, à cette époque, il allait sur ses dix-sept ans, vous savez le drôle de mariole que c'était déjà, et pas en retard pour causer aux filles. Toujours prêt à faire le pitre pour les beaux yeux de la Claudine ou de l'Anne-Charlotte, qu'elle a mieux fait de marier le crémier, celle-là. Mais j'abrège. Voilà que le lendemain, le professeur entre : les ouvriers avaient recollé un papier kraft à la place de celui qu'il avait troué la veille. Alors il ne fait ni une ni deux, il lève sa canne et crac !

D'un coup sec, Alphonse défait mon lacet gauche.

Il le considère avec perplexité, pose son béret et se lève, en tournant un regard navré vers sa patronne :

— Excusez, madame Fabienne. On raconte, on raconte : on n'a pas la main à ce qu'on dit. Et donc trois jours de suite, cours de latin, « J'exige qu'on remplace ce carreau ! », et crac la canne.

Il se penche pour examiner le double nœud qu'il vient de me confectionner, hoche la tête, satisfait, et se déplace vers ma chaussure droite pour lui faire un double nœud aussi, tant qu'on y est : ça m'évitera de marcher sur mes lacets.

— Et figurez-vous que le quatrième jour, les élèves arrivent et que voient-ils ? Miracle ! Un carreau tout neuf, que Ravioli du Vivier avait fini par venir poser. Alors mon Jacques, farceur comme il est, vous ne savez pas ce qu'il fait ? Il... il...

Un gargouillement bulleux monte à la bouche d'Alphonse, mousse entre ses lèvres. Son visage devient cramoisi, son dos tressaute, et sa main crispée sur mes lacets communique le mouvement à ma jambe.

— Il va prendre un... Il va...

Son fou rire explose dans sa poitrine, lui déclenchant aussitôt une quinte de toux. Alphonse étouffe. Mon père et ma sœur se précipitent pour lui taper dans le dos, lui faire lâcher ma jambe, l'aider à se rasseoir. Fabienne, livide, ramasse le chandelier et le vase de roses que le vieux a renversés, en moulinant des bras pour reprendre son souffle.

Lorsque la toux s'apaise et que le silence retombe, Mlle Toussaint déclare dans le vide, sans cesser de tricoter, d'une voix monocorde :

— Il va prendre un morceau de papier kraft, le

colle par-dessus la vitre, moyennant quoi le professeur entre, donne son coup de canne habituel, et brise le carreau neuf.

Tout étonné par la fadeur de la chute, dont il se promettait monts et merveilles, hilarité générale et tournée à la santé de mon âme, Alphonse considère Mlle Toussaint avec l'incompréhension que lui ont toujours inspirée les égoïstes. Une dernière toux larvée meurt sur ses lèvres. Il baisse les yeux, gêné, un peu honteux de s'être donné en spectacle, et ponctue d'un petit signe de croix son retour à la vie intérieure.

Le silence qui se referme sur l'incident me ramène dans les pensées de Lucien, en haut des montagnes russes. Lucien qui m'a demandé, le soir de Noël, comment se faisaient les bébés *exactement*. Tandis que le sucre de ma gaufre nous volait au visage dans les descentes glacées, je lui ai donné quelques détails techniques. Mais ce n'étaient pas les mystères de son zizi qui le préoccupaient. Ne voulant pas d'enfant, il avait peur qu'une femme lui en fasse un par surprise. Habitué à décrypter ses propos, souvent en avance d'un raisonnement, je comprenais qu'il voulait me témoigner par là une certaine solidarité, tout en me reprochant au passage sa condition d'enfant non désiré. « Vraiment, tu aurais pu faire attention. » Cette phrase m'avait suffoqué, bouleversé, autant par le mal de vivre qu'elle trahissait que par la grandeur d'âme de mon petit garçon. Les mots m'avaient manqué pour renchérir, le détromper, lui dire je t'aime et pardon d'une manière aussi belle et modeste que celle qu'il avait choisie. Lâchement, j'avais désigné une étoile filante pour détourner la conversation. Et, les yeux au ciel, nous avions continué à tourner en spirale dans notre wagon plein de rires et d'effroi.

J'essaie de me rattraper, ce soir, de lui dire que sans lui ma vie n'aurait servi à rien et que je remercie Fabienne d'avoir forcé mon consentement. Tu m'as cru indifférent, Lucien, encombré par ta venue, ta croissance, ton intelligence trop rapides, et c'est vrai que j'étais doué davantage pour aimer les êtres immuables ou disparus. J'ai tellement eu peur de t'abîmer, de peser sur toi à la façon de mon père qui, je ne lui en veux pas, m'a déformé comme une canne à force de m'enfoncer toujours dans son chemin. Je t'ai laissé tranquille pour que tu puisses m'aimer sans effort, sans révolte, sans danger, si tel était ton désir, ou bien me détester sans remords si tu en avais besoin pour te construire. Ignorant la peur d'être seul, la jalousie, l'autorité, l'instinct de possession, la vanité de briller par ma descendance, je ne pouvais t'élever qu'en appliquant le principe de mon merveilleux grand-père que tu n'as pas connu — et dont tu portes le prénom malgré l'opposition de ta maman qui trouvait que ça faisait ouvrier : « Qui aime bien fout la paix. »

Je parle, je parle, j'emplis les montagnes russes de ma tendresse qui enfin s'exprime, mais les boulons se desserrent, les rails se déchaussent devant nous et notre wagon s'envole vers un écran d'ordinateur qu'il traverse ; mon fils s'endort. Méfiant, ignorant l'influence que les rêves des autres peuvent exercer sur moi, je préfère sauter en marche et tenter un transfert sur ma sœur. Le contact est immédiat, la qualité de l'image excellente. Franchement, sans faire injure à l'affliction qui m'entoure, je commence à bien aimer cette existence posthume. Les humains seraient peut-être plus détendus, si on les prévenait que la mort est un Luna Park où l'on passe d'une attraction à l'autre.

Ma vie se déroule, chronologique, dans l'esprit de ma sœur. Elle a si souvent pratiqué ce genre de bilan pour elle-même que les événements de notre enfance s'enchaînent dans une clarté minutieuse. Je me vois naître, au milieu des pleurs et du drame, environné d'une rancune dont je ne mesurais pas l'ampleur. Seuls Brigitte et Alphonse me traitaient comme un bébé ordinaire qui n'avait pas fait de mal. C'est la clé de maman qui domine, dans les souvenirs de ma sœur, dès que je suis en âge de marcher. La clé de la chambre en haut de l'escalier, qui nous était interdite. Papa s'y enfermait, la nuit, souvent ; nous l'entendions remuer au-dessus de nos têtes, et les histoires de fées que me racontait Alphonse pour me consoler de la réalité alimentaient mes cauchemars. Longtemps, j'ai cru que mon père était Barbe-Bleue. Il me disait que maman était vivante, qu'elle était partie à ma naissance pour diriger un ranch en Amérique ; je n'en croyais pas un traître mot et j'ai passé mes premières années de lucidité sur terre à chercher la clé de la chambre maudite, où j'imaginais ma mère pendue à un cintre, parmi les six autres femmes de papa rangées par ordre de taille dans le placard de la mort.

Le jour de mes quatre ans, Brigitte m'a offert la clé. Elle l'avait subtilisée dans la table de chevet de papa, en avait fait un double, et nous allions nous enfermer à notre tour, le jeudi après-midi, dans la chambre de maman pour essayer de retrouver sa trace — puisque, j'avais bien dû l'admettre avec un brin de déception, son corps n'était pas accroché parmi ses robes. La chambre de Barbe-Bleue n'était que le musée d'une jeune femme blonde, heureuse et mince, qui souriait en noir et blanc dans tous les cadres, sur un bateau, sur des skis, sur un cheval, sur des plages, enlaçant son labrador au volant de la Ford à ciel ouvert. Brigitte, qui l'avait connue trois ans avant que j'arrive, me guidait dans nos recherches, me précédait dans sa vie. Elle prétendait se rappeler les moindres détails et me commentait les photos avec un petit air mondain qui me donnait parfois envie de la cogner, de lui tirer les cheveux pour qu'elle me rende ces trois ans.

Un projecteur de super-huit était tourné vers un mur nu, et nous nous passions sans fin le voyage de noces en Amérique où, d'après ma sœur, elle avait connu un autre homme qu'elle était allée retrouver. Je penchais pour le beau shérif de la bobine 19, si brillant avec son étoile et ses lunettes de soleil, qui dépassait de trois têtes notre père en s'appuyant nonchalamment sur lui, devant le capot de sa Chevrolet plus neuve que leur Ford. Il avait dû bombarder maman de lettres d'amour, à son retour à Aix, puis finalement lui offrir un ranch pour qu'elle accepte de nous quitter.

Elle était partie en laissant beaucoup de vêtements dans la penderie et nous nous déguisions. Je faisais papa, l'air abruti avec une clé anglaise, et Brigitte jouait une maman désinvolte et cruelle qui me traitait de pauvre plouc, et s'en allait avec de grands mouvements de foulard. Un jour, papa nous a surpris dans la scène du départ. Je n'ai jamais oublié son visage, sa main crispée sur la porte. Pour cacher ses larmes il a crié, giflé, puni, mais il n'y pouvait rien, notre décision était prise : nous aussi, un jour, nous le quitterions pour filer en Amérique.

Nous avions une cagnotte où nous mettions les étrennes qu'on nous donnait à Noël. La famille préparait notre fuite, sans le savoir. Sur la carte du dictionnaire, Brigitte dessinait notre itinéraire : nous irions de ranch en ranch, du Texas au Colorado en passant par l'Oklahoma ; les trois États où, disait-elle, les femmes avaient le droit d'être cow-boys. Et nous retrouverions maman, un jour, au saloon d'Abilene, dans un rodéo de Wichita Falls ou à la frontière du Nouveau-Mexique, en train de poursuivre des voleurs de bétail. Et nous chevaucherions ensemble à travers les déserts de cactus en évoquant papa, ce quincaillier chez qui elle nous avait laissés en dépôt à Aix-les-Bains, Savoie...

Pour préparer notre départ, Brigitte me donnait des cours d'équitation, m'apprenait le tir au pistolet dans les stands de Luna Park. Sur les prés, le week-end, nous allions nous exercer au lasso, courant derrière les veaux pour les ficeler avec des cordes à linge, puis cavalant à travers bois, pourchassés par le fermier furieux d'avoir trouvé dans son enclos un troupeau de paupiettes.

Même les disciplines apparemment facultatives au Far West, comme le solfège, l'arithmétique, le dessin ou la voile, entraient grâce à ma sœur dans mon apprentissage. Il fallait jouer d'un instrument pour pouvoir mendier, en cas de problème, savoir compter les balles du revolver qui tirait sur soi, et si l'on n'était pas capable de dessiner le portrait-robot de son agresseur, ni d'évaluer la position des Indiens par sa connaissance du vent, on avait intérêt à rester dans une ville de cure et finir quincaillier. J'avais ainsi découvert à six ans tout ce qui allait donner un sens à ma vie, à l'exception des chiffres.

Un soir, papa m'a pris par les épaules et m'a confié la vérité : maman était morte en me mettant au monde. Il disait que maintenant, j'étais grand. J'étais assez grand pour souffrir. On aurait mieux fait de me laisser mon histoire de Barbe-Bleue, quand il était encore temps. À présent c'était moi l'assassin. Il disait : c'est la vie.

Ensuite Brigitte a eu des seins. Je la voyais parler des heures avec des garçons, mais je n'étais plus dans la confidence. J'avais l'impression qu'elle m'en voulait un peu. Elle ne pouvait plus jouer à avoir une mère, et je lui étais devenu inutile ; ce n'était plus à moi qu'elle mentait. Elle s'échappait souvent, la nuit, alors papa l'enfermait dans sa chambre et moi je cherchais la clé.

Le reste du temps, je montais sur la balance pour surveiller ma ligne. Je perdais des kilos comme on reçoit des bonnes notes. J'étais né trop gros pour maman, alors le dimanche à la messe je lui jurais que j'allais maigrir pour le salut de son âme. Quand parfois je cédais à la gourmandise, devant les vitrines diaboliques de la pâtisserie Dumontcel, j'allais ensuite me confesser et, parmi les autres péchés, j'annonçais mon poids au curé étonné.

Ma sœur était de nouveau gentille avec moi depuis que je lui servais d'alibi : elle m'emmenait à L'Étrier de Savoie, le week-end, et je tournais tout seul dans la carrière sur un cheval dont elle utilisait le box pour donner ses rendez-vous. Un dimanche, en ramenant Belle de Jour après une heure de trot assis, j'avais trouvé Brigitte sous le palefrenier. Je m'étais remis à tourner autour du cercle hippique avec Belle de Jour, en attendant que son box soit libre. Ma sœur m'avait donné cinquante francs pour que j'oublie ce quart d'heure supplémentaire.

Je continuais à glisser mes économies dans la tirelire de notre fugue, mais maintenant le cochon de faïence rose était comme un tronc d'église, en mémoire de maman. Il n'y avait plus vraiment d'urgence à gagner l'Amérique. Moins nous nous presserions, affirmait Brigitte, plus nous aurions d'argent pour aller loin. Le problème était que plus nous attendions et plus les prix montaient ; je le voyais bien dans la vitrine de l'agence Havas. À la fin Brigitte s'est mariée. C'était plus simple. Je me suis retrouvé seul à quinze ans avec un cochon rose qui me narguait d'un air bête. Je n'aime pas casser les choses. Je ne suis jamais parti.

Les émotions d'enfance que Brigitte ranime aujourd'hui devant mon corps désaffecté devraient m'être douces. Mais je me sens mal dans ses souvenirs. Elle est persuadée qu'il ne reste plus rien de ce que j'étais, et voilà que sa conviction déteint sur moi. Son athéisme est si fort, son sens du néant si puissant qu'à travers elle je ne crois plus aux fantômes, et pourtant j'en suis un. Malgré tout mon attachement pour ma sœur, je sens qu'il vaut mieux que je ne séjourne pas trop dans ses pensées, qui ont peut-être le pouvoir de me dissoudre. J'aurais tant voulu l'aider, pourtant. Lui enlever ce sentiment de culpabilité qui me désole...

Non, Brigitte, ce n'est pas toi qui devrais être à ma place. Si tu es en rémission depuis si longtemps, c'est que tu as encore des choses à faire sur terre. Moi, j'avais fini. Et je suis venu te chauffer la place dans cet au-delà qui, j'en suis sûr, existe aussi pour ceux qui n'y croient pas. Sinon l'explication de ma solitude actuelle serait trop triste. Je me refuse à penser que ma mère et mes grands-parents aient compromis leur survie par un excès de scepticisme. Ils doivent être occupés ailleurs, certainement, ou bien ils me laissent le temps de prendre congé de vous. Quoi qu'il en soit, Brigitte, j'espère que demain ou après-demain, quand le notaire ouvrira le testament, mes dernières volontés provoqueront l'éclat de rire qui, malgré toutes tes défenses et tes *a priori,* te fera peut-être admettre que je suis toujours avec toi et que, sans impatience, je t'attends.

Penché vers moi, le cou tendu, les coudes aux genoux, Alphonse paraît monter la garde. Depuis qu'il a renoncé à faire partager ses sentiments pour moi, suite à la déception du carreau cassé, il continue de s'attendrir en silence avec l'application consciencieuse qu'il accorde à toute forme de travail.

Je passe en landau devant ses yeux. Il m'emmène au jardin des Thermes respirer le printemps qui bourgeonne près du kiosque à musique. Il a mis son béret du dimanche, sa décoration militaire, et un nœud papillon ferme sa chemise écossaise. Le regard aux aguets, le sourire immobile, balançant mon landau au rythme des valses de Strauss que les violons diluent dans la mélancolie thermale, il sillonne les allées à la recherche de l'image idéale gravée dans son cœur : Julie Charles, la jolie poitrinaire qui inspira à Lamartine ses plus grands poèmes savoyards.

Un visage entrevu sous les cèdres, un coup de frein brutal, un demi-tour, une collision évitée de justesse avec la poussette d'un autre bébé, un grand détour par la fontaine pour faire croire au hasard, puis il me gare à l'ombre et aborde la jeune femme qui lit sur un banc, la saluant d'un vaste mouvement de béret grand siècle.

Une sonnerie de téléphone déchire le jardin des Thermes. Alphonse saute sur ses pieds et fonce dans le bureau. Seule la ligne sur liste rouge est restée branchée, pour les intimes. Les autres sont priés de laisser leurs condoléances sur le répondeur au son baissé : on écoutera demain.

Alphonse revient avec le combiné portable, qu'il tend à Fabienne en annonçant, d'un ton craintif :

— C'est le notaire.

Fabienne prend la communication, prononce deux remerciements, pousse trois soupirs et lui demande quand il passe.

— Jacques tenait énormément à cette veillée de prières, conclut-elle. Ces derniers temps, il s'était beaucoup rapproché de la religion, comme s'il avait senti quelque chose...

Et voilà comment, déjà, on réécrit l'histoire. Non, Fabienne, je n'avais rien « senti » du tout, et si je t'accompagnais à la messe, c'était pour le gâteau que j'allais chercher en sortant. Mais je ne peux rien contre l'image d'Épinal que ma veuve me prépare, à l'intention de la clientèle à quoi se résume pour elle le mot postérité. Le bon dévot docile qui s'est senti partir et qui a tout mis en ordre, ses petites affaires comme sa petite conscience. J'entends d'ici le dialogue, au magasin. Si, si, il s'était confessé la veille, et il avait pensé à commander du tuyau de quinze pour votre cuisinière à gaz, monsieur Rumilloz. Paix à son âme, à votre service.

— Dites à Maria d'ajouter un couvert, commande Fabienne à Alphonse, qui ressort avec le téléphone en repliant l'antenne.

Ma veillée reprend. Je sais bien que la colère me rend injuste, et que je prête à Fabienne ces arrière-pensées de comptoir plus que je ne les perçois. Mais je préfère ne pas savoir ce qu'elle a réellement dans la tête, et me tenir en lisière. Depuis deux ans que nous faisons chambre à part, je ne voudrais pas abuser de ma situation. Pourtant, en l'absence de Naïla dont les sentiments ne me parviennent pas encore, c'est en regardant Fabienne que la tristesse de ma condition se réinstalle. Mon corps me manque, terriblement, au spectacle de sa beauté presque intacte, de ses seins que je devine sous le chemisier noir. Pense-t-elle à mon ventre pressé contre le sien, au plaisir qu'on se donnait, la première année de notre mariage ? Pense-t-elle à la Ford Fairlane, à l'hôtel Ombremont, au voyage de noces à Rome pour voir le pape, qui finalement nous avait bénis au lit, sur la télé de l'Albergo Salvatori ? Pense-t-elle à mes lèvres, à ma langue, à mon sexe, à mes mains sur ses hanches quand elle venait sur moi ?

J'ignore si l'envie posthume que j'ai d'elle, ce

malaise en creux tournant dans mon esprit, a le pouvoir de l'atteindre, ou si c'est sa propre pensée qui s'est égarée au détour d'une prière, mais elle rougit. Comme j'ai aimé ces couleurs qui montaient à ses joues, les premiers temps, lorsque je passais discrètement derrière elle qui servait un client, en effleurant ses fesses. « Il y a un problème à la boulonnerie », lui murmurais-je à l'oreille. Quand mon désir rencontrait le sien, elle répondait : « Attends, j'appelle Odile », et Odile venait la remplacer au comptoir pendant que nous allions nous aimer dans le raphia des cartons déballés. Et puis, au fil des ans, la quincaillerie l'a absorbée toujours davantage, Lucien est arrivé, l'amour a évolué en formalité d'après-dîner, et nous n'avons plus appelé Odile qu'une ou deux fois par mois...

— Allez coucher le petit, suggère Mlle Toussaint. Et restaurez-vous, je n'ai pas faim. Je reste là.

Fabienne hésite, regarde Lucien qui s'est redressé d'un bond, furieux de s'être endormi sur sa chaise. Mon père se lève, péniblement, ankylosé, vient moucher une chandelle qui pleure des stalactites de cire, hoche la tête en direction de Fabienne et sort, appuyé à son épaule, tandis que ma sœur prend par la main Lucien qui proteste pour la forme.

Sur le pas de la porte, mon fils, discrètement, adresse à mon cadavre un baiser du bout des doigts, sincère. Le même baiser que je lui envoyais, chaque soir, sur le seuil de sa chambre, avant de le laisser à ses rêves. Déjà il a commencé de m'aimer à rebours, je le sens ; il s'est mis à construire sur mon absence le personnage de père idéal que je ne lui ai jamais fourni.

Je ne suis pas mort pour rien, j'en suis de plus en plus convaincu.

Jean-Mi, dont l'estomac bruit depuis une bonne demi-heure, s'est levé le premier pour ouvrir la porte à ma famille. Maintenant il attend, la main sur la poignée, que sa femme ait fini de me dire adieu des yeux.

— On revient après, Odile, plaide-t-il en contenant mal son impatience.

Les effluves herbés du gigot se faufilent dans l'entrebâillement. Je distingue parfaitement les odeurs, à présent — du moins *l'idée* des odeurs. Je sais que Fabienne a commandé un gigot pour ma mort, qu'elle est en train de le sortir du four pour l'arroser en fin de cuisson, alors ma pensée me restitue son fumet tel que je l'ai mémorisé, de dimanche en dimanche. Je crois, du moins, que je fonctionne ainsi.

— Pourquoi ? Mais pourquoi toi ? hoquette soudain Odile dans une grimace tordue.

Jean-Mi gonfle les joues, se sentant peut-être, avec raison, visé par la question. Penchée sur ma dépouille souriante, Odile fond en sanglots, pétrit mes doigts raidis. Elle peut donner libre cours à sa peine, maintenant que ma femme est sortie.

— Non, s'il vous plaît, proteste Mlle Toussaint en la tirant d'une main ferme. Ne pleurez pas comme ça. C'est mauvais pour lui.

Je ne comprends pas très bien le sens de cette phrase. Les larmes d'Odile se sont écrasées sur le revers de mon costume gris où elles font tache, mais bon, vu où il va, ce n'est pas vraiment grave.

— Écoute Mlle Toussaint, renchérit Jean-Mi.

Le corps rejeté en arrière, Odile retient ses pleurs

comme on arrête un cheval, puis sort en direction de la salle à manger, décrochant brutalement d'une rotation du buste la main de Jean-Mi qui venait consoler son épaule.

L'œil à l'affût au-dessus de ses lunettes rondes, Mlle Toussaint attend que la porte se soit refermée. Alors elle pose son tricot, se frotte les mains et approche son pliant de ma tête, l'air gaillard.

— Allons-y, chuchote-t-elle avec entrain.

Ses yeux brillent à la lueur des bougies et ses narines palpitent. Je ne suis pas très rassuré de me trouver seul avec elle. Visiblement, c'est ce qu'elle attendait depuis le début de la veillée.

— Détends-toi, noble fils, murmure-t-elle en fixant le lustre éteint. Tu es dans un état intermédiaire où les actions passées de ta dernière vie, Jacques Lormeau d'Aix-les-Bains, se mêlent aux apparitions qui proviennent de ton karma, et tu ne sais plus où tu en es. Confusion, panique et *tutti quanti*. C'est normal. Je suis là. Thérèse Toussaint, que tu as bien connue, ce matin même tu devais me livrer un tracteur Bolens ; je suis ton guide spirituel, à présent, ton *bodhisattva*, tu n'as rien à craindre de l'au-delà : je m'occupe de tout. Voici le *Bardo-Thödol*, ajoute-t-elle en sortant de son cabas un petit manuel orange. Le *Livre tibétain des morts*, grâce auquel je vais effectuer ton transfert de conscience.

Mais de quoi je me mêle ? On ne lui a rien demandé. Qu'elle prie pour mon salut si ça lui chante, mais qu'elle me laisse en paix ; j'ai besoin de mettre de l'ordre dans ma vie, de faire le point, d'y voir clair et d'entrer en contact avec ceux que j'aime, pas d'explorer des religions exotiques.

— Amitabha, Protecteur suprême, je te révère et prends refuge en toi. Que les Trois Rares et Sublimes descendent sur ton noble fils Jacques Lormeau, et l'aident sur le chemin de la Vérité en Soi.

Mais ta gueule ! Je suis catholique ! Récite-moi un Notre-Père et va manger ton gigot. Indifférente à la colère qui émane de mon âme, elle continue son charabia à mi-voix, dans un chuintement d'eau de source. L'angoisse me gagne. Cerné d'incantations qu'elle répète quatre fois, en direction de chacun des points cardinaux, je regarde mon corps, guettant je ne sais quelle transformation, lévitation, apparition de lumière...

— Comprends bien, noble fils : la mort est un état transitoire où tu apprends à conduire ton destin karmique, afin d'obtenir un jour le permis de ne plus te réincarner, car tu seras parvenu à la toute-puissante sagesse de la bouddhéité. Le *Livre des morts* que voici, c'est ton Code de la route. Je suis ton professeur et je tiens le volant, mais attention ! bientôt je te le passerai, quand tu seras prêt, en te disant simplement, car telle est ma mission en cette incarnation de Thérèse Toussaint : Bonne route !

Complètement timbrée. Je l'ai toujours trouvée facultative, comme cliente, mais c'est son entêtement vigilant, sa maniaquerie dans le détail concret qui la rendait crispante. Si maintenant elle s'attaque aux âmes avec l'énergie qu'elle déploie pour démonter les tondeuses, le repos éternel n'est pas pour demain.

— Noble fils, écoute et répète après moi, poursuit-elle, le nez sur son livre orange, un doigt en l'air : « Hélas, tandis que j'erre à cause de ma pauvre colère-haine dans le cycle des existences, sur le chemin de la lumière qui fait apparaître la suprême connaissance semblable au miroir, puisse Vajrasattva me tirer en avant et la mère divine Bouddha Locana me pousser par-derrière. » Répète.

Et, allongeant son sourire dans une expression d'encouragement, elle s'absorbe dans la contemplation du lustre.

— C'est bien, me récompense-t-elle. Tu dois déjà te sentir mieux. Le sens de mon enseignement, vois-tu, c'est que dans chacune des apparitions qui t'affectent, si horribles soient-elles, tu apprennes à reconnaître la manifestation de tes pensées.

Qu'est-ce qu'elle raconte ? Je ne subis aucune apparition. Hormis l'histoire de sa courroie d'entraînement et la réunion de parents d'élèves, les souvenirs qui m'accueillent n'ont rien d'effrayant. Je commence à en percevoir le sens comme l'utilité, j'assemble les pièces que me fournissent les sentiments des vivants, à la manière d'un puzzle où je mets de côté ce qui me servira plus tard — pour le reste, mon univers psychique se résume à ce que j'entends du monde réel autour de mon cadavre. Et je me sens très bien. Elle ne va quand même pas me déclencher des cauchemars, m'envoyer des monstres et des visions d'apocalypse pour tester ensuite ses capacités à me libérer de ses miasmes !

— « À cause de ton mauvais karma, tu cherches à fuir la lumière bleu clair, éclatante, qui est la sagesse de la sphère de tout objet de connaissance. Tu es attiré par la lueur blanchâtre du monde des divinités secondaires... »

Pas du tout. Je ne suis attiré par rien, je crois en Dieu au plus haut des Cieux et paix sur terre aux hommes qui l'aiment, s'Il veut bien se donner la peine, je suis baptisé, communié, marié à l'église et mes obsèques seront célébrées dans la foi chrétienne, alors merde ! Foutez-moi la paix ! Je ne suis pas un mort tibétain, je ne suis pas concerné par ce livre orange, on ne va pas me bouddhéifier malgré moi, m'expatrier contre mon gré du purgatoire catholique où j'essaie de trier mes actes et de fourbir des arguments pour préparer ma défense !

— La fourrière est en train d'enlever votre auto, glisse Alphonse en passant la tête.

— Ah non ! s'exclame Mlle Toussaint qui referme d'un coup son *Livre des morts.*

Elle ramasse son cabas et fonce hors de la chambre, en ébranlant le plancher de ses Palladium. Merci Alphonse.

Mon vieux baby-sitter s'approche du lit, souffle une bougie en fin de parcours, mouille ses doigts et pince la mèche, pour éviter que la fumée ne me dérange. Il coule un regard navré vers mon visage où un petit courant d'air déplace des ombres.

— Tu ne sais pas ce que tu manques, tu sais, murmure-t-il. Il est bon, le gigot.

Ils ont déjà fini les hors-d'œuvre ? Mais combien de temps ai-je perdu à me débattre dans le galimatias karmique ? Pourvu qu'on emmène Toussaint à la fourrière avec sa Diablo, et qu'elle ne revienne plus mettre les pieds dans ma mort !

— C'est une femme dure, laisse tomber Alphonse en écho.

En écho... Ce serait formidable que ma pensée se répercute dans ses propos. Mais c'est certainement le hasard, l'association d'idées ; je n'y suis pour rien.

— S'acheter un bolide si cher pour juste aller chercher son pain, quand on sait le mal qu'ils ont à trouver l'argent pour agrandir les Thermes... Ah, mon pauvre Jacques... Les hommes, ce n'est pas toujours humain.

Le fait est que le jour où elle a pris livraison de sa Diablo chez le concessionnaire, Toussaint s'est retrouvée plantée cent mètres plus loin au sommet d'un ralentisseur. La voiture étant surbaissée à l'extrême et la ville truffée de gendarmes couchés, elle est condamnée à rester dans le périmètre compris entre la poste et le marché couvert, à moins d'être escortée par un engin de levage.

— Le temps ne te dure pas trop ? s'inquiète-t-il en effaçant un pli sur ma veste. Allez, je te fais une petite prière, pour te tenir compagnie. Laquelle tu veux ? J'ai le cœur gros, tu sais, mon grand. Le gigot, je n'ai pu avaler qu'une bouchée, et déjà ça me reproche. *Mon Dieu, j'ai un très grand regret de Vous avoir offensé...* Pourtant elle n'avait pas mis d'ail. Pour une fois que ta femme a des attentions pour toi... Je dis du mal, pardon ; tu sais bien que c'est pour causer. Mais n'empêche, tu aurais mérité une Julie Charles, qui te laisse rêver tranquille et qui parte en premier. Je peux bien te le dire à présent que tu es décédé : toutes ces années, je n'ai pas arrêté de t'en chercher une, mais déjà que pour moi je ne trouvais rien... *Parce que Vous êtes infiniment bon et que le péché Vous déplaît...* Le problème, c'est que la cure à Aix, du temps de Lamartine, c'était majorité poitrinaire, tandis qu'à présent tu as quoi ? L'arthrosique Sécurité sociale ou bien le nez-gorge-oreilles. L'aérosol, comme ils disent. *Je prends la ferme résolution, avec le secours de Votre sainte grâce...* Je sais bien que je dois faire une fin, mais que veux-tu, la femme qui boite ou qui se met la poire dans le nez, moi je ne peux pas... *De ne plus Vous offenser et de faire pénitence, amen.* Elle tousserait, au moins, j'aurais l'inspiration... *Mon Dieu, j'ai un très grand regret de Vous avoir offensé...* Mais avec le progrès médical, ça ne se fait plus, la poitrinaire. Et je n'ai plus vingt ans, non plus. *Parce que Vous êtes infiniment bon et que le péché Vous déplaît...* Je t'assure que pour celui qui est de la classe 15, le temps ça se connaît. Tu verras quand tu en seras à mon âge. Pardon, ajoute-t-il après un temps, en me glissant un regard penaud assorti d'un petit gloussement sous cape, pour l'ironie de la chose.

Puis il pose une main sur ma tête et se met à caresser mes cheveux, comme il faisait quand j'étais petit pour m'endormir les soirs d'orage, en me récitant *Le Lac.* Est-ce la calme tendresse qui émane de lui, comme un vent léger qui tourne, ou bien l'appel de la salle à manger où mon avenir se décide ? Porté par ses mots, je traverse les murs au milieu d'une strophe.

— « *Un soir, t'en souvient-il ? nous voguions en silence ;*
On n'entendait au loin, sur l'onde et sous les cieux,
Que le bruit des rameurs qui frappaient en cadence... »

Ils sont assis autour de la grande table en noyer, sous le joug rustique planté d'ampoules dépolies dont la moitié seulement a été allumée, pour la circonstance.

— L'immense chagrin, suggère Brigitte.

— La profonde douleur, réplique Fabienne, dont la main rature le brouillon posé près de son couteau.

— Il suffit que je dise quelque chose, commence Brigitte.

— Si c'est pour critiquer tout ce que je fais, coupe Fabienne, vous n'avez qu'à rédiger vous-même votre annonce : on gagnera du temps.

— Barrez mon nom, c'est ça, ne vous gênez pas !

Sans prendre la peine de répondre, Fabienne corrige la formule et revient vers le gigot, qu'elle pousse sur le chauffe-plat à roulettes vers le bout de la table.

— Prenez au moins une demi-tranche, papa.

C'est la première fois que Fabienne l'appelle ainsi. Mon père tourne un regard vide vers ma sœur, qui attend de voir comment il va réagir.

— Merci, répond-il en couvrant de la main son assiette.

Brigitte baisse les yeux. Une fois encore, dans quelques jours, elle nous quittera. C'est Fabienne qui a gagné. C'est Fabienne qui reste.

Louis Lormeau, son père,
Fabienne Lormeau, son épouse,
Lucien Lormeau, son fils,
ont la profonde douleur de vous faire part
du rappel à Dieu de
Jacques Lormeau,
survenu brutalement le 16 janvier 1996
à l'âge de 34 ans.
La cérémonie religieuse aura lieu
le 18 janvier à 15 heures, en l'église Notre-Dame.
Fleurs naturelles souhaitées.

Fabienne avait d'abord inscrit sous mon nom : « P-DG des Établissements Lormeau et Fils », mais, avec l'avis professionnel qui suivait, ça risquait de tourner carrément à l'encart publicitaire.

Le personnel de la quincaillerie Lormeau
a le grand regret de vous annoncer
le décès de son président-directeur général
Jacques Lormeau.
Fermeture exceptionnelle le 18 janvier après-midi.

Suite à la dispute avec Fabienne que papa s'est refusé à arbitrer, Brigitte a décidé de faire annonce à part. Elle s'est levée entre le gigot et le fromage pour aller dicter au téléphone, sans que les autres entendent, ces huit lignes qui sont mon plus beau cadeau de départ :

Brigitte Lormeau
(dite Bridgie West)
a l'immense chagrin d'avoir perdu son frère
Jacques Lormeau,
artiste peintre.
Les obsèques auront lieu
dans la plus stricte intimité familiale.
Ni fleurs ni couronnes.

Et elle a raccroché avec une jubilation vengeresse, avant de revenir s'asseoir devant le reblochon. J'imagine la réaction de nos clients et fournisseurs, demain matin, quand ils liront *Le Dauphiné libéré*, obligés de se choisir une attitude entre ces deux avis contradictoires, à moins de conclure à l'existence d'un homonyme décédé le même jour que moi. J'exulte. Mon enterrement sera à l'image de ma vie. Depuis mon mariage, j'étais frappé d'alignement, comme on dit d'une maison qui ne tient pas son rang sur la voie publique, mais tous les efforts de Fabienne pour m'appliquer sa loi auront été délicieusement vains. Le scandale qu'à ses yeux déclenchera ma page nécrologique, au sein de la bourgeoisie aixoise, sera perçu en fait comme une dernière connerie de ma part, une sorte de canular posthume annonciateur de soldes, et nous aurons du monde.

Pendant que ma sœur et ma femme laissaient refroidir leur gigot en se querellant sur le vocabulaire, Lucien est apparu en haut de l'escalier. Il a écouté le ton monter, immobile dans son pyjama rouge un peu trop court, les dents serrées. Je me revois, les hivers précédents, sur la table en noyer où ce soir on m'enrobe d'adjectifs solennels, en train de dessiner des têtes en couleurs sur les œufs durs, la veille de Pâques. Et Lucien est en haut de l'escalier, planqué derrière la balustrade comme ce soir, intrigué, essayant de percer le secret de cet atelier clandestin. Mon petit garçon. Plus jamais je ne te cacherai d'œufs. Tu ne me verras pas vieillir dans la répétition des rites, tu ne me joueras plus la comédie de la crédulité comme je l'ai jouée si longtemps pour faire plaisir à mon père, quand avant moi, sur la même table qui se trouvait alors dans notre maison du Pierret, il peignait des gros nez et des yeux globuleux sur les coquilles, agitant une cloche à l'aurore dans le jardin en criant : « Poule de Pâques ! », et je dévalais l'escalier, mon panier à la main, talonné par Brigitte qui replanquait dans mon dos le butin que je dénichais dans les buissons.

Lucien... Qui te peindra tes œufs, dans trois mois ? Mon père, avec qui tu n'as jamais échangé que des rapports de politesse, reprendra-t-il mon pinceau pour toi ? Y aura-t-il d'autres taches d'aquarelle sur la table en noyer ? C'est fou d'être bouleversé par cette simple image, qui ne tirera de larmes à personne mais qui me résume tout entier. Pour la première fois, peut-être, je prends conscience que j'ai fini de laisser ma trace sur terre. Et je me demande pourquoi je survis. Pour qui.

Il neige. Me Sonnaz vient d'entrer, des flocons accrochés dans ses cheveux roux. Condoléances, il reste un peu de gigot. Avant de s'acquitter de la mission qui l'amène, il demande à s'incliner sur ma dépouille. Nous nous sommes connus en quatrième au lycée de Grésy-sur-Aix. Il voulait être Médecin sans frontières, me prédisait un grand avenir dans la peinture abstraite. Il a repris l'étude de son père, comme moi la quincaillerie, et nous nous évitions soigneusement depuis quinze ans.

— Il a l'air en paix, n'est-ce pas ? observe Odile qui lui fait les honneurs pendant que Fabienne réchauffe la viande.

Alphonse tapote du pied sur le plancher, contenant par courtoisie son impatience, le regard rivé sur la porte pour les encourager à retourner à table. Quand ils sont entrés, il était penché vers moi et a vivement posé un doigt sur ses lèvres en se redressant. À ses joues colorées et son regard rétréci, je devine qu'il était en train de me confier l'un de ses derniers exploits sexuels. À quatre-vingts ans révolus, il continue de répondre, quand une jolie cliente lui dit qu'il ne paraît pas son âge : « De ce côté-là, ça va. C'est la mémoire qui ne suit plus. » Sa vie amoureuse a commencé chez les religieuses. Bouleversé par Julie Charles, dont la tuberculose avait inspiré de si beaux vers à son ancêtre adoptif, il voulut reprendre le flambeau. Une des bonnes sœurs ayant attrapé une mauvaise toux, il tomba en adoration et tenta un matin de la culbuter sur son prie-Dieu. Chassé du couvent à quatorze ans et demi, il erra par les campagnes, son grand livre de poèmes serré sous le bras, se louant dans les fermes d'où on le renvoyait généralement à l'approche de l'hiver, quand débutaient les bronchites. Puis la guerre l'avait détourné un temps de sa quête poétique. Démobilisé, décoré, engagé à la quincaillerie, sa nouvelle position sociale avait décuplé son besoin de muse. Après avoir démembré cinq ou six curistes par ses assauts passionnés, il s'était résolu, dans les années cinquante, sur plainte du syndicat d'initiative, à satisfaire dorénavant ses pulsions charnelles avec des prostituées de constitution robuste, et à garder la clientèle des eaux thermales pour l'idéal cristallisé.

— On se croit immortel, prononce le notaire en s'apitoyant sur lui-même. Nous avions le même âge, à quelques semaines près.

— Moi aussi, dit Odile.

— Et j'étais le plus vieux.

— Oui, je te disais, reprend Alphonse dès qu'ils sont ressortis, c'est une nouvelle qui fait le secteur du passage à niveau, en bas la rue de Genève. Amalia, elle s'appelle. Une Brésilienne de São Paulo, mais qui était une femme, d'origine. Pas comme ces déguisés des boîtes de nuit qui ont le four et le moulin, mais, si tu veux mon avis, à force d'être les deux ils ne sont plus rien du tout, pire que toi, et c'est triste. Est-ce que tu es seulement arrivé au Paradis, mon grand, à l'heure qu'il est ? se demande-t-il en regardant l'horloge. Peut-être que je parle à vide. Mais ce n'est pas grave, tu sais, j'ai l'habitude. Pour un qui écoute, tu en as combien qui ne font même pas semblant ?

Je serais bien resté, Alphonse, mais je ne peux pas être partout. La salle à manger m'aspire et je me laisse faire : mes dernières volontés vont sans doute être lues d'ici quelques minutes, et je ne veux pas manquer les réactions. Cela dit, au moment où la tablée revient dans mon champ de vision, une partie de ma conscience semble être restée dans la chambre d'ami. Une sorte de démangeaison distrait mon attention, j'entends le débit chuchoté d'Alphonse sans discerner les mots, comme une musique de fond courant sous les bruits de couverts. Ma pensée est-elle un amas de particules évaporées de mon cerveau, une bande d'atomes encore reliés mais peut-être appelés à se répandre partout où l'on m'appelle ? Je creuserai plus tard cette hypothèse. Pour l'instant, concentrons-nous sur Me Sonnaz, notaire boulevard du Président-Wilson, qui s'assied d'une fesse embarrassée devant son assiette de gigot, sachant à peu près ce qu'il y a dans l'enveloppe gonflant sa poche intérieure.

— Qui aurait pu prévoir ? soupire-t-il en essuyant la buée de ses lunettes en écaille.

— Personne, tranche Fabienne d'un ton propre à décourager tout développement inutile. Vous me parliez au téléphone de certaines... dispositions particulières. Un peu de sauce ?

— Non merci.

— De quoi s'agit-il ?

— Le mieux est d'ouvrir tout de suite le testament, dit-il en repoussant sa chaise pour sortir l'enveloppe, qu'il décachette avec son couteau.

Et, dans un silence très lourd, après s'être éclairci la voix trois fois, il donne lecture de mes dernières volontés en version intégrale :

— « Bonjour à tous, je soussigné Lormeau Jacques vous souhaite la bienvenue et vous envoie mes meilleures pensées de l'au-delà. Ceci est mon testament. Je l'écris en pleine possession de ma joie de vivre et, comme on dit, de mes facultés mentales, par un après-midi de juin où je trouve la vie si belle que j'ai envie de lui donner des rallonges... »

Le notaire exhale un soupir en secouant la tête, répète l'image pour en souligner toute la résonance dans le contexte actuel. Mais visiblement, dans mon testament, ce n'est pas la forme qui intéresse l'assistance. Il enchaîne, à regret :

— « Tout d'abord, je demande instamment que mes funérailles aient lieu dans la chapelle du Pierret-du-Lac... »

— Pourquoi ? bondit Fabienne qui a déjà réservé Notre-Dame.

Elle se reproche aussitôt sa question, sous les regards sévères convergeant vers elle, lui rappelant que de toute la tablée elle est la dernière arrivée dans ma vie. C'est au Pierret, juste en face de notre maison qui n'existe plus, remplacée par le parking d'une grande surface, qu'on a enterré maman pendant que j'étais en couveuse. Aujourd'hui le hameau de mon enfance, sur la colline surplombant le lac, est devenu une ZAC encerclant la chapelle au milieu de son petit cimetière, que dissimulent pudiquement les promotions du mois sur les affiches géantes d'Intermarché.

— « En ce qui concerne mon cercueil, reprend le notaire avec une gêne croissante, je souhaite habiter le poisson en bois peint fabriqué par le peuple Gâ du Ghâna, dépliant joint. »

Dans le silence pétrifié retentit soudain le fou rire de Brigitte. Merci. Je suis en train de vivre au détail près la scène dont je rêvais en rédigeant mon testament dans la caravane, ce dimanche du printemps dernier, pendant la finale de Roland-Garros dont l'écho s'échappait des fenêtres de Fabienne.

— Excusez-moi, gémit Brigitte qui, percée de regards hostiles, les bras croisés autour d'elle, tente en vain de juguler son fou rire, vibrant comme un marteau-piqueur sur sa chaise Louis XIV.

— Qu'est-ce que ça signifie ? lance Fabienne en direction de Me Sonnaz qui, rouge de confusion, lui tend le dépliant illustré.

Cercueil fantaisie !

Tradition artisanale du Ghâna, cette sculpture en bois creux due au génie du peuple Gâ sert d'objet décoratif, de meuble de rangement ou de bar, mais fait aussi fureur en tant que cercueil, sa destination d'origine. Dès maintenant, préparez-vous une mort plutôt folklo avec une dernière demeure en forme de lion, poisson, rhinocéros, antilope... À vous de choisir, et sur mesure !

À partir de 15 000 F.
Neiman Marcus, Mail Order Division,
PO Box 650589,
Dallas, Texas.

Brigitte se tourne avec sa chaise pour soustraire son hilarité à l'indignation générale. En 86, après son divorce et son opération, j'étais allé la rejoindre à Lamotte-Beuvron, dans la maison de convalescence où les médecins l'avaient parquée. Au centre de l'immense réfectoire à la tapisserie défraîchie sous l'éclat du néon, elle était assise, ombre d'elle-même, parmi les seuls pensionnaires qui avaient la force de quitter leur chambre aux heures des repas : un vieillard à tubes qui faisait sauter son dentier entre deux cuillerées de soupe, un cantonnier de la Creuse qui fondait en sanglots toutes les cinq minutes sur le protège-nappe en plastique, et un taulard qui demandait le sel en appuyant un micro sur sa gorge, attablé entre deux gendarmes qui parlaient Tour de France. J'apportais à Brigitte sa guitare, quelques pétards fournis par ses copains de l'orchestre, la photo de la somptueuse dauphine blonde que j'allais épouser, si elle me donnait son consentement, et le prospectus du cadeau-gag que je lui avais commandé en Amérique.

C'est là, dans la désolation de ce mouroir, à coups de blagues idiotes et de chahuts déplacés, que j'avais aidé ma sœur à envisager l'issue fatale que les médecins lui prédisaient à brève échéance, comme jadis elle m'avait appris le lasso et le dessin afin de préparer notre départ vers le Far West. Ce qui m'incline aujourd'hui à accepter mon sort — et peut-être à survivre par une pensée plus légère que l'air ambiant —, je le dois pour une grande part à nos retours en enfance, bras dessus bras dessous dans la boue du parc inondé par une pluie sans relâche, à nos gloussements nerveux sous les néons de la salle aux protège-nappes, à la victoire de la vie sur la peur, à la foi avec laquelle je persuadai Brigitte que, si on l'avait condamnée, il lui restait l'appel, la cassation, la grâce divine — et, en dernier recours, l'évasion. J'avais commandé à ses mesures un poisson rouge framboise au sourire dragueur, avec ouverture latérale et intérieur en lianes tressées, j'avais versé des arrhes mais, si elle préférait une antilope ou un rhinocéros, il était encore temps de changer.

Aujourd'hui, en estimant pouvoir disposer du cercueil que je lui avais réservé, c'est sa guérison que j'entérine. Son fou rire a versé dans les sanglots qui secouent ses épaules, mais les autres, à qui elle tourne le dos, ne voient pas la différence.

— Et vous croyez que je vais laisser enterrer mon mari dans un poisson ? lâche Fabienne avec une crispation des fossettes.

— C'est-à-dire, intervient Me Sonnaz. Ce sont ses dernières volontés mais... n'est-ce pas, nous connaissions son caractère disons... fantasque. En me faisant part au téléphone l'an dernier — je peux le mentionner, à présent, sans briser le secret professionnel — de son, disons, souhait un peu particulier, il m'a confié, je le cite : « C'est surtout un clin d'œil. » Alors déontologiquement... je suis embarrassé. Faut-il le prendre au mot ? Est-ce une clause expresse ou bien une allégorie ? Je m'avoue incompétent, en l'occurrence. C'est à vous de voir, madame Lormeau.

La pendulette Empire de la cheminée sonne la demie de vingt-trois heures. Investie du pouvoir que lui a donné le notaire, Fabienne reprend des couleurs. Elle dévisage Brigitte qui mord ses joues, entre rire et larmes, mon père qui examine le prospectus avec une gêne inquiète, Odile qui donne des coups de genou sous la table à son mari pour l'empêcher de se resservir de fromage.

— Écoute c'était mon pote, alors ça va, Odile, merde ! lui gueule Jean-Mi en tranchant une part de gruyère. C'est pas des conneries, son poisson, c'est un truc vachement profond par rapport à la mort, c'est un symbole, j'vais t'dire : les Africains ils ont tout compris, eux ! Et tu hausses pas les épaules ! On est tous sur la même terre qu'on fout en l'air, animaux, nature, la couche d'ozone et les milliards de poubelles, nos enfants sauront même plus ce que c'est, l'eau potable, et j'ai envie de chialer, voilà, alors je bouffe et tu me fous la paix, maintenant, Odile ! Excuse-moi, Fabienne, mais tu me comprends.

Ma femme acquiesce, serrant avec un sourire de compassion le poignet de mon copain qu'elle a toujours trouvé insupportable de vulgarité et n'aurait jamais admis à notre table, n'était la qualité de ses gâteaux.

— Très bien, décide-t-elle à mon grand étonnement, je ne m'opposerai pas à son choix. Il sera enterré comme il a vécu, en faisant rire les gens — s'il y en a qui ont le cœur à rire. Ce sera à nous d'assumer la situation, une fois de plus ; nous avons l'habitude. En combien de temps peut-on faire livrer cette... chose ? demande-t-elle en envoyant le dépliant vers ma sœur. Je veux bien annuler la commande chez Bugnard, mais il n'est pas question d'attendre dix jours, pour que toute la ville s'imagine qu'on me refuse le permis d'inhumer.

— Sous vingt-quatre heures par Federal Express, répond Brigitte, laconique.

— Vous êtes vraiment très au courant, ponctue sèchement Fabienne.

— Initialement c'était pour moi, réplique ma sœur avec un ton neutre qui désamorce ma femme.

— De toute façon, ça ne rentrera pas, laisse tomber papa qui connaît son caveau.

La perplexité chemine dans le silence. Je n'avais pas pensé à cet aspect du problème.

— On sciera les nageoires et la queue, suggère Fabienne à qui son apparente résignation permet de reprendre l'avantage sur Brigitte.

Mon père secoue la tête, gravement :

— Il n'y a plus qu'une place et elle était pour moi, sur sa mère.

Brigitte veut lui saisir la main ; il se dérobe. Je rêve ! Il boude. Je lui prends son emplacement dans le tombeau et il boude. On est vraiment peu de chose. Fabienne, le front en avant, appuie sa fourchette sur la nappe brodée, pas mécontente de la tournure des événements. Les larmes de papa tombent dans son assiette vide.

— Bon, très bien ! s'écrie Brigitte en se levant. N'en parlons plus, oublions ! Il n'y a qu'à l'incinérer, puisqu'il vous gêne tellement !

— Brigitte ! proteste papa, choqué.

— Quoi ? C'est ce que tu veux, non ? Comme ça il prendra moins de place. Une petite urne, une deuxième pour moi, dans quelque temps, et encore : mes cendres vous n'aurez qu'à les foutre aux chiottes, je m'en tape, ainsi soit-il et on tire la chasse ! Comme ça tu auras ton caveau pour toi tout seul avec maman, on sait très bien que Jacques et moi, on n'a jamais été indispensables !

— Je vous interdis de parler comme ça à papa ! lance Fabienne en tapant sur la table.

— Toi, Miss France, tu hérites et tu t'écrases !

C'est cette vie minable qui a tué Jacques, vous en avez fait une larve à domicile, un pion décoratif pour vos soirées de notables ! Qui, parmi vous, qui, à part Alphonse, a jamais essayé de comprendre ses toiles ? Non ce n'était pas un *hobby,* un passe-temps, c'était un cri de désespoir, un appel au secours, mais vous, quand vous demandez : « Ça va ? » et qu'on vous répond : « Ça va », y a plus de problèmes ! L'ordre règne ! Alors ne vous inquiétez pas, on oublie le poisson, je me le garde pour moi ; Jacques a simplement voulu nous faire une blague, n'est-ce pas ? Nous faire peur ! Eh bien voilà, c'est ce qu'on va dire, rassurez-vous ; il sera enterré dans une caisse à poignées, comme tout le monde, ça n'offensera pas les gens comme il faut et l'incident est clos ! Une mort nulle pour une vie de merde ! Je ne vous pardonnerai jamais ce que vous avez fait de mon frère !

Fabienne serre les doigts sur sa fourchette ; elle va répondre, mais les sanglots de Lucien en haut des marches lui font tourner la tête. Elle se précipite dans l'escalier pour le serrer contre elle.

— C'est rien, mon chéri, c'est rien... On discute...

— J'veux pas qu'on brûle papa, hoquette Lucien.

— Mais personne ne parle de le brûler, mon amour... Ta tante plaisante. Allez, viens.

Elle disparaît avec lui, le ramenant vers sa chambre. Les autres baissent le regard dans leurs assiettes, écoutant les bruits de pas au-dessus d'eux. Jean-Mi, qui n'ose pas mastiquer le morceau de gruyère qu'il avait enfourné avant l'éclat de Brigitte, demeure la joue gonflée, l'air en suspens.

J'essaie de remettre de l'ordre dans mes pensées,

d'exprimer une opinion juste. Les paroles de ma sœur m'ont désaccordé. Je ne me savais pas si malheureux. C'est vrai, j'aurais détesté être incinéré, par superstition ; il n'empêche que Brigitte a beau jeu de reprocher aux autres une idée qu'elle a émise elle-même. Je conçois qu'ayant vécu la déchéance de son corps, elle ait envie d'épargner à ma dépouille la décrépitude enfouie qui rassure les gens de la surface, mais elle pouvait le présenter d'une manière plus aimable. C'est étonnant comme la certitude que tout s'arrête avec la mort peut rendre amer. Peut-être que je ne connaissais pas ma sœur. Je l'admirais parce qu'elle incarnait ma part de révolte, qu'elle avait eu le courage de mener la carrière artistique à laquelle je m'étais dérobé, de divorcer d'un crétin et d'apprendre à vivre avec un seul poumon. Mais elle a peut-être toujours été méchante, et son talent, ses qualités, ses ruptures procédaient d'une sécheresse qui cherchait des justifications.

J'ai mal en formulant ces mots, et pourtant le mépris démesuré avec lequel Brigitte a dépeint mon existence, en quelques phrases, aurait dû m'endurcir. C'est rassurant, au fond, dans l'état où je suis, de me sentir encore vulnérable.

— Je te prie de m'excuser, papa, murmure-t-elle.

Papa écarte les bras et les laisse retomber sur la table, avec un pauvre sourire de fatalité qui détend l'atmosphère. Jean-Mi en profite pour avaler sa bouchée. Me Sonnaz, qui s'était fait oublier pendant l'offensive, découpe son gigot avec des précautions de Casque bleu. C'est alors que papa lance brutalement son bras pour saisir le poignet de Brigitte, dans un élan de tendresse blessée, et qu'il a cette parole admirable :

— On ne va pas l'empêcher d'être sur sa mère, allez ! On va tenir bon, toi et moi, encore quelque temps... Tu veux ? L'an prochain, la concession d'à côté passe en reprise, c'est une trentenaire : je suis sur les rangs. Y aura de la place pour nous tous.

Bravo. La maison s'agrandit. Je suis assez émerveillé par la faculté qu'on gardée les vivants de me surprendre. Ce raisonnement dans la bouche de mon père, alors que je le croyais rétamé par la violence de Brigitte, me remonte le moral. Rien ne serait plus désolant pour moi que de passer l'outre-tombe à observer des comportements prévisibles.

— Tu veux que je dorme chez toi ? murmure ma sœur en laissant couler une larme.

— Non, dit papa qui n'a plus vécu avec personne depuis mon mariage. Ne t'en fais pas. Tout ira bien.

Encore un peu et il ajouterait : « J'ai un but », en songeant à la concession trentenaire qu'il s'apprête à exproprier pour réunir sa famille. J'ai une pensée solidaire pour les macchabées voisins, qu'on sortira à coups de pelleteuse. Comment s'organise la vie, dans un cimetière ? Les trentenaires parlent-ils aux perpétuité ? Que deviennent les expulsés, les oubliés, les SDF de la fosse commune ? Y a-t-il des réunions de copropriétaires, où l'on s'engueule pour une fleur mitoyenne ou un crucifix qui fait de l'ombre ? J'ai hâte de savoir. Et de communiquer avec mes semblables, si j'en ai les moyens.

Fabienne redescend parmi nous, le visage en coin. Elle a dû se faire virer par Lucien. Le vacarme de synthèse d'un jeu vidéo résonne au plafond, à titre de représailles. Mon fils a décidé de couvrir la voix des pyromanes sous le fracas des Schtroumpfs, qui explosent en musique avant de ressusciter pour un nouveau parcours.

— On continue ? lance Fabienne au notaire en se rasseyant, comme si rien ne s'était passé.

Thierry Sonnaz s'octroie une longue inspiration, les coudes sur la table, le nez contre le bout de ses doigts joints, et reprend avec lenteur ma feuille qui s'était repliée toute seule.

— « Comme il est convenu dans notre contrat de mariage, lit-il avec effort, tout ce que mon père m'a légué de son vivant revient à mon épouse Fabienne, jusqu'à la majorité de notre fils où ils se débrouilleront entre eux. En revanche, concernant... »

— Plus fort, demande Fabienne.

Me Sonnaz déglutit trois fois pour remonter un peu de salive, et poursuit toujours aussi bas, mais en se voûtant un peu plus :

— « ... concernant mon assurance vie, j'ai désigné comme bénéficiaire unique, aux termes de la police souscrite auprès du cabinet Pétrel, ma sœur Brigitte Lormeau, dite Bridgie West. »

La ritournelle électronique, saluant l'importance du score obtenu par un Schtroumpf, atténue légèrement l'effet de surprise. Lucien a toutefois le temps de refaire la moitié d'un parcours avant que la première réaction ne se manifeste.

— Je vous demande pardon, Fabienne, articule lentement ma sœur.

— Pardon pour quoi ? Pour l'argent qu'il vous

donne ou pour les horreurs que vous avez dites sur lui ? Il vous paraît peut-être un peu moins minable, maintenant ?

Là, chapeau. Ma femme me bluffe.

— On va peut-être vous laisser, intervient Odile. Alphonse est tout seul avec Jacques...

— Il n'y a rien de secret, réplique Brigitte. Je peux très bien destiner cette somme à la recherche médicale ou...

— Ça ne nous regarde pas, coupe Fabienne en repassant d'un geste la parole au notaire. Ensuite ?

Sonnaz, qui avait gardé les yeux fixés sur le dernier mot lu, enchaîne avec prudence :

— « Quant à mon œuvre picturale, merci de ne pas rire, j'aimerais que chacun, parent, ami, aille se servir dans la caravane. Et je serais heureux que toutes les toiles qui n'ont pas trouvé preneur reviennent à... »

Il s'interrompt, après avoir allongé le « à ». Sa main tâtonne en direction de son verre d'eau.

— À ? s'intéresse Jean-Mi.

— Il y a un pâté, s'excuse le notaire.

Et son regard appelle au secours Fabienne, qui, sans même jeter un œil sur le document, répond :

— Je vois. Quoi d'autre ?

Mon malheureux porte-parole replie la première page de mes volontés dans l'enveloppe, déplie la seconde avec une grimace préventive, puis reprend sa lecture en mimant d'une manière appuyée les sentiments que j'exprime :

— « Enfin, et je demande sincèrement pardon à ceux que je pourrais choquer, mais c'est très important pour moi... »

Thierry Sonnaz rapproche sa chaise, et vide son verre d'eau.

— Oui ? l'encourage avec abnégation Fabienne qui s'attend au pire.

Il lui tend la feuille :

— Je suis désolé, mais avec cette tempête... J'arrive de Bourg-Saint-Maurice. Je suis tombé dans la neige en mettant mes chaînes.

Mon testament passe de main en main. Les trois dernières lignes sont en effet complètement diluées. On arrive tout juste à déchiffrer « cadeau » et « qui en ont besoin ». Et encore, je suis mal placé pour juger, connaissant le texte. Ma signature, en revanche, est intacte. Je ne sais comment interpréter cet accident. Est-ce un hasard ou un signe ? Fallait-il que ce dernier souhait ne fût pas exaucé ? En toute honnêteté, maintenant que je suis de l'autre côté, j'ai tendance à reconsidérer l'enthousiasme avec lequel j'avais écrit ces lignes.

— Il veut qu'on donne ses vêtements aux gens dans le besoin ? propose Odile.

— Non, regarde, objecte Jean-Mi en suivant du doigt les coulures d'encre. Il veut qu'on lui fasse un paquet-cadeau. Un ruban autour du cercueil, quoi. Pour pas se prendre au sérieux. C'était bien son genre, non ?

Sa thèse ne provoquant aucun écho, il passe le document à Brigitte qui balaie d'un regard expert la phrase illisible, avant de trancher :

— Il veut qu'on donne sa caravane à un sans-abri, c'est tout.

N'importe quoi ! Je n'ai rien contre les sans-abri, je

leur donnerais volontiers tout l'immeuble, les trois étages de quincaillerie et le duplex, mais qu'on ne touche pas à ma caravane ! Elle est pour Lucien, ou pour Alphonse, ou pour Naïla — quel idiot j'ai été de ne pas le préciser par écrit !

— Ou alors, il a choisi une lecture particulière dans les Évangiles, pour sa messe, suggère mon père.

Ils m'énervent. Je voulais faire don de mes organes à la science pour sauver des vies humaines, voilà ! Est-ce tellement éloigné de ma nature pour que cette idée ne vienne à personne ? Croient-ils que mon égoïsme influait même sur mes projets posthumes ? Mais si vraiment c'est tout ce qu'on pense de moi, qu'on me brûle !

— Cette fourrière, quelle engeance ! fulmine Mlle Toussaint en arrivant dans la salle à manger, couverte de flocons et ses Palladium pris dans de vrais blocs de glace. Moins cinq, vingt centimètres de neige en ville, et il a fallu que je grimpe dans leur engin pour accompagner ma voiture à leur fourrière, soi-disant qu'une fois qu'elle est accrochée, on n'a pas le droit de la décrocher ailleurs que là-bas pour la récupérer contre le paiement de l'amende, vous allez voir comment je vais le faire valser, le maire, aux prochaines élections !

Elle attrape sur le plateau de fromages le dernier bout de gruyère laissé par Jean-Mi, mord dedans avec rage, explique qu'elle est allée ranger sa Diablo dans son garage, nourrir son chien et qu'elle est revenue à pied pour me faire ses adieux. J'attends que quelqu'un la prenne en pitié, la retienne, asseyez-vous donc mademoiselle Toussaint, vous êtes trempée, vous allez bien manger un peu de gigot — mais tout le monde s'en fout, la laisse retourner de son pas martial détachant des glaçons vers la chambre d'ami où elle s'engouffre. Une minute plus tard, Alphonse en ressort. De toutes mes forces, j'essaie de rester dans la salle à manger, de ne pas me faire capturer par les incantations tibétaines.

Mais Jean-Mi, vu les circonstances, est venu les mains vides, il n'y a pas de gâteau et le repas est fini. Mon testament a regagné son enveloppe ; le mystère de mon dernier caprice trône à présent sur le buffet, entre la photo de mon mariage et le bulletin scolaire de Lucien que je n'aurai pas eu le temps de signer.

Mes veilleurs d'âme se lèvent, en silence, et vont prendre le café avec moi. Mlle Toussaint tricote, l'air inoffensif. Je ne ressens plus leurs prières ni leurs souvenirs. Ils me font encore un quart d'heure de figuration, pour la forme, puis, les douze coups de minuit résonnant parmi la musique des Schtroumpfs, ils vont se coucher.

Sans ménagements excessifs, Alphonse évacue Mlle Toussaint qui se proposait de me tenir compagnie jusqu'au matin.

— Faut bien qu'il repose, grogne-t-il en lui tendant sa doudoune et son parapluie de géant.

La porte de la chambre d'ami se referme. Lucien éteint son jeu vidéo. L'ascenseur déglutit dans sa cage.

J'ignore ce qui m'attend.

Sentinelle inutile devant ce corps dont je me suis déshabitué, j'ai l'impression, maintenant que le calme est revenu, de me retrouver ce matin, dans les premiers instants de ma mort. Le battement sourd de l'horloge comtoise a remplacé les chiffres à quartz, mais le temps semble décrire une boucle qui me ramène à mon point de départ. Suis-je encore le même ? Je vais me faire un aveu : si tout cela n'était qu'un rêve, si j'allais rouvrir les yeux dans la caravane, Naïla contre ma hanche et les camions de livraison manœuvrant autour de nous, j'ignore si cela me ferait vraiment plaisir.

J'aurais voulu qu'un inconnu, quelque part, gambade avec mon cœur, ou qu'un aveugle recouvre la vue avec mes yeux. C'est, au point où j'en suis de mon éventuelle éternité, mon seul regret valable. Le gâchis de ce corps en pleine forme est un témoignage d'ingratitude que je refuse de tout mon être. J'ai beau me dire que je n'y suis pour rien, que c'est l'intention qui compte, ma dette s'allonge. Comme si le fait de servir en pièces détachées était une compensation minimum à l'intégrité de conscience qu'on m'a permis de conserver.

Maintenant que mon enveloppe charnelle est vouée à pourrir dans son ensemble, à cause d'un notaire qui ne savait pas mettre ses chaînes, je me sens presque coupable de ce trop-plein de vie que le spectacle des autres alimente. J'ai honte d'être encore là, de participer, de vibrer, de râler, de sourire.

Oui, malgré tout ce qu'ils peuvent dire ou pourront faire, malgré les désillusions, les trahisons, le poids de l'absence et l'oubli qui m'attend, j'aime la vie, toujours, et je veux rester sur terre, et c'est sans doute pourquoi j'y reste.

Qu'on me donne un langage pour essayer d'aider

ceux qui m'appellent, de réussir des greffes de pensées, les seules qu'il me soit encore possible de tenter, et je serai le plus heureux des morts.

Je clignote dans l'éclairage intermittent du néon de chez Top-Sport, qui fait danser entre les persiennes les dernières volutes grises de mes bougies éteintes. Sans le cliquetis du tricot de Mlle Toussaint, le mouvement de l'horloge paraît morne et creux. Ai-je vraiment besoin de continuer à me veiller ? Mon demi-sourire de la maison Bugnard m'insupporte. Ce n'est pas moi, j'en veux à ces décorateurs d'avoir gravé dans la rétine de mes proches ce visage trafiqué, cet air d'abruti satisfait, replié sur son petit mystère. Voilà que, dans la solitude de la nuit, j'ai l'envie pressante de me quitter.

Immatériel comme je suis, et volatil aussi, j'en ai déjà eu la preuve, qu'est-ce qui m'empêche de fuguer, de me rendre chez les autres, de les visiter à mon tour, au lieu de faire de la présence à mon chevet ? J'essaie de détendre ma conscience, de me mettre en partance, sans destination préconçue, de me laisser attirer par celle ou celui qui penserait à moi avec le plus de regret, d'amour ou de compréhension...

Presque aussitôt, je me retrouve dans la lumière d'un néon fixe. Rouge, celui-ci, composant l'enseigne d'un bar. Welsh Pub. Un vieux repaire d'adolescence, tout à côté de l'école de voile. La DS de mon père vient de se garer sur le parking du Grand-Port. Il descend marcher sous les platanes du bord du lac, dans le crissement des haubans. La neige s'est arrêtée de tomber, durcit sous ses pieds qui s'enfoncent. Il erre, de long en large, entre les arbres nus figés dans le givre, regarde le clair de lune, le sommet de la Dent-du-Chat qui apparaît entre les nuages, les projecteurs illuminant l'abbaye de Hautecombe que les moines ont quittée, accablés par les plaisancières qui venaient faire bronzer leurs seins sous leurs vitraux. Les chants grégoriens se sont tus ; la boutique de souvenirs reste ouverte.

Papa revient sur ses pas, repart, s'accoude à la balustrade, descend vers les embarcadères. Il prolonge son attente, il a peur, il hésite, il espère, il essaie de deviner. Il diffère le moment de rentrer chez lui pour écouter ma cassette. Je concentre mes pensées pour l'en dissuader, mais je ne ressens toujours aucun contact, je demeure extérieur, je ne réussis qu'à lui tourner autour, et il s'enroule un peu plus dans sa canadienne pour s'isoler du froid. Me perçoit-il comme un vent coulis ? Il remonte son col, regagne sa voiture qui s'affaisse sur ses suspensions hydrauliques et se redresse comme un dromadaire quand il remet le contact. À l'arrière, un sac de pommes de terre oublié laisse couler un filet brun que la moquette absorbe.

Nous repartons vers le centre-ville. J'ai du mal à me maintenir à l'intérieur de l'habitacle. Un courant de sympathie m'attire, des mots gentils qui évoquent mes qualités se glissent par-dessous le bruit du moteur pour venir me chercher. Je résiste. C'est la voix d'Alphonse qui défend ma mémoire auprès de ma sœur, là-bas dans son petit chalet de la gare, mais je n'ai pas envie de me faire du bien. Ma place est avec mon père, dans les suppositions qu'il agite, l'espoir et l'inquiétude et la certitude qu'il va, pour la dernière fois, m'entendre lui dire quelque chose de neuf, avant que je ne sois plus qu'un sujet d'inventaire, une somme de films et de diapositives qu'il réunira sur une bande vidéo — quelle durée ferai-je, après montage ? Ma dernière demeure, bien plus qu'un cercueil, sera cet étui étiqueté « Jacques », renfermant une 240, une 180 ou une 120. Tout dérisoire à côté des trente boîtiers de maman, classés par mois sur toute la longueur d'une étagère. Il m'a si peu filmé. Je sens bien que, cette nuit, c'est son principal remords.

Au tournant de Saint-Joseph apparaît le halo du chantier. Les silhouettes pathétiques des pommiers morts se découpent dans la lueur blanche des projecteurs, parmi les grues, les pelleteuses et les rouleaux compresseurs qui cernent la ferme abandonnée. Quand j'étais enfant, c'était une exploitation modèle, avec des vaches de race lavées au jet, des filets anti-oiseaux sur les arbres fruitiers ; le vrai chic helvétique. Jeanne-Marie Dumontcel obligeait son mari et ses fils, pour le prestige de la pâtisserie, à n'employer que les produits « maison » de l'étable et du verger. Après le décès de l'époux, lorsque la crise des années 75 s'est abattue sur la profession avec la mode diététique, Jeanne-Marie a mis ses prétentions en jachère et papa lui a racheté la ferme pour ses vieux jours, sans consulter les différents tracés envisagés pour la future autoroute. Le paradis animalier dont il rêvait pour ses petits-enfants n'a jamais vu le jour. Même les poules se sont sauvées à l'ouverture du chantier. Après quinze ans d'accalmie, les explosifs et les rotations de bétonnières viennent de reprendre de plus belle, pour la construction d'un écran anti-bruit qui nous servira surtout de pare-soleil.

J'aime bien dire « nous ».

Papa franchit le portail qu'il avait laissé ouvert en se précipitant à la quincaillerie, ce matin, quand Alphonse, soucieux de procéder par paliers, était venu lui annoncer que j'avais eu un malaise. La DS s'arrête devant le puits tari.

La porte au bois gonflé résiste, comme toujours, cède en grinçant sur ses gonds. Mon père allume la grande cuisine qui lui sert de pièce à vivre, de laboratoire vidéo et de salle de bains, s'immobilise un moment dans la contemplation de son petit déjeuner interrompu. Le lait s'est figé dans son bol, le beurre a fondu sur la tartine entamée. Ça me fait drôle de penser que pour lui, à la première bouchée, j'étais encore de ce monde.

Sans même ôter sa canadienne, il sort de sa poche ma cassette marquée « papa » au feutre vert, et la glisse dans le lecteur intégré à la chaîne que je lui ai offerte l'an dernier. Un des seuls cadeaux qu'il utilise. Généralement il soulève un coin de l'emballage, remercie, recolle et entrepose le paquet dans la grande armoire où s'entassent Noëls, anniversaires et fêtes des Pères ; téléphone mobile, grille-pain, robots ménagers, livres d'art, nécessaire à cocktails, service à café, robes de chambre, étiquetés « cadeaux Brigitte » ou « cadeaux Fabienne et Jacques », afin que chacun puisse reprendre les siens au moment du partage, que tout soit en ordre pour sa succession. Je n'ai pas eu de ces prévenances.

Avec un tremblement d'émotion, il s'assied devant la bande qui tourne en silence, le temps de l'amorce. Qu'imagine-t-il, en cet instant précis ? Des mots de tendresse, des confidences, des recommandations, des reproches ? Je sais ce que secrètement il espère. Entendre ma voix lui dire de veiller sur Fabienne, à ma place, de s'installer dans mon foyer, pour transformer en présence familière la passion transie qu'il éprouve pour elle depuis le soir d'élection où nous l'avons rencontrée. Il attend que je le soulage de ses scrupules, en lui disant que je ne suis pas dupe de l'éloignement dans lequel il nous tenait. Pas dupe de sa fidélité ostentatoire au souvenir vidéo de maman, garde-fou qui est devenu la plus sûre des prisons. Maintenant que Fabienne est seule, a-t-il encore besoin de s'effacer devant moi ? Ce qui les sépare n'est plus qu'une différence d'âge. Je sais ce qu'il rêve d'entendre sur cette cassette. Essayer de lui faire croire que tout est encore possible, entre eux, aurait pu être le plus beau de mes cadeaux d'adieu...

Trois bips résonnent au début de la bande enregistrée. Puis la voix de mon père retentit :

— Jacques, c'est papa. Décroche si tu es là. On est mardi, onze heures. Si tu vas à Intermarché, prends-moi des biscottes, des yaourts à l'ananas, du riz blanc, deux kilos d'endives et trois boîtes de cassoulet. Embrasse Fabienne.

Trois nouveaux bips se succèdent. Incrédule, la mâchoire pendante, mon père regarde tourner la cassette à travers la petite lucarne en plexiglas.

— Allô, c'est papa. Tu es là ? On est samedi, vingt

heures trente. Dis à Fabienne que sa brandade était un régal. Je lui rapporterai le plat demain au magasin. Quel temps fait-il, à Aix ? Ça doit encore pleuvoir ; nous on commence à avoir de la neige, mais il fait trop doux : ça ne tiendra pas. Rappelle-moi. Je vous embrasse.

Les coudes sur la table, il enfouit le visage dans ses mains, secoue la tête. Je suis désolé, papa.

— Bip. Jacques, rappelle-moi. Je viens de recevoir les papiers de l'URSSAF, ils ont remis tout à mon nom, encore une fois, ils commencent vraiment à me courir ; je te lis la lettre que je suis en train de leur pondre : « Monsieur, par un acte enregistré le 15 avril 1987 en l'étude de Me Sonnaz, 45 avenue du Président-Wilson, la quincaillerie Lormeau a été... » Attends, j'ai la dynamite du chantier qui recommence. Rappelle-moi. C'est dix heures un quart. Dépêche-toi, je veux que ça parte avant midi.

Et il y en a comme ça pendant vingt minutes. Ces derniers temps, je trouvais qu'il baissait de plus en plus, j'avais des pressentiments... Alors je n'osais plus effacer les messages qu'il me laissait sur mon répondeur. Je les recopiais au fur et à mesure, sur cette cassette, pour conjurer le mauvais sort, éviter le sacrilège de renvoyer au néant cette voix que je n'entendrais sans doute plus très longtemps.

— Tu es là ? C'est papa. Tu penses à l'alternateur de la Ford ? Embrasse Fabienne.

Résigné, la respiration lente, il s'écoute parler entre les bips, énumérer toutes les broutilles et les non-dits qui le résument au fil des jours. Les impatiences, les appels au secours déguisés, les moments de solitude où il ne faisait même pas semblant d'avoir quelque chose de précis à dire ; ces après-midi vers cinq heures où il composait mon numéro pour entendre simplement ma voix le remercier de laisser un message, alors il disait : « C'était papa », et l'emploi du passé était la seule urgence qui me faisait décrocher immédiatement mon téléphone pour lui parler de tout, de rien, du temps, pour essayer de meubler ces six kilomètres de distance qui nous séparaient à chaque silence.

— Bip, c'est papa, lundi matin. Mitterrand est mort.

C'est le dernier message. Le souffle de la bande continue à tourner dans le vide. Mon père est immobile, les yeux battus, les bras ballants. Un sentiment de honte serre mes pensées dans un étau — sans doute la manière dont les défunts pleurent.

Soudain il arrête la lecture, et rembobine. Étonné, je le vois réécouter ses morceaux choisis, avec un sourire qui peu à peu défroisse son visage. Il paraît soulagé, heureux, gagné par une sorte de fierté reconnaissante. Je ne comprends pas. Ou si, peut-être. Il regarde, au-dessus de lui, la collection de maman sur l'étagère. Il se dit que j'ai fait comme lui. Que je lui ai donné raison en l'imitant, en l'archivant au jour le jour, l'excusant ainsi de son insignifiance qui n'est plus maintenant que de l'amour conservé dans le sirop des phrases. Je ne m'attendais absolument pas à cette réaction. L'apaisement de papa, la réconciliation que, sans m'en douter, je lui ai offerte avec lui-même, fait couler des larmes qui s'engouffrent dans les coins de sa bouche soulevés par le sourire. Je suppose que tout à l'heure, après avoir remis la cassette dans sa boîte, il ira la ranger sur l'étagère, à la suite des cinquante heures de programme qui racontent son bonheur conjugal.

Sans interrompre sa voix, il se lève et passe dans la pièce voisine, un cellier glacé inemployé qui mène au garage où repose, seule, sous sa housse en laine bleue, la Ford Fairlane Skyliner 1957 de maman. Dans un geste large, comme on défait un lit, il la découvre. Grande baignoire profilée par sa peinture blanc et rose, la vieille américaine scintille de tous ses chromes astiqués chaque dimanche. Elle n'a plus vu la couleur du ciel depuis le jour de mon mariage, où son toit rigide escamotable, victime une fois de plus d'un court-circuit, s'était coincé sous l'averse en position verticale.

Papa ouvre la portière avec une douceur recueillie, s'assied au volant, incline son siège et pose le dos de sa main sur le levier de frein, comme lorsque nous partions, l'été de mon bac, à la chasse aux filles au bord du lac, et que je claquais ma paume dans la sienne dès que nous apercevions deux autostoppeuses. Bluffées par cette voiture insensée où tout est électrique, du toit aux sièges, des déflecteurs à l'antenne de radio en passant par l'ouverture de la boîte à gants et le réfrigérateur à Coca dissimulé dans l'accoudoir — tout sauf les essuie-glace, antique système à dépression qui ne marche vraiment qu'au ralenti ou à l'arrêt, quand il ne pleut pas —, les filles grimpaient à bord et notre potentiel de séduction était directement lié à la météo.

En ce temps-là papa ressemblait à John Wayne, moi à n'importe quel ado en guerre contre l'acné, et il avait souvent du mal, les jours de soleil, à me laisser la plus jolie.

Sa main tournée vers le ciel pour accueillir la mienne, tandis que sa voix enregistrée dans la cuisine égrène la liste de ses courses, mon père s'endort.

C'est un poste de contrôle désaffecté, en briques et rondins, qui gouvernait l'ancienne gare de triage. Papa l'a acheté aux enchères dans les années soixante, pour y loger Alphonse qui a toujours été fasciné par le chemin de fer. Des fleurs égayent à l'année les deux fenêtres de ce qu'il appelle fièrement son « chalet d'aiguillage ». À la fin de l'automne, il rentre ses pots de géraniums et les remplace par leurs homologues en plastique, pour assurer une permanence dans la décoration à l'intention des voyageurs.

Le temps qu'il ne consacre pas à la quincaillerie, Alphonse le passe derrière ses carreaux, agitant la main quand les wagons ralentissent ou rêvant dans le flou des TGV qui brûlent l'arrêt. La vision des rails se perdant aux deux horizons et celle des voies de garage aux ramifications rouillées remuent en lui une matière poétique qu'il essaie de mettre en forme, et qui retourne à l'état brut chaque fois que les vibrations d'un convoi le ramènent sur terre.

Le nez contre la vitre au-dessus de son évier, dans les fumées de cuisson évoquant la vapeur des locomotives d'antan, il attend l'inspiration pendant des heures, le dimanche, pour exprimer en mots qui riment l'*Ode à la voie ferrée* qu'il sent palpiter en lui, prête à naître, sorte d'hymne au voyage que l'observateur immobile dédierait à la fuite des lignes et aux méandres inexpliqués des courbes. Il en possède déjà le premier vers, depuis le 18 juillet 1964, et le prononce inlassablement, l'utilisant comme un appeau qui aurait le pouvoir d'attirer toute une nuée d'alexandrins : *« Ô mes rails infinis, noués dans la gare d'Aix... »* Mais il ne sait que leur dire, refusant la tentation de la rime facile *(« Comme des spaghettis froids dans l'assiette en pyrex »)*, et finit ses pâtes dans le silence de la muse qui se refuse. On ne remplace pas si aisément l'amour d'une jolie poitrinaire par la passion contemplative du réseau SNCF.

— Rien n'a changé, chez toi, dit ma sœur.

— Et pourquoi ça aurait changé ? dit Alphonse en rentrant pour la nuit ses géraniums en plastique. Ils ont voulu me poser le téléphone, mais je leur ai dit non merci. J'ai bien assez de soucis avec les fissures. Une sale affaire, ce TGV. Tu préfères l'oreiller ou le polochon ? Petite, tu étais polochon, mais on sait ce que c'est, les goûts des filles. Eux, ils changent.

Un peu gênée, Brigitte regarde la minuscule cuisine serrée entre ses murs de briques. Alphonse est déjà en train de déplier un lit de camp sur le sol en ciment peint façon tommettes, afin de laisser la chambre à ma sœur. Elle enfouit les mains dans son blouson de moto.

— Écoute, Alphonse... Je ne vais peut-être pas rester, finalement.

— Allons, allons. Je t'ai un peu tiré les oreilles

parce que tu as mal parlé de mon Jacques, mais tu sais bien que c'est déjà oublié. Ça me fait rudement plaisir que tu dormes au-dessus de ma tête, si, si, j'y tiens. Pour des motifs que je ne peux pas te dire. C'est un secret, mais c'est justement à cause de Jacques. Figure-toi que ton frère, une raison de plus pour qu'il soit respecté, ce n'était pas du tout l'homme rangé dans le placard que tu crois. Il avait peut-être une vie, aussi. Mais c'est inutile d'insister : je ne dirai rien de plus.

Dans le grincement des ressorts du vieux lit articulé dont il achève de régler la hauteur, Alphonse, du coin de l'œil, attend impatiemment qu'elle essaie de le faire parler. Mais Brigitte n'a pas écouté. Elle est ailleurs. Elle va partir.

— Qu'est-ce que tu dirais, poursuit-il pour se relancer lui-même, si je t'annonçais que, supposition, ton frère aurait peut-être pu avoir une autre femme dans sa vie ?

— Je dirais bravo, mais ne rêvons pas.

Alphonse hésite, le front barré, la bouche remuante. Il est sur le point de lui raconter ma fugue du printemps. Censé me rendre en TGV à la Foire de Paris, pour rencontrer nos fournisseurs et comparer les nouveautés, j'avais passé trois jours avec Naïla dans le lit d'Alphonse. Trois jours de tendresse et de baise effrénée dont j'étais ressorti hagard, enflammé d'une passion que, rentré chez moi, j'avais transférée avec une véhémence inaccoutumée sur les dernières tondeuses à télécommande importées d'Amérique. « Ça fatigue, ces TGV », répétait consciencieusement Alphonse à Fabienne, pour expliquer les cernes sous mes yeux.

— C'est mieux que je parte maintenant, dit Brigitte. Les routes sont dégagées, il ne neige plus, la météo dit que ça va reprendre demain, et j'ai un concert le soir à Troyes.

Le visage d'Alphonse se chiffonne. Il baisse la tête. Elle pose les mains sur ses épaules, pour essayer de le faire entrer dans ses raisons.

— C'est là-bas qu'est ma place, Alphonse, avec le groupe. Jacques, je l'emporte dans mon cœur, tu le sais bien. Pour penser à lui, je n'ai pas besoin de lui jeter une pelle de terre dans son trou.

— Ça ne fait pas de mal non plus, remarque Alphonse sur un petit ton boudeur. Il aurait été content de te voir.

— C'est dans notre pensée qu'il survit, Alphonse, le sermonne-t-elle. C'est tout.

Alphonse hausse les épaules. Elle ne veut vraiment rien comprendre. Pour lui, j'aurais été vivant, cette nuit, s'il avait entendu son lit grincer au-dessus de sa tête. Le premier matin, en descendant l'échelle, Naïla et moi l'avions trouvé tout fier, les bras croisés dans le dos, devant notre petit déjeuner servi, les bols fumant. Il avait déclaré avec un large sourire : « Je vous ai entendus faire l'amour : j'ai passé le café. »

— Allez, j'y vais.

— Tu fais comme tu le sens, conclut-il en se détournant.

Elle le rattrape, cognant de l'épaule les casseroles suspendues, trébuchant dans le lit de camp, l'embrasse sur les joues avec une vigueur destinée à secouer son chagrin.

— Alphonse ! Ne te laisse pas aller ! Jacques n'aimerait pas te voir dans cet état.

— Et qu'est-ce que tu en sais ? lui réplique-t-il avec un brin de hauteur, incapable de dissimuler plus longtemps la supériorité du croyant sur l'athée.

Brigitte n'insiste pas. Il sort derrière elle, pour agiter la main. Déjà elle a traversé les voies, enfourche sa moto sur le parking de la gare, démarre et s'éloigne dans la ligne droite du boulevard Wilson. Au feu rouge de la rampe Alsace-Lorraine, appuyée sur un pied, elle se retourne pour envoyer un baiser, main plaquée sur l'écran de son casque. Puis elle repart dans un vrombissement aigu. La même scène que lorsqu'elle nous a quittés, le jour de ses dix-huit ans. Sauf qu'elle avait un fiancé accroché dans le dos. Le beau gynécologue qui allait pendant des années lui pourrir la santé à coups de traitements contre la stérilité, tout en lui fumant sous le nez les trois paquets de Gitanes quotidiens qui mineraient ses poumons.

La moto disparaît au bas de la rampe, vers le rond-point de la route d'Annecy. Oui, c'est la même scène, sauf que cette fois, je n'irai pas la rechercher. Si jamais elle change d'avis et qu'elle m'appelle, j'essaierai de répondre, mais j'ai trop à faire avec ceux qui croient en moi — ou qui, du moins, conservent de Jacques Lormeau une image fréquentable.

Au revoir, Brigitte.

Alphonse a refermé sa porte. Il a grimpé l'échelle de meunier, il s'est imaginé qu'il couchait ma sœur, l'a bordée comme lorsqu'elle était petite, l'a embrassée sur le polochon en disant « Fais de jolis rêves. » Puis il est redescendu, en lui laissant une lumière allumée.

Sur l'évier, il prend l'un des pots de confiture Bonne-Maman, soigneusement lavé, qu'il utilise pour aller à la pêche. Il vérifie sa propreté en le présentant sous l'ampoule, puis sort de sa poche le mouchoir enveloppant mes préservatifs de la nuit dernière. Il le glisse dans le pot vide, ouvre son vieux réfrigérateur, place le récipient sur la dernière grille, entre la gelée de groseilles entamée et les appâts pour la truite. Avec un signe de croix, il referme le frigo, esquisse une génuflexion et va se coucher face à l'évier sur son lit de camp, pour écouter le silence d'en haut.

Mais comment font les autres fantômes ? Comment s'y prend-on pour hanter une maison ? Je viens de m'épuiser, pendant dix bonnes minutes de leur temps terrestre, à tenter de provoquer des grincements dans le sommier, en haut de l'échelle, pour adresser un signe à Alphonse. J'ai tout essayé : l'appui en force, la concentration vibratoire, la pénétration moléculaire pour aller perturber la structure des ressorts : rien. Silence total, hormis le fracas et les trépidations de la table de chevet qui s'est mise à avancer toute seule de quatre ou cinq centimètres, au passage du TGV de Marseille.

Déchargé comme une batterie, je n'ai plus la force de vouloir autre chose. Incapable de faire entendre mes pensées ni d'agir sur la matière, je vais peut-être rester là, dans cette cabane au bord de la voie ferrée, cohabitant avec mon vieux baby-sitter sans avoir les moyens de l'en informer.

Une sorte de courant m'attire pourtant, mais ma conscience est trop lourde ; je ne peux que me laisser ballotter sur place. Je n'ai pas dormi depuis que je suis mort, si j'excepte mes deux ou trois minutes d'absence pendant l'interrogatoire de gendarmerie, et rien ne prouve que mon nouvel état me dispense de faire la sieste. J'ai toujours eu besoin de mes deux heures de sommeil par jour et de mes huit heures par nuit, sinon je n'étais bon à rien. Je fermais les yeux sur l'oreiller et je fondais comme un sucre. Quel délice, quand j'y repense, répété sur commande quelle que soit mon humeur...

La tentation est grande de céder à l'engourdissement, pourtant la peur de ne pas me réveiller me retient au bord du vide. Ma mission n'est pas terminée, je le sens bien — même si ce n'est qu'une mission d'observation. Le regain d'énergie que m'a donné mon père en retrouvant le sourire, tout à l'heure, s'est encore accentué sous les preuves d'affection dont m'a comblé Alphonse. Je *m'alimente* grâce aux vivants, c'est clair à présent. Mais cette force s'épuise aussitôt que j'essaie de l'utiliser pour établir un contact.

En fait, pour communiquer, il faut être deux. Alphonse parle tout seul : ça lui suffit. Mon père me conjugue au passé, ma femme pense à l'avenir, ma sœur me déboulonne, ma maîtresse m'ignore. En me transportant tout à l'heure, par association d'idées, tandis qu'Alphonse évoquait ma passion clandestine, dans le studio de Naïla, j'ai eu des réactions partagées. Elle dormait à poings fermés, la lumière allumée. Un bâtonnet d'encens achevait de se consumer dans une soucoupe, pour attirer mon esprit ou bien pour le repousser — je ne sais pas. Cette chambre sous les combles où elle ne m'avait jamais laissé monter, à cause des voisins, ne m'était pas accueillante. Je n'y percevais aucune hostilité, mais rien n'y témoignait de mon existence. Naïla était couchée en chien de fusil, dans un pyjama d'homme, les bras serrés autour d'un singe en peluche dont elle ne m'avait jamais parlé. Dans cette intimité qui n'était pas la nôtre, je me sentais indiscret, indésirable — indésiré. La plaquette de somnifères entamée sur la moquette expliquait peut-être l'absence d'un rêve où j'aurais pu faire escale. Son visage si ouvert habituellement semblait muré. Elle dormait sans moi, d'un sommeil hermétique, et je n'étais pas arrivé à me maintenir près d'elle.

Alors que je pensais revenir dans la tête d'Alphonse, qui, lui, me laissait librement entrer et sortir, je m'étais retrouvé dans une cage d'escalier. Des murs nus, éclairés par la lueur pâle d'une veilleuse, des barreaux à la fenêtre, un palier carrelé. Assise sur les marches, de dos, les doigts pianotant sur un cahier à spirale, une silhouette en survêtement tuait le temps. J'essayais de me repérer. Le style, l'ambiance évoquaient une école, une colonie de vacances ou une administration. C'est la première fois que j'étais projeté dans un lieu inconnu, qui n'était ni un souvenir ni le décor de mes proches. Étais-je enfin admis dans la salle d'attente ? Allais-je comparaître devant mes juges, rencontrer mes ancêtres ? M'avait-on redonné mon apparence terrestre pour les besoins de la confrontation, comme cet autre patient dans son jogging bleu roi ? Il m'avait l'air bien matériel. Voilà qu'il allumait une cigarette, soufflait la fumée entre les barreaux de la rampe.

Je voulais me déplacer, je n'y arrivais pas. L'inconnu qui me tournait le dos semblait me retenir dans ses parages. Peut-être est-ce lui qui m'avait appelé. Si un étranger, un client quelconque ayant appris mon sort en achetant un boulon ou une ponceuse avait déjà le pouvoir de me déranger par une pensée vagabonde, j'envisageais avec appréhension les conséquences de l'avis de décès qui allait paraître dans quelques heures.

Coincé dans cette cage d'escalier, j'attendais patiemment que le jeune homme songe à autre chose, quand soudain je fus ramené dans ma caravane et je me vis couché sur le dos, fraîchement parti, au naturel, sans ce maudit maquillage qui allait fausser mon image, les genoux couverts de grumeaux verts et jaunes — le gendarme ! Ce type assis dans l'escalier, c'était l'appelé du contingent qui m'avait rendu les honneurs, ce matin, et nous étions dans la caserne de gendarmerie, avenue de Marlioz. Je l'avais donc tellement marqué, ce grand blond osseux au visage franc, pour qu'il passe son insomnie dans mon souvenir, sur ces marches d'escalier ? C'est vrai que j'étais son premier cadavre. Il avait l'air sympathique, aussi décalé que je l'avais été sous les drapeaux, mais ce n'était pas encore avec lui que j'allais pouvoir entamer le dialogue. Je n'étais pas une âme, pour lui. Juste le remords d'un haut-le-cœur.

Et d'ailleurs une fille brune me remplaça très vite dans ses pensées et je pus regagner la chambre d'Alphonse où je tente en vain de faire grincer le sommier.

Non, la seule qui m'ait considéré comme une conscience en vie, qui se soit intéressée à ce que je suis aujourd'hui et qui ait voulu entreprendre quelque chose pour moi, je suis désolé, mais c'est Mlle Toussaint. Dans l'état d'épuisement nauséeux où m'ont plongé mes tentatives de communication avec la literie, saisi de nouveau par la peur de me désagréger, je lance, à mon esprit défendant, un appel de détresse vers la vieille bouddhiste. Qu'au moins je ne sois plus seul avec l'incertitude de mon avenir. Si le courant qui m'attire faiblement, dilué dans ma torpeur, émane d'elle, alors je m'y abandonne avec l'espoir d'augmenter sa force en l'acceptant.

Et je le regrette aussitôt. En bigoudis et robe de chambre, un doigt brandi, assise à la lueur d'une bougie noire devant la table en verre fumé de son living, Mlle Toussaint est en train de me faire la lecture, levant les yeux vers ma gauche à la fin de chaque phrase, pour vérifier si je suis.

— « Ô Lama, Yi-dams, légions des Dakinis, je vous vénère et vous supplie de me conduire à la libération de l'état intermédiaire, afin que le vent mouvant de mon karma trouve l'incarnation qui le fera progresser sur le chemin de la Vérité en Soi » — c'est la formule pour obtenir la vue pénétrante. Répète.

J'hésite. Sa détermination a un effet tonique mais, si j'entre pour de bon dans son jeu, si je décide d'y croire, que va-t-il m'arriver ? Ses tentatives pour me convertir, dans tous les sens du terme, sa volonté de me recycler dans un autre corps n'éveillent aucun désir en moi, aucune nécessité. La promotion dans une existence de catégorie supérieure ne m'attire pas : j'étais très bien où j'étais, et j'ai sûrement de quoi passer l'éternité sur mes réserves de bonheur perdu. Je veux rester chez moi. Continuer à tourner en rond avec l'illusion de mettre de l'ordre. Pourtant, d'une certaine façon, je ne détesterais pas qu'elle accroche ma caravane à une autre vie. Si j'ai l'assurance de partir dans mes meubles, de conserver ma mémoire, alors je veux bien tenter l'excursion...

— Ainsi la vue pénétrante te permet d'accéder aux mondes de lumière blanchâtre. Au stade où tu en es à présent, tu dois demeurer profondément détendu, noble fils. Sans rien vouloir saisir, dans le non-agir. Sinon tu retourneras à la case départ, d'où j'ai eu tant de mal à t'extraire. Maintenant que tu t'es libéré de l'emprise de ton ancienne famille, tu dois décider de la suite. Veux-tu devenir un être infernal, un esprit avide ou un titan ?

Je me tâte. Elle retourne en arrière dans son *Livre des morts* en marmonnant, pensive, souligne une phrase, coche la page.

— D'après ce que j'ai lu dans le chapitre sur ton corps mental, tu n'as pas besoin, dans les trois hypothèses que je t'ai citées, de passer par une matrice ou un œuf. Tu penses que tu es ce que tu veux être, et automatiquement tu le deviens. Mais attention ! Tu n'as pas le droit de tricher ! C'est ton esprit qui, après avoir traversé les visions effrayantes de tout à l'heure, sait maintenant quelle voie il doit suivre. J'arrive, Popeye.

Elle glisse un marque-page dans mon destin, se lève en soupirant et traîne ses mules jusqu'à la corbeille où son vieux caniche l'appelle en geignant. Il est paralysé depuis l'automne. Dix-neuf ans, presque aveugle et il n'ose pas mourir, de peur de se faire gronder.

Après lui avoir changé sa serviette-éponge en râlant, Mlle Toussaint revient s'occuper de moi.

— Bien. Noble fils, maintenant que tu as renoncé à retourner en arrière, à entrer en contact avec ceux qui entouraient ton ancien corps, voilà que t'apparaissent les caractéristiques du monde où tu naîtras. Distingue et choisis bien celui auquel ton karma te destine, sinon tu seras condamné à errer à tout jamais dans l'état intermédiaire, et je n'y pourrai rien. Si tu dois naître dans le monde oriental de Purvavideha, tu verras un lac avec un couple de cygnes. N'y va pas, ou alors souviens-toi que tu peux faire demi-tour. Si tu dois naître dans le monde occidental d'Aparagodaniya, tu verras un lac avec un cheval et une jument... N'y va pas, détourne-toi ! Tu serais comblé de bonheur, mais le dharma n'y est pas répandu et ce bonheur ne te servirait à rien, ne te mènerait nulle part. Si tu dois naître dans le monde septentrional d'Uttarakuru, tu verras des bœufs autour d'un lac...

Son débit lancinant me provoque un changement certain, m'apaise et me recharge à la fois. Un vrai charme agit, de phrase en phrase. Ignorant si je dois m'y abandonner ou m'en défendre, je m'efforce de ne penser à rien, ce qui est très difficile dans mon état, et probablement déconseillé : n'existant plus que par mon activité intellectuelle, j'ai peur de n'être plus rien si j'arrête de réfléchir. Mais, d'un autre côté, faire le vide est probablement le seul moyen de protection dont je dispose, pour reprendre des forces dans la promenade sans risquer de m'y perdre. Je vois un lac sombre, un couple de cygnes, je me dis « c'est beau » et voilà ; je fais demi-tour et je continue.

— Bien, commente-t-elle en refermant son livre, et elle se tourne vers sa droite où je suis supposé me trouver. Nous avons donc passé en revue les différents mondes qui auraient pu accueillir ton corps mental. Tu es toujours là ; il ne me reste donc plus que deux solutions : transférer ta conscience dans les Purs

Champs de Bouddha — mais ça, ne rêvons pas : un quincaillier... — ou bien t'aider à choisir la matrice idéale pour ton retour parmi nous, dans le cycle impur de l'existence. Alors détends-toi et visualise. Donne-moi la description des parents qu'il te faut, et je t'aiderai à les trouver.

Si j'ai bien compris la situation, elle compte sur son rôle d'entremetteuse pour améliorer son propre karma, sauter une classe et gagner sur mon dos ses galons de lama.

— C'est moi qui te remettrai au monde, se promet-elle, le visage lumineux, avec une joie enfantine. Tu verras : tu ne le regretteras pas. Tu seras mon premier, ajoute-t-elle plus bas, tout émue.

Elle ferme les yeux et se contracte.

— Allez, vas-y ! Communique-moi ta vision ! Montre-moi ta prochaine famille !

Elle emplit ses poumons, les poings serrés, s'efforce de retenir sa respiration le plus longtemps possible. L'air qui fuse à intervalles réguliers de ses lèvres entrouvertes éteint la bougie noire.

— Je ne vois rien ! s'impatiente-t-elle, les yeux toujours fermés.

Sourcils froncés, elle rentre le menton dans son col en mousseline. Après quelques minutes de concentration extrême, elle rouvre les yeux, au bord de l'asphyxie, jette un regard vers la bougie qui fume. Elle hausse les épaules, repousse sa chaise et, dépitée, quitte la table.

— Le jour où j'intéresserai quelqu'un, soupire-t-elle en refermant la porte de sa chambre.

Je reste seul avec le chien qui gémit doucement. Un

bien-être profond m'envahit. Le regard en dessous, la truffe au ras de sa corbeille, j'ai l'impression qu'il m'appelle. Popeye sent ma présence, dans le silence revenu, et il me fait signe. Ça n'a rien à voir avec la façon dont les humains m'attirent dans leurs souvenirs ou provoquent mes réactions. Lui me fait savoir qu'il est là, simplement, qu'il m'a reconnu et qu'on se ressemble un peu, égarés dans l'incompréhension, la solitude, la dépendance et l'instinct d'affection. Il me fixe et je lui rends son — oui, son regard. Comme c'est bon de voir et d'être vu, de sonder la personnalité qui s'intéresse à vous, d'essayer de lui apparaître sous un jour favorable, d'espérer correspondre à ce qu'elle attendait...

Le vieux caniche allonge la tête, voudrait remuer son corps qui ne lui répond plus. Son gémissement s'accentue à mesure que ma pensée vient rencontrer la sienne. La fusion qui se produit est d'une intensité qui dépasse tout ce que j'ai pu connaître. Je revis son histoire, partage ses maigres souvenirs, ses trajets, ses idées fixes et ses misères. Il a peur de mourir, me demande de lui tenir la patte, de lui donner le courage de se laisser aller. Et je reste là, à le regarder trembler, et je le veille à mon tour, recueillant la mémoire qui s'échappe de son esprit tandis que sa propriétaire dort à côté.

Comme c'est court, la vie d'un chien... Une telle densité de souffrance et d'inquiétude. L'angoisse d'être abandonné, de ne plus faire plaisir, de perdre un bâton, de manquer le rendez-vous laissé par une odeur sur un arbre, de se retrouver au matin privé de l'os qu'on a rongé en rêve. Un si grand besoin d'être rassuré, d'accompagner, de faire comprendre ce que son maître ne voit pas. Oui, je suis là, Popeye, je te rassure et je devine tout ce que mes sens n'ont pas su m'apprendre. Le courant de complicité qui nous traverse nous laisse épuisés, confondus l'un dans l'autre. Je ne sais plus si c'est moi qui l'entraîne ou lui qui me retient. Je lui donne tout l'amour maladroit avec lequel j'ai quitté le genre humain, pour l'aider à passer la frontière. Je lui dis que tout est beau, de l'autre côté, qu'il pourra gambader où bon lui semblera, comme moi ; garder l'œil sur Thérèse Toussaint ou pister des odeurs nouvelles, des milliers d'odeurs nouvelles qui rempliront son sommeil de jolies chiennes, de tendresse et d'os qui ne s'évanouiront plus au matin... Fini l'humiliation, fini la peur d'être battu, fini les douleurs inutiles, les portes fermées, les colliers antipuces, les fauteuils interdits, les transports en cabas... Tu seras libre, aimé, entouré, compris... Viens...

Quand sa mémoire qui m'enserre se relâche, un bonheur inouï lui succède. J'ai accompli l'acte auquel j'étais destiné. Même si mon existence posthume ne devait servir qu'à cela, aider un caniche à passer en douceur dans le monde de ses rêves, j'ai l'impression qu'elle serait justifiée.

Le petit corps ne respire plus, tassé au fond de sa corbeille. Comme il a l'air en paix, dirait Odile. C'est drôle ; la foi qu'il a mise en moi, le don de sa mémoire dont il ne me reste plus que des bribes éparses, ont modifié mon jugement sur les miens. Peut-être que si j'avais été *aidé*, comme Popeye, si on m'avait guidé dans le passage comme je viens de le faire pour lui, j'aurais été plus disponible, plus à l'écoute, mieux disposé. Je sens d'une manière très forte que je peux donner, à présent, ce qu'on n'attendait pas de moi vivant. Je ne sais en quoi cela consiste, pourquoi je le sens ni comment je vais m'y prendre, mais en s'évadant de son corps Popeye m'a laissé ce dont j'avais le plus besoin : sa confiance.

J'espère lui avoir permis de gagner tout droit le Paradis des chiens, sans doute plus facile à mériter que le nôtre — j'en suis la preuve errante. Mais il est possible que je me trompe encore. Mis à part sa maîtresse qui le terrorisait, Popeye était seul au monde. Moi non.

Le Paradis n'est peut-être qu'un genre d'hospice, quand plus personne ne peut vous recueillir sur terre.

Une douceur nouvelle me ramène vers Fabienne qui attend que le jour se lève, couchée dans son lit, les yeux au plafond, immobile. Lucien est endormi contre elle, à la place qui jadis était la mienne. Deux petits soldats qui s'épaulent, tandis que le monde autour d'eux se remplit d'ennemis.

Je sens la rumeur enfler dans la ville qui s'éveille, les premiers journaux qui s'échangent, les commentaires sur la belle quincaillière qui aura fini par avoir ce qu'elle voulait : l'entreprise et le pognon. « Vous ne savez pas la meilleure ? Heureusement pour elle qu'il est mort : il voulait divorcer. — Non ? — Comme je vous le dis. Il y a belle lurette qu'ils faisaient chambre à part, il avait des liaisons et elle, vous pensez : une ancienne Miss. Elle voudrait bien se donner des airs, mais tout le monde sait d'où elle vient. Et puis les chats ne font pas des chiens : regardez son fils. Le petit air supérieur, fier de quoi, on aimerait bien le savoir. Paraît qu'il n'est même pas de lui. — Ah bon ? — De source sûre. — Ça explique tout. On sent bien qu'il n'est pas normal, ce gosse-là. — Elle l'aurait eu avec un comédien qui passait en tournée au théâtre du

Casino. Une pièce de boulevard. On voit tout de suite le genre. D'ailleurs son mari, il buvait : c'est ça qui l'a tué. Et bien content si elle ne l'a pas aidé ; un coup de poison vite fait dans son vin, on a vu pire, chez ces gens-là, dès qu'il y a l'héritage à la clé. Et je peux vous dire que ce n'est pas fini : déjà ça se bagarre dans la famille avec la sœur et tout, regardez le journal, ils font faire-part à part, ça se déchire pour le partage et ça se terminera mal, faites-moi confiance. — Mais il était peintre, aussi, alors ? — Pensez-vous ! C'était une couverture, pour les impôts. On dit "la quincaillerie", on les traite de haut alors que c'est une fortune gigantesque. — Ah oui ? — Ça roule en Mercedes, le petit modèle à moteur diesel pour donner le change, mais tout est planqué en Suisse. Des générations à se taper des marges sur les outils, à trafiquer avec les entrepreneurs et les matériaux ; on se demande ce que fait la police. Regardez le père : une épave, un remords vivant ; c'est pour ça qu'ils le cachent. Et vous allez voir les prix, maintenant que tout est à elle. Devoir sa fortune aux vis et aux perceuses quand on a fait la pute pour réussir, soyez tranquille qu'après on le fait payer aux honnêtes gens. Ah ! l'humanité n'est pas jolie-jolie... C'est à moi ? Bonjour madame Lormeau, toutes nos condoléances, nous avons appris par le journal, quelle triste nouvelle, mon Dieu, et c'est arrivé soudainement, qui aurait pu se douter, la veille encore il était si fringant, allez c'est toujours les meilleurs qui s'en vont et les plus à plaindre sont ceux qui restent, il me faudrait six mèches soufrées et deux douzaines d'élastiques à bocaux taille deux — tiens, je vois que l'alcool à brûler a encore augmenté... »

La tête pleine des commentaires qu'elle devra subir toute la journée, Fabienne se lève sans bruit, rabat l'édredon sur Lucien, s'attarde à contempler son sommeil paisible, de trois quarts dos, les bras sous l'oreiller, comme moi. Elle n'a pas fermé l'œil de la nuit. Toutes les mesures à prendre, les détails à régler, les suites à prévoir, le bilan de sa vie. Dix années de mariage. Lucien. Le commerce. Vingt-huit ans. La ride au coin de l'œil. M'a-t-elle aimé ? On dirait qu'elle cherche dans le miroir de la salle de bains le souvenir de ses sentiments. Le voyage à Rome. Les cloches. La pluie. Quatre jours enfermés dans la chambre de l'Albergo Salvatori donnant sur trois pins et la moitié d'un dôme. Nos corps. Refaire l'amour avec un homme, maintenant ? J'ai vécu en elle. J'ai donné la vie en elle. Je suis mort dans les bras d'une autre ; elle le sait, elle le sent, elle s'en veut. Elle se touche. Avec mes gestes. La manière dont je lui relevais ses mèches. Dont je caressais sa nuque et le creux de sa hanche. Avant. Comme je te regrette, Fabienne. Comme je t'en ai voulu pour cet enfant. Comme j'aurais su t'aimer, sans ce mariage où vous m'avez englué, te garder à jamais en fiancée clandestine...

Elle ouvre les robinets, verse un bouchon de mousse rose. En attendant que la baignoire se remplisse, elle s'assied sur la balance, les genoux remontés sous le menton. Elle repense à ce qu'aurait pu être sa vie sans moi. Les marchés en plein vent, les engueulades de ses parents emmitouflés, parmi les cagettes de poireaux, les pyramides de pommes et de tomates qu'elle devait toujours refaire, et les mains baladeuses, et les lacets de la route, et la fourgonnette pourrie qu'il fallait charger et décharger et recharger sans cesse. Le miracle, un jour, sous la halle semi-couverte de Montmélian. Un photographe. Vous permettez, mademoiselle ? Votre sourire. La mèche comme ça. Non, non, gardez le tablier. J'aimerais faire une série en studio, si vos parents le permettent, vous avez quinze ans, formidable, voici ma carte, mon press-book, c'est pour le mensuel *Photo*, vous connaissez ?

Le studio. L'éblouissement. La chaleur des projecteurs, l'éclat des sunlights qu'on réglait à volonté sur elle, pour la mettre en valeur. Les attitudes, pour le plaisir, les mouvements inutiles, sans but ; les mains vides. Se montrer, simplement. Sourire et bouger pour plaire. Exister sans rien dire, au chaud, les seins pointés, la taille cambrée, provoquant le désir d'inconnus invisibles qui ne la toucheraient jamais. En cinq heures de studio, elle avait découvert la vie. Elle ne voulait plus rien d'autre. Poser. Plaire, enviée, inaccessible, hors d'atteinte. Au chaud.

La diffusion de ses photos avait attiré l'attention, suscité l'engouement, donné l'idée de la compétition. Miss Seins Nus 83 au night-club d'Aiguebelette, Miss Vin d'Arbois 84, Miss Albertville 85, et ensuite le titre régional, simple étape vers l'élection de Miss France. Elle serait la première, toujours.

Elle avait été la deuxième, et elle m'avait rencontré.

Elle ferme les robinets, se glisse dans la mousse. Il est six heures du matin. Nous ouvrons dans trente minutes.

J'ai toujours su pourquoi je lui avais plu, pourquoi cette beauté inespérée m'avait choisi, moins par intérêt que par refus. Refus d'amorcer un déclin qui, de sousmiss pour comice agricole en troisième choix pour revues pornos, condamnée d'année en année à montrer toujours plus pour gagner toujours moins, aurait fini par la ramener derrière son étal démontable en plein vent, succession des parents. J'étais un magasin. La promesse d'une vie *à l'intérieur*, où elle pourrait se laisser vieillir sans danger de tout perdre. Elle m'aimerait, si elle le décidait. Elle serait tout pour moi. Elle me donnerait la confiance qu'elle n'avait jamais accordée à personne, son corps dont les autres n'avaient su tirer que leur plaisir ; elle me ferait un fils, elle développerait l'affaire dont il hériterait un jour, et son existence serait pleine comme un bain chaud où l'on reprend des forces après une journée de travail pareille à la veille et semblable au lendemain.

La bonde finit d'aspirer l'eau dans un chuintement. La douche évacue les traces de mousse. Fabienne sèche son corps impeccable qu'elle n'aura plus besoin de me refuser. J'avais respecté sa décision sans la comprendre ; maintenant que je la comprends, je me reproche de l'avoir respectée. Elle avait peur que je ne la désire plus, une nuit, que je me force et que je lui en veuille ; alors elle nous avait épargné cet épilogue en anticipant mon détachement. Je commence à m'expliquer certaines de ses réactions devant ma dépouille, à donner un autre sens à l'injure proférée lors de notre ultime tête-à-tête dans la caravane, avant l'arrivée du médecin. J'avais si bien réussi à me passer d'elle que je n'imaginais pas qu'elle pût souffrir de notre séparation physique, puisqu'elle l'avait souhaitée. Combien de nuits a-t-elle attendu que j'ouvre sa porte, que je brave l'interdit, que je triomphe de sa résolution, que nos corps lui donnent tort ?

Elle monte la fermeture Éclair d'une robe que je ne connaissais pas. Depuis quand ne la regardais-je plus ? Elle se maquille léger, waterproof en prévision des larmes. Je t'aime. Je voudrais tant te l'écrire sur la glace, dans la buée de ton bain, comme au retour de notre voyage de noces. Mais ce n'était déjà plus si vrai, à l'époque ; ça le redevient maintenant que nous nous sommes perdus pour de bon.

Elle regarde l'heure. Encore cinq minutes avant le rituel du rideau de fer. Le jour où je lui ai demandé pourquoi elle s'obstinait à ouvrir une heure trop tôt, elle m'a répondu qu'un matin, à sept heures et demie, elle avait fait *attendre l'électricien dans le froid.* La portée de cette phrase toute simple et si profonde, où je n'avais voulu voir que l'angoisse de rater une vente, abruti, m'atteint comme une gifle. La petite fille des courants d'air n'avait jamais disparu, sous les manteaux en cachemire et les gants de chevreau. Sa compassion, la manière spontanée dont elle s'identifiait à tous ceux qui n'avaient pas la possibilité de vivre au chaud était la seule faiblesse qu'elle s'autorisait. Elle versait cinq pour cent de nos bénéfices aux sans-abri, et j'avais eu la bêtise d'y voir une mesure d'allègement fiscal. L'heure où Fabienne était, derrière ses vitrines illuminées, la première commerçante ouverte de la ville représentait, plus que le symbole de son ascension sociale, l'image du bonheur qu'elle se sentait tenue d'offrir à ceux qui n'avaient pas eu sa chance.

Pourquoi ne fait-on l'effort de comprendre les autres que lorsqu'ils ne vous gênent plus ? Elle avait tout pour me fournir l'amour qui remplit une vie et nourrit une œuvre. Mais j'avais cherché ailleurs pour me croire libre. Je n'avais plus vu en elle qu'une obligation de réserve, due aux voisins, à notre fils, et je lui avais reproché mes scrupules, mon indécision, ma fuite immobile. Si c'était à recommencer... Non. Je n'aurais pu lui offrir que des rêves égoïstes. Bazarder la quincaillerie, partir sur les routes à l'aventure, peintre ambulant, dessinateur des rues, vendant mes portraits sur les marchés... L'opposé de son destin. Tout est mieux comme ça, je le sais bien. Ça ne m'empêche pas d'en souffrir.

Elle retourne sur la pointe des pieds border Lucien qui s'est découvert en dormant, puis se dirige à la lueur des appliques de la salle de bains jusqu'au semainier où elle range ses bijoux. Elle déplace un écrin, soulève la feutrine qui tapisse le tiroir, en sort une photo, referme le meuble et quitte la chambre.

Je reconnais la photo. Je pensais l'avoir égarée depuis cinq ou six ans — c'est donc elle qui me l'avait dérobée. Elle n'avait pas voulu que je conserve ce morceau de son passé, ce souvenir de sa vie d'avant moi, ce corps triomphant dans son maillot pailleté, de peur qu'un jour je ne le regarde en comparant. Elle sourit, une main sur la hanche, l'autre dans ses cheveux, cambrée sous son écharpe « Miss Albertville ». Au bas de cette photo qu'elle m'avait donnée le soir où le titre régional lui était passé sous le nez, elle avait écrit : « Pour Jacques Lormeau, que je n'arrête pas de rencontrer. En amical souvenir. Fabienne Ponchet. »

Elle ouvre la porte de la chambre d'ami, vient glisser la photo dans la poche intérieure de mon costume, et ressort sans un regard.

Un soleil inattendu fait scintiller la neige des toits, les rues sont un magma de boue glacée marronnasse que les roues projettent en gerbes et les piétons râlent. Un matin ordinaire. Le premier où j'ai le temps d'éprouver une émotion esthétique en regardant le paysage. C'était beau, la Terre.

Inlassablement, à hauteur du quatrième étage, je sors, je rentre et je ressors au flanc de la façade vert épinard qui se dégrade autour des fenêtres en nuances pistache, couleurs garanties savoyardes par les rénovateurs du quartier. La banque d'en face, banane-fraise, n'est pas mal non plus. Mon angle de vision, à quinze mètres du sol, s'est élargi durant la nuit, ce que j'interprète à tort ou à raison comme un progrès. Toujours pas d'archange à l'horizon ni de fumées d'Enfer pour m'indiquer le chemin ; en revanche le monde dont je ne fais plus partie me paraît de plus en plus présent. Je m'incruste.

Grimpé sur une chaise, au-dessus de la chambre de Lucien, notre voisin d'en haut se contorsionne pour racler la neige de sa lucarne ouverte. Dans les années mille huit cent, sa famille était propriétaire des murs et louait le rez-de-chaussée à la quincaillerie qui, génération après génération, d'extensions en viagers, s'est emparée de tout l'immeuble pour ne lui laisser aujourd'hui qu'une chambre de bonne sous les combles. Lucien nous l'a déjà demandée en cadeau pour ses dix-huit ans. L'occupant sursitaire lance un bonjour sonore dans ma direction et un réflexe d'avant-hier me pousse à y répondre, alors que le salut est destiné à une voisine de l'autre côté de l'avenue et qu'ils se parlent à travers moi.

Je rentre dans la chambre de Fabienne. Je ne peux pas dire à proprement parler que je pénètre les murs ; j'évoque un lieu, je m'y projette et je m'y retrouve.

Depuis l'ouverture du magasin, je laisse ma femme aux prises avec la vie et j'accompagne le sommeil de Lucien. Présence attentive, je guette une trouée dans ses rêves pour m'y introduire ; je lui parle sans discontinuer, reprends le fil des histoires de cow-boys que je lui racontais jadis en lui donnant ses biberons, pendant que sa mère était dans le plâtre. Lorsque sa respiration se modifie ou qu'il change de position, je ressors au-dessus de l'avenue, de peur d'interrompre malgré moi le contact que j'essaie d'établir. Je me sens un peu ridicule, mais je pense à mon grand-père. J'ai un souvenir si précis des rêves où périodiquement il venait me rendre visite, depuis sa mort. Des rêves si conformes à son caractère, à son humour et son sans-gêne épanoui que je ne pouvais y voir que des clins d'œil. On sonnait au portail du Pierret. J'ouvrais. Il était derrière, en pièces détachées. Les jambes d'un côté, les bras de l'autre, la tête au bout de la main droite et la gauche tenant une clé anglaise. « Bonjour, Jacquot. Je me suis démonté et j'ai perdu le mode d'emploi. Tu m'aides ? »

Aujourd'hui, c'est moi qui viens demander du secours. Bonjour, Lucien. Écoute-moi. Regarde. On est le matin de Pâques, en bas dans la cour autour de ma caravane. Tu descends chercher les œufs, ton panier sous le bras. Tu en vois un. En équilibre sur le chariot élévateur. Tu le prends dans ta main. Ma tête est dessinée sur la coquille. Tu la casses et je tombe dans une assiette, immédiatement transformé en omelette. Tu me manges, tu me sauces et puis tu cours au milieu des manèges de Luna Park à la recherche d'un nouvel œuf ; le voici et c'est encore moi, Petit Poucet perdu sans toi, Lucien, mais si tu suis le chemin de mes œufs...

— ... Côté cœur ça va pulser pour les Balance, avec Mars et Vénus en carré, vivement le week-end !

Neuf heures : Savoie FM s'est déclenchée sur le radio-réveil de la caravane, que personne n'a songé à débrancher. Lucien se dresse d'un bond. Pourtant le son parvient à peine dans la chambre.

— Papa ?

Son appel angoissé est un bonheur. Il sent ma présence, enfin ! Il a reçu le rêve que je lui ai envoyé, suivi le chemin, cassé mon œuf... Comme j'ai bien fait de rester à côté de lui...

— Papa, répète-t-il plus doucement.

Ce n'est plus un appel. C'est une constatation. Le souvenir de ma mort vient colmater la brèche par laquelle je lui glissais des nouvelles de ma survie. Les bribes du rêve, s'il a eu lieu, ont déjà fondu dans la réalité. Bon. Je ne désespère pas de me faire entendre, mais je sens que ce sera long.

Atterré, il découvre l'heure à sa montre. Il rejette le drap, fonce vers la porte, manquant renverser Fabienne qui, entre deux clients et trois condoléances, lui montait le plateau du petit déjeuner.

— Mais où vas-tu, Lucien ?

— À l'école, tiens ! Tu m'as pas réveillé !

— Mon chéri...

Hésitant sur la manière de lui rappeler en douceur qu'il est orphelin, ce matin, et que la maîtresse a prévu son absence, elle commence par poser le plateau.

— Tu ne veux pas plutôt rester avec moi ?

— Non.

Alors elle se détourne, et elle se met à pleurer. Debout, le menton haut, immobile ; de longues larmes de solitude qu'elle retient depuis l'ouverture. Lucien gonfle ses joues et, paternel, la fait asseoir, lui tend une tartine :

— Mange.

La tartine à la main, Fabienne lui dit qu'elle comprend, qu'elle lui demande pardon : Alphonse va le conduire à l'école avec la camionnette, et tout ira bien. Le petit redresse la tartine qui pleure son miel sur la descente de lit. Comme il voit que sa mère n'y touchera pas, il la remet sur le plateau. Fabienne a gardé le coude à angle droit, dans la position que Lucien avait imprimée à son bras. Lui qui n'embrasse jamais de lui-même prend sa respiration, dépose sur la joue mouillée un baiser qui ressemble à un coup de boule.

— J'ai rêvé de papa, lui dit-il sur un ton d'entraîneur galvanisant ses joueurs. Il était au ciel avec des ailes et des anges, il me disait qu'il va bien et qu'il veille sur nous, qu'il ne faut surtout pas pleurer et que le Bon Dieu est content de lui.

C'est faux, mais c'est gentil. Fabienne hoche la tête en émettant un son par le nez.

— Seulement il a dit, le Bon Dieu : « Si jamais vous le brûlez, il ira en Enfer. »

— Personne ne brûlera ton père, coupe Fabienne dans une lancée de rancœur.

— Je vais m'habiller, conclut le petit, rassuré, et il quitte la chambre.

Fabienne s'abat sur le lit dans une crise de sanglots nerveux. Je sais ce qui l'a mise dans cet état. La lecture du journal. Le faire-part de ma sœur. Les apitoiements goguenards des bonnes âmes au comptoir. Les questions insidieuses : « Faut-il ne pas envoyer de couronne, alors, ou bien si ? » Les sous-entendus perfides : « Il y a eu des coquilles, je crois, dans l'avis de votre belle-sœur. » La désertion de Brigitte, rapportée par Alphonse avec les précautions d'usage (« Elle ne se sentait pas très bien : elle a préféré rouler de nuit »), a désarmé ma femme. Je suis triste de la voir ainsi. Tant d'années passées à défendre, soutenir, préférer ma sœur, et me voici du côté de Fabienne, qui ne le saura jamais.

Une détente et elle est debout, tire sur sa robe, ajuste la blouse ivoire dont elle a imposé le port à son personnel en montrant l'exemple. Elle reconstruit son chignon dans le miroir, se compose un visage de madone émue par la sympathie ambiante et articule avec douceur :

— Je te chie à la gueule, vieille morue, avec ta couronne à la con.

Elle déboutonne le haut de sa blouse, plante résolument dans son col la broche en rubis qui a fait blêmir le Tout-Aix pour nos cinq ans de mariage, sourit d'un air suave en défiant dans la glace les endeuillés qui vont pleurer jaune, lance avec dignité : « Au revoir et merci, madame Rumilloz », renifle et redescend tenir son rang.

Fabienne, tu ne m'entends pas, mais je te jure que je suis sincère. Maintenant que tu es veuve, j'aimerais te redemander en mariage.

Son anorak fermé jusqu'au menton, son bonnet olympique sur la tête, Lucien est sorti de sa chambre avec une paire de ciseaux. Il traverse le couloir sur la pointe des pieds et, l'air décidé, pénètre dans mon dressing. Il ouvre les placards, hésite, les lames en suspens.

Je n'arrive pas à demeurer dans la scène. Quelque chose m'appelle ailleurs, un événement ou une pensée me réclame, chatouille mon attention que je voudrais tout entière à mon fils. Je résiste, luttant à contre-courant pour rester dans le dressing. Lucien a ouvert un tiroir, sorti une pile de sweat-shirts, les examine, arrête son choix sur mon vieux jogging pie, vérifie la manche, râle et change d'avis. La vitrine de l'agence de voyages s'installe en surimpression sur mes placards ; c'est Naïla qui m'appelle. Une minute ! Pour l'intérêt qu'elle m'a témoigné jusqu'à présent, elle peut bien attendre son tour.

Après avoir rangé mes affaires de sport, Lucien se rabat, avec une moue résignée, vers mon tiroir à chaussettes. Il extirpe de l'amas emmêlé une paire en coton noir, et tranche l'élastique d'un coup sec. Le sens de cette amputation m'échappe. La force d'attraction vers l'agence, en revanche, est de plus en plus précise ; j'y résiste encore un peu, mais seulement par fierté. À présent, mon fils découpe avec soin dans le fil d'Écosse une bande de cinq centimètres de large. Il se redresse, va se planter devant la glace et là, il enfile mon bout de chaussette par-dessus la manche de son anorak. L'air renfrogné, il règle la hauteur du brassard et, avec un geste brusque en direction de son reflet, repousse un adversaire.

— T'as pas intérêt à me taper à la récré, Marco ! Mon père est mort, j'te f'rai dire !

Et mon petit héros en deuil, courageusement, part sur le chemin de l'école en portant mes couleurs. Qui est Marco ? Je te promets de tirer au clair cette histoire de récré. C'était ça, ton blouson de cuir que tu avais soi-disant donné à un SDF dans la rue, l'autre jour ? Si quelqu'un te rackette à l'école, compte sur moi pour le hanter. Je ne suis pas bien dangereux, pour l'instant, mais ça viendra ; je ne vais pas me cantonner dans les vibrations de literie. Les apparitions spectrales, les coups dans le mur, les pierres qui volent à la tête des petits fumiers en herbe, c'est sûrement une question d'entraînement. Il faut avoir un but, il faut avoir la rage, et il faut y croire. J'ai déjà la confiance ; le reste suivra — peut-être.

Quand même, tu aurais pu m'en parler avant, Lucien, tu ne crois pas ? Mon pied au cul de Marco, de mon vivant, ç'aurait été plus simple.

Maintenant que je suis tout seul dans le dressing, l'attraction de Naïla est moins forte. L'image de mon fils racketté par un copain d'école a ancré ma présence là où s'est produit mon accès de violence. Plus je ressens d'émotion, plus j'occupe l'espace où je me trouve. C'est bien conçu, quand même.

D'une détente visuelle, je me projette rue de Genève devant la vitrine de l'agence Havas. Et, immédiatement, je comprends les raisons de ma venue. Le gendarme de la nuit dernière, l'appelé du contingent qui me convoquait dans son insomnie, est en arrêt derrière un platane, les pieds vissés dans la neige sale, fixant Naïla qui suspend sur la vitrine les charters de février. L'a-t-il reconnue ? Ça m'étonnerait : je ne l'ai pas vu accorder la moindre attention à mon tableau en cours, lors de l'enquête dans la caravane. À moins qu'il n'ait examiné le portrait dans l'intervalle où je subissais ma fameuse perte de conscience. Cette absence était-elle un acte manqué, une volonté de fuite ? Le pressentiment d'un danger que je refusais de voir en face ?

Le gendarme écrase sa cigarette dans la glace du caniveau qui cède, ajuste son uniforme trop serré, pousse la porte vitrée.

La rousse relève les yeux, près du ficus. Naïla continue d'accrocher ses vacances alléchantes à prix cassés. Le jeune homme se présente : Gendarmerie nationale, auxiliaire Peyrolles Guillaume, et s'approche de Naïla.

— Pourrais-je vous dire un mot en particulier, mademoiselle ?

Naïla se retourne, la Martinique entre les dents, hoche la tête, scotche l'affichette et désigne le fauteuil en face duquel elle s'assied.

— Travail ou vacances ? demande-t-elle en s'efforçant à la gaieté polie, mais la voix sonne creux.

— C'est à propos de M. Jacques Lormeau, attaque Peyrolles Guillaume, qui décidément ne garde pas longtemps ce qui lui pèse sur le cœur. Vous étiez en rapport avec lui ?

Naïla pâlit. Comme elle a déjà mauvaise mine, ça ne se voit guère. Mais je connais la petite veine qui bat sur sa tempe quand elle a peur ou qu'elle est en colère.

— Pourquoi ?

— Il est décédé.

— J'ai appris, oui. Dans le journal, ce matin...

— Vous étiez son modèle, je crois.

Ce type est redoutable. Naïla s'enferre, nie, admet qu'elle me connaissait de vue, c'est tout, et qu'elle savait que je peignais, oui, puis soudain elle le prend de haut parce que la rousse du ficus, téléphone à l'oreille, boit leurs paroles en feignant d'attendre qu'on lui passe un interlocuteur.

— Mais pourquoi vous me posez ces questions, à la fin ?

— C'est juste de la curiosité, mademoiselle. Je ne suis pas venu à titre officiel : M. Lormeau a succombé à une rupture d'anévrisme, l'enquête est close. Simplement, j'ai trouvé très beau le portrait qu'il a fait de vous. Et je vous ai reconnue en passant devant la vitrine. Voilà. Excusez-moi de vous avoir dérangée.

Il se relève, remet son képi et quitte l'agence dans le

petit son pimpant de la clochette. Naïla le suit des yeux tandis qu'il traverse la rue, puis se plonge dans un catalogue en évitant le regard de la grosse rousse qui raccroche son téléphone avec une compassion sournoise.

Je comprends très bien que Naïla ait démenti notre relation, je ne lui en veux pas de m'avoir renié. Mais elle aurait pu le faire avec un peu plus de justesse. Le jeune homme est ressorti avec une curiosité intacte, et quelque chose de nouveau dans le regard qui me laisse envisager le pire.

Pendant mon absence, ils m'ont mis en bière. Il fallait bien s'y attendre, mais ça m'a tout de même causé un choc. Les Bugnard me font un dernier raccord. Avec la soie gaufrée qui mousse autour de moi, j'évoque une de ces boîtes de fruits confits que Jean-Mi compose à Noël.

— Quand tu vois leur chiffre d'affaires, ils auraient pu lui payer un Versailles.

— Remarque, il est moins lourd, le Trianon.

Le plus petit, après réflexion, me change la raie de côté. L'autre enchaîne en rectifiant mon sourire :

— Paraît que c'était un queutard.

— Ah oui ?

— La fille d'Havas, tu sais, la beurette. Il se l'envoyait.

— Tu déconnes ?

— Demande à Jacinthe, elles vont à la piscine ensemble.

— Quel pédé ! râle le petit en me supprimant la raie. Soi-disant qu'elle sortait avec personne ! T'es sûr qu'elle t'a pas vanné, Jacinthe ?

— Demande à Caro, si tu me crois pas. Toutes au

courant, elles sont. Tu les connais pas, les nanas entre elles.

Et voilà. On se croit seuls au monde, et on est le point de mire. Ce n'est pas que je me méfie outre mesure de la rancœur des borniols, mais enfin, j'aimerais mieux être ailleurs quand on me vissera le couvercle.

— Hé ! regarde ce qu'il a dans sa poche.

— Laisse, parfois la famille leur met exprès.

— 'tain la gonzesse ! Vachement roulée, à l'époque. Miss Albertville mon cul, oui.

— Tu crois qu'elle y a mis sa photo pour qu'il se tape une pogne à sa mémoire ?

Et cetera... Comme ils n'ont pas l'air près d'épuiser le sujet de conversation, je préfère m'abstraire. Puisque la photo de Fabienne est là, entre leurs doigts, je vais m'y plonger. Tenter l'évasion dans une dimension que je n'ai pas encore explorée. J'ai très envie de connaître sa vie d'avant notre rencontre, de la voir enfant, adolescente sur les marchés, débutante sous les flashes, de partager sa solitude avant que je n'existe pour elle — mais j'atterris dans le théâtre du Casino, au milieu des smokings et des robes du soir.

— Déesses altières ou veloutées, énigmatiques ou lumineuses, en tous les cas charmantes et gracieuses tant par les qualités plastiques que par la tête qui, nous l'allons voir, n'a rien à envier aux jambes, la ville d'Aix-les-Bains tout entière à travers ma voix, jeunes filles, est fière de vous accueillir aujourd'hui en ce Palais de Savoie construit en 1849 par Charles Garnier, mais oui, qui devient pour un soir le temple de la Beauté où la vestale suprême que nous allons couronner, je veux parler de Miss Savoie 86 (applaudissements), future ambassadrice de notre belle région si fière et si enviée, jaillira de vos urnes, telle Vénus à sa conque arrachée, pour s'en aller voguer, nous n'en doutons point, vers un destin national ! Vive Miss France ! Vive la France !

Maire adjoint à la culture, président du Comité des fêtes, M. Rumilloz salue sous les bravos devant le rideau de scène, désigne à l'enthousiasme général le pingouin de Paris veillant au bon déroulement des éliminatoires, sort à reculons vers les coulisses en embrassant la foule et revient presque aussitôt, en catimini, chercher son micro sur pied qu'il escamote vivement tandis que le rideau se lève et que débute le défilé des prétendantes.

Fabienne a le numéro 21. Le regard lointain, le sourire fixe, le pas en mesure, elle déambule au milieu des autres dans le premier tour de piste, décrivant une demi-volte renversée pour venir se présenter devant le jury en arborant d'une manière délicate son carton numéroté. Jean-Mi, assis au deuxième rang des jurés, la reconnaît soudain et se met à gesticuler dans ma direction, provoquant les roulements d'yeux réprobateurs du président Rumilloz. Je n'ai pas compris ce qu'il voulait me dire et j'ai continué à faire mon marché intérieur, les yeux naviguant de fille en fille, mêlant aux pronostics sur le scrutin mes chances de séduire l'une ou l'autre. Je venais d'être quitté trois heures plus tôt par Angélique Boranewski, la belle héritière de Bora-Pneus, et j'étais venu avec Odile, qui était toujours de bon conseil dans les périodes transitoires. Habillée comme pour un mariage, elle se tenait les genoux serrés dans son fauteuil rouge, une boîte de pastilles pour la gorge posée sur la cuisse droite. Comme les garçons ne lui proposaient jamais de monter prendre un dernier verre, elle précisait par fierté qu'elle couvait une laryngite et rentrait seule avant l'heure. Tandis que les candidates au sourire impeccable évoluaient sur scène, elle commençait à regarder sa montre. Mon attention et mes espoirs s'étaient portés sur la 39, une brune aux seins volcaniques, la démarche féline et la coupe au carré, qui arriverait quinzième. Je n'avais pas remarqué la 21.

Mais cette fois-ci, lorsque le cortège regagne les coulisses sous une musique de gladiateurs, c'est son pas que j'emboîte. Fabienne est tendue, nerveuse. Sa collision avec le voilier de Jean-Mi lui a laissé une douleur dans la cheville et elle claudique dès qu'elle n'est plus sur scène. Ses parents sont dans la salle, endimanchés à la naphtaline. Ils ont déjà renseigné deux rangées autour d'eux : « C'est notre fille. » Elle ravale sa honte, elle ne veut plus penser qu'à la couronne qu'elle arrachera ce soir à ce jury de blaireaux. Elle n'est peut-être pas la plus belle, mais elle a une botte secrète qu'elle a testée pendant la répétition, auprès du président Rumilloz qui lutinait les prétendantes sur le plateau pour leur expliquer les places.

Elle sourit, tout en changeant de maillot dans le vestiaire, entourée de la meute excitée qui vocifère en se disputant les miroirs. Lors de l'épreuve de culture générale, tout à l'heure, elle annoncera avec une gravité inattendue, au micro du sélectionneur, qu'elle souhaite dédier, si elle l'obtient, son titre de Miss Savoie au peuple afghan persécuté par les troupes d'occupation soviétiques, et dont la lutte héroïque se poursuit en ce moment même. Son témoignage de soutien compensera largement, auprès du jury, le demi-point qu'elle risque de perdre dans le défilé robe longue-talons hauts.

Aux premières notes de *Carmen*, dans la nuée qui s'égaille en direction de la scène, je partage un instant la force joyeuse de Fabienne, sa certitude, la nouvelle vie qui commencera pour elle dans quarante-cinq minutes, couronne sur la tête, sceptre en main, écharpe au côté, couverte de cadeaux-surprises des commerçants aixois, publicité gratuite en direction des caméras de la télé régionale, entourée de la jalousie des filles plus riches, plus belles, plus étudiantes qu'elle aura supplantées sur la marche supérieure du podium : « Miss Savoie 1986 : Fabienne Ponchet. »

Malheureusement, la 14 avait lancé, avec la voix de Mireille Mathieu, un appel solennel pour que cesse la violence dans les Territoires occupés, car « rien n'est pire sur terre qu'un enfant tué à coups de pierres, surtout si c'est par un autre enfant ». Les applaudissements nourris avaient démoli le rêve de Fabienne. Jamais elle ne pourrait faire mieux. La 17 se ramassa en improvisant un discours écologiste contre la centrale nucléaire de Creys-Malville. Avec deux des jurés ingénieurs EDF, il fallait vraiment être gourde. L'Afghanistan fit tout de même deuxième. En couronnant un boudin sympathique, les hommes mariés du jury s'épargnaient les accusations de parti pris et passeraient une nuit sans reproches.

J'ai retrouvé mon père devant la fontaine du casino, dans la fumée des autos qui essayaient de sortir du parking. Les mains dans les poches, il vitupérait contre le choix de ses collègues. Comment voulait-on que la Savoie illustre les jeux Olympiques d'hiver avec une Miss aux fesses plates qui avait l'accent du Midi ? Alors qu'on avait l'opportunité d'élire une blonde spectaculaire et native d'Albertville ! Je n'avais jamais vu papa dans cet état. Lorsque Fabienne, enroulée dans sa gabardine, déboucha par la sortie des artistes, il fondit sur elle :

— Louis Lormeau, j'étais dans le jury, j'ai voté pour vous et c'est un scandale ! Vous méritiez cent fois le titre !

— C'est gentil, répondit Fabienne d'une voix neutre.

— Je vous présente mon fils Jacques.

Les yeux vidés par la tristesse, elle ne pensait plus qu'à abréger la nuit. Ses parents s'étaient garés au diable, et il fallait les rejoindre pour aller avec eux à l'hôtel Beau-Rivage où il y aurait encore un podium ; les photographes diraient aux dauphines de se pousser hors du cadre, le discours du sous-préfet rendrait hommage aux préoccupations humanitaires d'une Miss honorant le département ; il faudrait présenter les parents pour ne pas qu'ils se vexent, et la soirée qui aurait dû être la plus belle de sa vie s'achèverait dans la 2 CV fourgonnette, la grande robe en taffetas bleu cousue main traînant parmi les fanes de carottes et les feuilles de salade oubliées, Cendrillon regagnant le monde des citrouilles, et le père qui ronchonnerait sans dépasser le quarante : « Tu vois où ça t'a menée, de jouer les princesses ? »

Et puis, soudain, son regard a croisé le mien. J'ai reconnu la pagayeuse de l'après-midi. Elle s'est souvenue du type qui avait percuté son kayak. Nos yeux ne se quittaient plus.

— C'était vous, a-t-elle dit avec un relent de rancune dilué dans sa détresse.

— C'est dingue, le hasard, ai-je commenté avec cette intelligence qui me caractérise lorsque je tombe amoureux.

Le regard de papa allait d'elle à moi, ébloui. Il s'est vivement tourné vers Odile, qui attendait près du jet d'eau en se raclant la gorge.

— Odile, ma caissière, l'a-t-il située à distance pour éviter le malentendu. Je possède la quincaillerie, avenue des Thermes. Bon, tu habites à côté, tu rentres à pied, non ?

Odile en a lâché sa boîte de pastilles. Elle l'a ramassée, a souhaité le bonsoir après avoir déclaré à contretemps qu'elle préférait aller se coucher, à cause d'un début de laryngite, et nous avons oublié son existence dès que sa main a fini de serrer les nôtres.

— Vous permettez que mon fils vous raccompagne ? propose papa. Il est garé en face.

Le coup d'œil que lance Fabienne à la voiture américaine démesurée, qui brille de tous ses chromes sous le crachin des réverbères, modifie quelque peu sa première impression sur moi.

— C'est une Ford Fairlane Skyliner 1957, présente papa en lui ouvrant la portière. Le toit est en tôle, comme vous le voyez, mais si la pluie s'arrête vous aurez une surprise.

Il l'installe, l'aide à replier les volants de sa robe sous le tableau de bord, referme délicatement la portière et contourne l'auto en me donnant la clé.

— Incroyable, murmure-t-il. C'est complètement fou. Tu as vu les yeux, la manière de marcher ? C'est ta mère, c'est le portrait de ta mère ! J'ai failli me payer un infarctus dans le jury... Si tu la laisses filer, mon vieux, je te préviens...

Mon air étonné l'interrompt. Le peu que je connaissais de ma mère, en noir et blanc, ne m'avait pas fourni la moindre indication d'une ressemblance. La silhouette, oui, peut-être... Mais il savait mieux que moi.

Il ouvre le côté conducteur, bascule le siège et se glisse à l'arrière. Mon destin est en marche. Sous l'arceau de verdure, en face, Angélique Boranewski plaisante au milieu des frères Dumontcel. Elle m'adresse un signe d'encouragement avec son parapluie, l'air moqueur. Jean-Mi confirme l'intention en tournant vers moi son pouce brandi.

— Tu montes ou tu rêves ? me lance papa.

Je m'installe au volant, referme la portière sur le parfum de jasmin que Fabienne abandonnerait six mois plus tard, après notre mariage, pour un Guerlain qui lui paraîtrait plus conforme à sa nouvelle position sociale.

Je suspends les événements un instant, pour m'emplir de cette odeur de jasmin qui a marqué ma vie. Jamais je n'ai retrouvé le désir joyeux qui s'emparait de moi dès que Fabienne était à moins de six mètres. Et j'en ai respiré, des flacons, dans les parfumeries et les rayons d'hypermarchés... Il m'a semblé repérer la note fleurie dans la gamme « Eau Jeune », mais son jasmin était moins sucré ; elle devait faire un mélange personnel. Il m'a été impossible d'en savoir plus. Tout ce qui relève de sa vie avant moi a toujours été tabou, et je me suis résolu à m'exciter sur du Guerlain.

— Je suis née dans tes bras, m'a-t-elle dit trois jours plus tard à l'hôtel Ombremont, quatre étoiles, dans les draps où nous venions de faire connaissance.

C'était pompeux, mais totalement sincère. Peut-être ne l'ai-je jamais autant aimée qu'à ce premier dîner où elle a mangé le blanc des asperges en laissant le vert. Ses parents ne faisaient que la ratte, la carotte, la tomate, les salades et le cardon. Elle a compris, au regard gêné du maître d'hôtel qui déposait ses couverts dans son assiette avant de l'enlever, qu'elle avait fait quelque chose de mal. Alors elle m'a demandé. Elle voulait tout savoir, tout de suite. Six mois plus tard, elle pelait sa poire avec la fourchette et le couteau deux fois plus vite que les autres épouses du Lions Club, elle savait placer dans l'ordre autour de sa table l'ambassadeur, l'évêque et le ministre, bien que l'occasion ne se soit jamais présentée, et elle préparait par correspondance son BTS de gestion.

— Ah ! la pluie s'est arrêtée, se réjouit papa. Vous allez voir. Jacques !

Je m'arrête au feu de la place du Revard, interroge son regard dans le rétroviseur. Il acquiesce, vigoureusement. C'est le test. Je tire sur le petit bouton nacré, à gauche du volant. Combien de fois avions-nous répété cette manœuvre, depuis mon permis de conduire, depuis que nous avions restauré tous les deux la voiture de maman, devenue l'arme absolue en matière de drague... Fabienne s'exclame. Dans le chuintement d'une vingtaine de moteurs électriques, le panneau du coffre vient de s'ouvrir tout seul, d'avant en arrière, tandis que les vérins soulèvent le toit de cinquante centimètres au-dessus de nos têtes. Il demeure immobile trois secondes, à l'horizontale, avant de décrire un arc de cercle pour aller se ranger dans le coffre, qui se refermera sur la ligne sans montants d'une décapotable insoupçonnée.

Mais, à ce stade de la métamorphose, juste après les trois secondes de station horizontale, se situe le moment du test, qu'il est conseillé de pratiquer à la fin d'une averse. Avant d'aller s'escamoter, le toit replie en effet son extrémité, grande visière dont l'abaissement, à la verticale exacte de la banquette avant, déclenche une douche glacée sur la passagère, moyen imparable de tester son humour. La seule fois où, têtu, j'ai voulu quand même sortir avec une fille qui l'avait mal pris, traitant le constructeur de tous les noms, énumérant les dégâts dans sa tenue comme autant de crimes impardonnables, je me suis ennuyé quinze jours avant qu'elle ne me plante une fourchette dans la main parce que je souriais à une voisine de table. Depuis, je me suis toujours incliné devant le résultat du test.

Fabienne me regarde, son chignon affalé sur le taffetas qui gonfle en absorbant l'eau. Je suis moi-même noyé dans mon smoking, avec la bouche ouverte et l'air coi. En attente. Elle remonte ses mèches avec son coude, renifle, essore son petit sac en tapisserie et part d'un fou rire nerveux.

— Ce n'était pas mon jour, conclut-elle en secouant la tête.

La main de papa serre mon épaule. Test réussi.

Au feu suivant, la Fairlane cale. Et, comme la batterie n'a pas eu le temps de se recharger après l'alimentation des vingt relais mobilisés pour la disparition du toit, j'entreprends d'arrêter les voitures pour demander si quelqu'un a des pinces. Nonchalamment vautré sur la banquette arrière, mon père fait l'article à Fabienne. J'ai mon bac mention bien, je suis très doux, très amusant, j'ai animé une émission culturelle sur Fréquence Chambéry, j'adore la nature, l'opéra et les sports nautiques, comme elle, d'après ce qu'elle a dit au micro tout à l'heure, et la quincaillerie dont il va me laisser incessamment la direction fait trois millions de bénéfice annuel après impôt.

C'est l'Alfa Romeo de Jean-Mi qui nous dépanne. Angélique Boranewski tressaute de rire, sur le trottoir d'en face, en roulant des pelles ostensibles à Jean-Do. Quand le gros V8 de la Ford consent à glouglouter de nouveau, je rends ses pinces à Jean-Mi qui grommelle :

— Vous êtes lourds, avec vot' toit. Tout le monde se fout de ta gueule.

— Je survivrai.

— Merci pour Angélique. T'avais dit qu'elle me trouvait sympa : elle s'est jetée sur mon frère.

Il enroule les câbles autour de ses pinces, avec un regard noir pour la blonde qui sourit en écoutant mon père. Haussement d'épaules, puis il disparaît dans le rugissement aigu de son Alfa, vers le quartier des boîtes de nuit.

— Mlle Ponchet ne connaît pas l'Amérique, m'informe mon père sur un ton appuyé.

Je compatis d'une moue à l'adresse de Fabienne dont les cheveux ondulent à nouveau légèrement.

— Je suis un petit peu pressée, m'avoue-t-elle comme si c'était une faute.

Cent mètres avant le parking de la gare où stationnent ses parents, elle se fait déposer devant une Jaguar, en nous disant que son fiancé ne va plus tarder. J'insiste pour que nous l'attendions ; je ne vais pas la laisser trempée au milieu de l'avenue, mais elle ne veut rien entendre. Tout ce qu'elle accepte, c'est de garder la serviette-éponge que nous emportons toujours dans la boîte à gants, en prévision du test. Pour nous laisser un souvenir, elle nous dédicace deux des photos dont elle avait rempli son sac, dans l'éventualité de sa victoire. Et elle sort, nous laissant son parfum de jasmin et la flaque de sa douche.

— Raté, commenté-je en redémarrant.

— Mon œil, réplique papa qui détaille sa photo signée avec un sourire fin. La Jaguar est au Dr Nollard, tu n'as pas vu le caducée ? Refais un tour.

Je tourne à droite dans le boulevard qui monte vers les Thermes, prends la rue Marie-de-Solms, redescends par la Sécurité sociale et débouche devant la gare au moment où Fabienne est giflée par un homme rougeaud que retient une femme en fourrure d'avant-guerre.

— On compte pour du beurre, nous, ou quoi ? Une demi-heure qu'on poireaute ! Où t'étais passée ?

— La cogne pas, Raymond. Y a le repas, maintenant.

— Dans l'état qu'elle est ? Où tu l'as mis, ton parapluie neuf ?

— Excellent, dit papa. Reprends Charles-de-Gaulle : elle ne t'a pas vu. Écoute, mon vieux, tu vas me traiter de fou, de ce que tu veux, mais c'est un signe du ciel, cette fille. Je te jure ! Elle a quoi, dix-huit ans ? Ta mère est morte en 61 : ça colle.

— Enfin, papa... Tu ne vas pas croire à la réincarnation ?

— Je m'en fous, d'où elle vient, si je me fais des idées ou pas. Ce qui compte, c'est de ne pas la laisser filer. J'ai noté le numéro de la fourgonnette : si dans trois jours elle n'a pas rapporté la serviette au magasin, j'appelle le service des cartes grises et tu la relances.

C'était merveilleux de retrouver un père amoureux, un père jeune homme, un père en vie. C'était la première fois qu'il était sincère, qu'il délirait sur une fille sans se forcer, sans jouer le jeu pour alimenter la complicité qui nous unissait depuis que j'étais en âge d'aimer. Pour garder cette étincelle dans ses yeux, j'aurais fait n'importe quoi.

Je l'ai fait.

Trois jours après l'élection de Miss Savoie, Fabienne entrait dans la quincaillerie pour nous rendre la serviette lavée, repassée, emballée dans du papier de soie. Le soir même, elle prenait un verre avec moi au club nautique. Elle s'était disputée avec son fiancé, disait-elle. Oui, c'était lui, la petite ecchymose sur la joue. C'était fini entre eux. Premier baiser au bord du lac. Votre père est charmant.

Le lendemain de notre nuit à l'hôtel Ombremont, elle déjeunait à la maison. Toute la ville était au courant, grâce au gâteau pour trois qu'elle avait commandé chez Jean-Mi.

Papa débouche un gevrey-chambertin. Odile a fait son poulet tahitien, recette *Télé 7 Jours.* Comme je la soupçonne de s'être vengée sur les épices, j'ai aussi prévu du gigot froid. Alphonse, tout excité, a sorti le service de maman, le cristal, les cuivres et l'argenterie et les fourbit avec une ardeur jubilatoire. On n'a pas eu la cruauté de le retenir, et la table de la salle à manger ressemble à un stand d'antiquaire.

À l'heure prévue, Fabienne sonne à la porte avec un ambassadeur au grand-marnier — le gâteau préféré de papa, lui a dit Jean-Mi. Au moment où je vais descendre ouvrir, mon père me glisse dans la main l'alliance de maman.

— Ce sera pour elle ou pour personne. D'accord ?

J'acquiesce.

Le vin était bouchonné, le poulet immangeable et Odile avait emporté le gigot froid pour son déjeuner dans la réserve.

Fabienne nous a fait une omelette.

Je me retire de notre premier repas de famille pour revenir au présent, voir un peu ce que je deviens. Et il se produit alors un phénomène curieux. J'étais entré dans la nuit de l'élection par la photo que les croque-morts se montraient au-dessus de mon cercueil ; j'en ressors par la photo jumelle, dans la cuisine de papa.

Il a étalé toutes mes images sur la table de ferme, tous mes visages d'enfant, d'adolescent ; mes camps de louveteaux, mes concours hippiques, mon service militaire, mon mariage, la naissance de Lucien... J'ai le choix. C'est assez grisant de pouvoir sauter d'un moment à l'autre, de retrouver ma maison qui n'existe plus, le sourire de ma grand-mère, les catastrophes domestiques provoquées par les lubies distraites de mon grand-père, les secrets que Brigitte et moi partagions dans nos regards, la fierté de papa tenant mon cheval en bride le jour où j'ai réussi l'examen du premier degré...

Mais lui, comment va-t-il, après cette nuit passée dans la Ford au garage ? Il s'est rasé, coupé les cheveux, peigné tout lisse. Il porte un costume gris croisé, finement rayé groseille, une chemise oxford avec une cravate club. Je ne l'ai pas vu ainsi depuis qu'il s'est mis à la retraite. Depuis qu'il a voulu que je prenne sa place, comme s'il avait à cœur de se laisser aller, de grossir et de végéter dans la crasse pour que Fabienne ne soit pas tentée de voir l'amour dans ses yeux. Comme il a été malheureux en pensant me faire plaisir, en me donnant cette femme qu'il avait cru, de bonne foi, ne désirer que pour moi...

Ce matin, il a dix ans de moins. Je suis content de ce qu'il éprouve. Ma cassette de messages enregistrés semble avoir dissipé tous ses scrupules envers moi, jusqu'à la jalousie qu'il s'interdisait. Nous sommes réconciliés, enfin, sans jamais nous être disputés, en ayant laissé faire le silence.

Il reprend sa photo dédicacée, sur la table. « Pour Louis Lormeau, en souvenir d'une douche froide. » Il sourit au corps pailleté et range l'image dans sa poche intérieure, avec le même geste que Fabienne avait eu pour la glisser dans mon dernier costume.

La pâtisserie Dumontcel est un haut lieu de stuc, miroirs et dorures entrelacées qui évoque un vieux manège où l'on aurait enlevé les chevaux de bois. J'ignore ce que je suis venu y faire. On verra bien ; désormais je me laisse transporter avec une confiance totale dans les décors qui me réclament. C'est peut-être la faim qui m'amène, tout bêtement. La nostalgie de la faim que je n'éprouve plus. Cela me manque de ne plus rythmer les heures par l'appétit, la mise à table, la digestion. Mon esprit s'en accommode, bien sûr, mais il a perdu cette impatience, cet élan vers la satisfaction d'un plaisir programmé, cette assurance d'un désir toujours renouvelé. Je ne *salive* plus, quoi.

Ou alors c'est simplement le fait d'être seul, de ne plus pouvoir partager ce que je ressens, qui se traduit par le regret des repas en commun.

— Maman, le framboisier pour l'anniversaire Beaufort, alcool ou liqueur ?

— Sans rien ! Jean-Gu, mais combien de fois devrai-je te répéter que lorsque je ne le précise pas sur le bon de commande, c'est nature !

— Nature, un framboisier, pour moi c'est avec l'alcool de framboise, sinon c'est plus un framboisier, demande à Jean-Mi.

— Ne discute pas avec ta mère ! Valérie, vos cheveux ! Mais où vous croyez-vous, dans une porcherie ? Marie-Pa, fais voir tes mains !

J'ai toujours aimé la maison Dumontcel, les parfums croisés des croissants chauds, des frangipanes et de la fleur d'oranger, dans l'atmosphère étouffante des conflits familiaux. Jeanne-Marie, la mère, qui s'emploie à cultiver une très vague ressemblance avec la reine d'Angleterre, trône à la caisse, hautaine et martiale, terrorisant les jeunes vendeuses à durée déterminée qu'elle change dès qu'elle les soupçonne d'être passées dans le lit de Jean-Do, le maître chocolatier, qui se shoote à l'ecstasy pour augmenter son tonus sexuel. La vie de Jeanne-Marie est une surveillance de tous les instants : Jean-Do pique dans la caisse, Jean-Gu, le préposé aux crèmes, qui carbure au blanc de Savoie, farcit fréquemment les puits d'amour avec la mousse des génoises au rhum, Jean-Mi a toujours tendance à confectionner beaucoup plus de gâteaux que les estimations fournies par les commandes ne l'autorisent, et Marie-Pa, devenue boulimique depuis qu'on lui a évité *in extremis* trois mésalliances, boulotte en cachette les religieuses, les millefeuilles et les chardons au kirsch — manière de tuer sa mère, d'après le psychanalyste qu'elle consulte par correspondance, maintenant qu'elle a renoncé aux rencontres des petites annonces. J'aimais bien Marie-Pa. Au lycée, quand elle était anorexique et qu'à force de redoubler elle s'était retrouvée dans ma classe, elle me demandait souvent de lui faire ses rédactions. Le pli lui est resté. Tous les quinze jours, depuis quatre ans, c'est moi qui essayais de transcrire en bon français les envies de meurtre qu'elle venait m'exposer en pleurs dans la caravane. Évidemment, c'était plus difficile que les annonces matrimoniales que je lui rédigeais auparavant, mais le psychanalyste de *Modes et Travaux* n'était pas dénué d'intelligence. Il avait défini le caractère castrateur de Jeanne-Marie à travers les prénoms inutilisables qu'elle avait donnés à ses enfants (Jean-Donnadieu, Jean-Michelangelo, Jean-Gustalin, Marie-Palatine) afin de pouvoir ensuite affermir son autorité sur eux en les abrégeant. Depuis cette révélation, Marie-Pa va mieux. Mais elle aura quarante ans dans deux mois, je ne serai plus là pour écrire sa détresse et le rayonnage des macarons est déjà bien dégarni, ce matin.

— Marie-Pa, le vacherin du bicentenaire ! C'est quoi, cette trace de doigt ?

Marie-Pa fond en larmes, les mains dans le dos. J'ai l'impression que sa mère lui reproche moins l'état du vacherin que l'origine de ses pleurs. La pâtisserie Dumontcel est, après la quincaillerie Lormeau, l'établissement le plus ancien de la ville : nous sommes nés en 1799, ils remontent à Napoléon III et c'est l'un des grands drames de Jeanne-Marie, qui essaie de faire mentir les archives municipales à coups de pancartes en pâte d'amande célébrant abusivement leur bicentenaire.

— Y a pas foule, ce matin, commente Jean-Gu qui a l'air déjà bien mûr, et ne mesure pas l'impact de cette remarque anodine destinée à distraire la colère maternelle.

— Tout le monde ne peut pas se vanter d'avoir un

deuil, réplique Jeanne-Marie dans le silence pesant du magasin anormalement vide.

— Maman, reproche Jean-Mi, le seul de ses enfants qui soit sorti à peu près indemne de ses jupes, grâce au sport.

— La queue de chez Lormeau va nous boucher l'entrée, si ça continue. Non mais je vous jure. Marie-Pa, si tu dois pleurer toute la matinée, mets-toi devant la vitrine : ça les fera peut-être venir.

Le timbre électrique de la porte qui s'ouvre interrompt les aigreurs de la reine-mère.

— Monsieur bonjour, lance-t-elle avec une compassion de proximité, avant d'enchaîner sèchement : Valérie !

La vendeuse désignée par la grâce divine accourt vers le gendarme — décidément... Dès que je fais un tour en ville, c'est pour l'accueillir. Il est en civil, à présent : un jean, des boots, un blouson gris.

— Et pour le monsieur ça sera ? attaque la fille au chignon mal tenu qui ne finira pas la semaine.

— Je regarde, merci.

Le soupir de Mme Dumontcel se répercute sous la voûte ouvragée façon chapelle Sixtine. Désamorcée, la vendeuse retourne tenir compagnie au pilier central.

Mains dans les poches, le gendarme se déplace lentement le long des vitrines du comptoir, observant les gâteaux du jour comme des poissons dans un aquarium. Puis il s'arrête devant Jean-Mi, qui est en train de disposer le paris-brest qu'il vient de garnir à la douille.

— C'est un saint-honoré ? s'informe poliment Guillaume Peyrolles.

— Si on veut, répond Jean-Mi qui n'a pas le cœur à discuter.

— Vous étiez le meilleur ami de Jacques Lormeau, je crois.

Mais il m'énerve ! Mort naturelle, on lui a dit ! Il n'a qu'à regarder mon certificat. Jean-Mi relève les yeux du présentoir, dévisage le jeune homme aux cheveux courts semés d'épis qui lui sourit avec un air compréhensif.

— Oui, pourquoi ? Vous le connaissiez ?

— J'aurais bien aimé. Je suis fasciné par sa peinture.

— Ho ?

L'étonnement de Jean-Mi se situe à mi-chemin entre l'incrédulité et la goguenardise. Je connais.

— C'est terrible de mourir si jeune quand on a une œuvre en cours. Vous ne trouvez pas ? C'est comme si vous, ça vous arrivait au milieu d'une tarte.

Jean-Mi, qui n'a jamais songé à cette éventualité, le regarde avec circonspection.

— Une tarte, c'est une tarte, déclare-t-il, modeste.

— Moi-même, je suis romancier. Enfin, j'écris... Je n'ai pas encore trouvé d'éditeur. Et puis j'ai dû partir au service militaire.

— Dans quelle arme ? sourit Jean-Mi, content de se retrouver sur un terrain de connaissance. Moi j'étais dans les chasseurs alpins.

— La gendarmerie.

— Ouais, c'est pas mal non plus. Mais les chasseurs alpins, c'est les chasseurs alpins. Bonjour, mademoiselle Toussaint.

— Bonjour, c'est vite dit, marmonne-t-elle, tout en noir.

— Vous arrivez de la quincaillerie, sans doute, pérore suavement Jeanne-Marie Dumontcel. Quel grand malheur.

— Je viens de me froisser un nerf en enterrant mon chien dans le jardin avec la terre gelée, et je n'en fais pas tout un plat ! réplique Toussaint pour couper court au deuil des autres.

— Oh ! je suis bouleversée, se désole la reine-mère avec sincérité, les animaux lui faisant moins d'ombre que les Lormeau.

— Bouleversée ? Un chien que vous n'avez jamais laissé entrer dans votre magasin ! Ne me faites pas rire.

— C'est l'arrêté préfectoral, se défend la pâtissière.

— Ça ne vous portera pas bonheur, avertit Mlle Toussaint avec l'amère consolation des initiés. Une brioche aux raisins.

— Je suis toute retournée, révèle en entrant Mme Rumilloz, une grasseyante à permanente bleutée qui arbore des pin's pour faire artiste, bonjour. Ce pauvre M. Lormeau. Mon époux a été son dernier client.

— On s'en fout, répond Mlle Toussaint.

Elle paie sa brioche et ressort, dans le silence indulgent qui accompagne toujours ses brusqueries de riche. Je sens que, de son côté, je vais avoir la paix quelque temps. Je suis moins optimiste en ce qui concerne le gendarme, qui a réattaqué, dès que Jean-Mi est revenu du présentoir des viennoiseries :

— Vous deviez le connaître depuis longtemps... Non ?

— On était de la même maternité. C'est dire.

— Et il peignait déjà, quand il était enfant ?

— Sans rigoler, demande gravement Jean-Mi en se penchant au-dessus des tartes aux fraises, tandis qu'une nouvelle fournée d'endeuillés pénètre dans le magasin, tu es calé en peinture ? Nous on le charriait. Pas méchant. Mais on le charriait, quoi. Ça vaut vraiment quelque chose, ses tableaux ?

— Oui.

Je ne partage pas son avis. J'aimais l'envie et l'acte de peindre ; jamais le résultat.

— En tout cas ça me touche beaucoup. Surtout le portrait qu'il n'a pas eu le temps de finir, avec la fille dans la fenêtre...

— Chut ! fait vivement mon vieux copain avec un regard affolé vers la clientèle qu'il imagine aux aguets. Et pour madame Rumilloz, ça sera ?

— Mon Dieu, je m'interroge. J'ai mon fils de Lyon qui vient déjeuner avec sa femme qui est professeur agrégé d'histoire...

— Alors je vous recommande ce savarin.

— ... à l'université. Nous aurons le maire, également. Le pauvre, il a bien du souci en ce moment, avec ces nouveaux thermes. Je lui prends un millefeuille, et un savarin au génépi, donc.

— Je vous le conseille plutôt à la cédratine, madame Rumilloz, c'est une nouveauté que j'inaugure. C'est de la liqueur de cédrat.

— Non, non, une autre fois. Je m'en tiens au génépi.

— Une autre fois y en aura peut-être pas, si personne n'en prend, s'énerve Jean-Mi qui gagne à rester derrière ses fours, avec sa diplomatie de chasseur alpin. Pouvez goûter, au moins !

Le regard courroucé de sa mère, qui déteste ses innovations, interrompt les pourparlers. Boudeur, Jean-Mi refile Mme Rumilloz à sa sœur et revient remplir un carton d'allumettes au fromage à l'intention de mon critique d'art, pour éviter que leur discussion ne paraisse suspecte.

— T'en parles pas, OK, de ce tableau-là ? glisse-t-il entre ses dents.

— Non, non. Promis.

— Comment tu l'as vu ? T'étais de l'enquête de gendarmerie, dans la caravane ?

— Oui.

— La fille, tu comprends, c'est une amie à moi, s'enferre gentiment Jean-Mi. C'était un cadeau que je voulais lui faire à elle, qu'il la peigne d'après une photo, tu comprends ?

— Je comprends, sourit Guillaume, apparemment touché de cette preuve de camaraderie, aussi spontanée que maladroite.

— Pâtisserie-chocolaterie Dumontcel, j'écoute, se rengorge la reine-mère au téléphone, avant d'embrayer sur un ton d'impatience : Oui, Odile, une minute ! Il arrive quand il pourra ! Nous avons du monde, figurez-vous.

— C'est la levée du corps, traduit Jean-Mi en retirant son tablier.

— Vous croyez que je peux venir ?

Le meilleur ami du défunt considère la demande avec une réticence qui, finalement, ne trouve pas de motif où s'accrocher. Il donne sa permission en vidant le carton d'allumettes au fromage parmi les miniquiches et les roulés-saucisse.

— Marie-Pa, tu me remplaces ? À tout à l'heure, maman.

Sans lui répondre, Mme Dumontcel repose son téléphone en se tournant vers sa fille :

— Le savarin au cédrat, tu soldes. Je veux qu'il parte ce midi : mets-le à 73 au lieu de 105.

Jean-Mi gonfle les joues, attrape sa cravate qui pend sous le présentoir des orangettes et marche vers la sortie, tête en avant, croisant un rabbin de l'école talmudique qui entre avec sa dizaine de garçons à casquettes bleu marine, déclenchant le sourire œcuménique de Mme Dumontcel.

— Monsieur Meyer et les enfants, bonjour, quelle journée magnifique !

Elle s'extasie sur les prévisions météo pour le sabbat, ravie de changer de registre.

— Marie-Pa, les bretzels, enchaîne-t-elle trois tons plus bas, sans voir le regard paniqué de sa fille qui a commis sa première razzia du matin sur le rayon alsacien.

— Nous prions pour M. Lormeau, réplique le rabbin avec une gravité réprobatrice. Les enfants l'aimaient beaucoup. Je viens vous rapporter l'Apfelstrudel d'hier soir, qui sent l'alcool.

— Jean-Gu ! s'époumone la Dumontcel aux cent coups.

Marie-Pa sourit sous la délivrance, allongeant en réflexe, dans son dos, une main précise vers les babas.

— Si j'écoutais ma mère, ronchonne Jean-Mi sur

le trottoir, je ne ferais que la tarte aux pommes et le marbré chocolat.

Guillaume compatit, méditatif, comme si ce rôle de confident était entre eux une réalité ancienne. En les regardant s'éloigner tous les deux, d'un même pas, vers le coin de l'avenue où mon corps demeure encore pour une petite demi-heure, je me sens curieusement dépossédé.

Avant qu'on ne referme le couvercle, chacun m'a déposé des provisions pour la route. Lucien m'a fait un dessin, papa m'a glissé dans la poche intérieure, à côté de la photo donnée par Fabienne, le stylo plume or qu'il avait acheté en prévision de mon anniversaire, Odile a couché sur mon cœur une fleur séchée, Jean-Mi m'a offert en souvenir la seule coupe que nous ayons gagnée dans une régate et Alphonse a placé à portée de ma main *Graziella* avec son marque-page.

Merci.

Je suis heureux qu'on soustraie à ma vue ce visage dont l'expression n'était plus de moi.

Le gendarme se tient en retrait, sur le seuil de la chambre, couvant des yeux Fabienne avec cet air absent qu'on me reprochait quand je fixais les inconnus pour leur voler une attitude, un sentiment, une alliance de couleurs d'où naîtrait une toile. On dirait qu'il essaie de capturer la scène dans sa mémoire, lui aussi. Peut-être Fabienne, avec les pensées contradictoires qui durcissent ses traits tout en patinant son regard, va-t-elle se retrouver sur les feuilles d'un cahier à spirale, ce soir, dans l'escalier de la caserne.

Ça y est : ma caisse est refermée. Alphonse tourne un sourire confiant vers chacun, essayant de communiquer la chaleur de ses certitudes. J'ai l'impression, pas vraiment désagréable, d'assister au lancement d'un bateau qu'on baptise.

Simplement, pour la qualité du recueillement, ils auraient pu s'abstenir d'employer une visseuse électrique.

À midi cinq, Naïla a éteint son ordinateur, souhaité bon appétit à sa collègue qui assure la permanence le mercredi, et elle est sortie détacher sa Mobylette. Je ne suis pas certain qu'elle ait prêté attention à mon corbillard, un break diesel qui remonte la rue de Genève en direction du reposoir des Bugnard, salle de transit avant l'inhumation. La chaîne de son cadenas enroulée autour de la selle, son sac de sport en bandoulière, elle part vers le centre nautique, comme tous les mercredis.

Je ne me suis pas vraiment demandé qui j'allais suivre.

Elle a rejoint ses copines au vestiaire. Presque aussitôt, la conversation a roulé sur moi. C'était un spectacle assez plaisant, ces filles nues qui entouraient Naïla pour la consoler de ce qui m'était arrivé, lui soutirer des détails et lui jurer le silence. La délicieuse impression d'habiter un fantasme achevait de dénouer les derniers liens qui me rattachaient au contenu de mon cercueil.

Quel bonheur, à l'heure où les fournisseurs et les clients commençaient à défiler là-bas, dans mon isoloir aux cloisons de rideaux mauves, en affirmant gravement : « Il est encore ici avec nous », quel bonheur de me trouver en réalité dans le vestiaire des filles, parmi les soutiens-gorge pendus aux portes des casiers, les comparaisons de bronzage, les conseils d'UV, les maillots enfilés par des torsions savantes, les confidences et les fous rires...

Ce qui tracassait surtout Naïla, c'était l'idée qu'une rupture d'anévrisme puisse s'attraper en faisant l'amour. Caro Perrinaud, en troisième année de médecine, l'a rassurée :

— Quand tu jouis, c'est vasoconstricteur.

— Et j'ai même pas vu qu'il était mort, Caro ! Ça me scie !

— Plains-toi ! Le type qu'on a eu en autopsie, ce matin, il s'est chopé un infarctus sur l'autoroute : sa passagère est en réa, quasi foutue. Quelqu'un me file un shampooing ?

— Tu vas pas te les laver avant la piscine ?

— Si je les gaine pas, le chlore va me bouffer la couleur, je te signale.

— Et c'était un bon coup, ton droguiste ?

— Arrête, Jacinthe !

— Ben quoi ? Y a prescription.

Une frisée inconnue aux seins tombants, tout en crémant son corps, s'est ensuite inventé une liaison avec moi, me prêtant des manies originales qui, mon Dieu, me donnaient quelques regrets. Je la caressais des heures avec les poils de mon pinceau, se souvenait-elle en soupirant, puis je lui peignais dans le dos une poitrine en trompe-l'œil avant de la prendre par-derrière. Naïla n'a pas cru nécessaire de réagir. Sous la pression générale, elle a fini par confier que je lui faisais l'amour couramment quatre à cinq fois par nuit, ce qui était tout de même exagéré. Mais c'était charmant, ce cortège de naïades qui vantaient mes couilles au lieu de mes qualités morales ; ça remplaçait avantageusement le chœur des pleureuses. Dans le claquement de leurs sandales, elles ont grimpé les escaliers du vestiaire jusqu'au bassin couvert où elles ont plongé pour faire la course.

Naïla a gagné. J'étais fier d'elle. Ses yeux délavés, rougis par le chlore, me touchaient plus que des larmes. Elle s'est attardée sur la margelle, après le bain, son regard perdu dans les peupliers nus bougeant sur les grandes baies vitrées. Un garçon qui se dirigeait vers les plongeoirs a salué son corps d'un murmure flatteur. Elle a souri. J'étais content. C'était la vie.

Je m'effaçais sans douleur. J'avais envie de l'entendre à nouveau dire je t'aime, au présent, même si c'était à un autre. J'allais jusqu'à dévaluer notre histoire, pour qu'elle ait moins de scrupules à en commencer une neuve. Finalement, ce que nous prenions pour de l'harmonie entre nous n'était peut-être qu'une méfiance mutuelle. J'avais peur qu'elle n'empiète sur ma vie quotidienne, qu'elle ne réclame des sacrifices, une liberté que je n'avais pas les moyens de lui offrir, tandis que de son côté elle craignait que je ne cherche à la piéger, la retenir dans nos moments de plaisir, par ce besoin de fixer le temps dans la matière qui, à ses yeux, définit l'état de peintre. La surveillance née de cette inquiétude nous rendait fatalement plus attentifs aux réactions de l'autre, à ses demandes, à ses humeurs, et nous permettait souvent de jouir ensemble.

Tandis que les autres filles redescendaient au vestiaire, remplacées par les scolaires et les coups de sifflet des maîtres nageurs, elle est sortie dans le soleil froid, enroulée dans sa serviette, elle a marché jusqu'au lac entre les saules et les poubelles sans sacs, et s'est arrêtée pour murmurer sur la pelouse boueuse, en lisière du terrain de volley :

— Je ne t'en veux pas.

Ignorant ce qu'elle me pardonnait, ma défection, l'enquête du gendarme ou les fantaisies sexuelles que ses copines m'avaient prêtées, je l'ai remerciée très fort, sans espoir de retour mais sans tristesse non plus. Depuis qu'elle était partie sur sa Mobylette dans le sens inverse du corbillard, ma mort était beaucoup moins grave. Les pédalos enchaînés sur le sable, le frisson des roseaux givrés dans la vase, le cri des mouettes rasant les saules, les mâts sans drapeaux tout au long du ponton menant aux toboggans démontés pour l'hiver composaient un tableau très doux, une promesse de printemps, une impression de provisoire. Je n'étais qu'au début d'une histoire ; j'avais leur vie devant moi.

— Tu pourras continuer à m'aimer, si tu veux, a-t-elle dit doucement en regardant l'écume jaunâtre au bout des vagues. Sers-toi, si tu as besoin.

Et elle est retournée se changer. Elle est retournée vendre des voyages. Une grande interrogation me laissait flotter dans une trouée de ciel bleu, l'esprit ballant, contemplant les canards qui passaient en ligne.

Comment fait-on l'amour sans corps ?

Chère Madame Lormeau,

Je suis bien triste pour votre époux, qui avait toujours le mot pour rire et n'aurait pas aimé qu'on s'apitoie sur lui. C'était un garçon dans la force de l'âge qui a fait honneur trop brièvement à notre club nautique. Et je n'oublie pas que c'est grâce au Comité des fêtes que vous vous étiez rencontrés, un soir d'élection dont je garde le souvenir attendri, maintenant que moi aussi je suis à la retraite.

Veuillez croire, chère Madame Lormeau, à l'assurance de mes condoléances les plus sincères.

André Rumilloz.

P.-S. : Je vous adresse ci-joint un chèque sur le Crédit agricole, en règlement de mes brûleurs gaz-de-ville.

Fabienne a retiré le chèque fixé par un trombone, et glissé la lettre dans un dossier ouvert à mon nom. Ça s'intitule : « Jacques — À répondre ». Puis elle est allée grignoter un sandwich au gigot froid, toute seule dans l'entrepôt, près des cartons déballés qui ne sont plus garnis de raphia, comme aux premiers temps de notre mariage. Aujourd'hui ce sont des bulles de plastique sous vide, qui doivent éclater dans un bruit mat quand on fait l'amour dessus. Je suis heureux de la voir sourire à cette évocation. Mais l'éclaircie est brève.

Sa tristesse désœuvrée m'étonne et m'inquiète un peu. Elle a demandé qu'on la remplace au magasin, cet après-midi, qu'on reçoive les condoléances à sa place, ce qui aura au moins fait le bonheur de quelqu'un. Derrière le comptoir central, intarissable, Odile est à pied d'œuvre, la tête inclinée douloureusement dans l'attitude de la *Pietà*, renouvelant ses larmes à chaque client, assumant avec une conviction magnifique son rôle de veuve par intérim. Si vous saviez comme il a l'air en paix. Je l'ai retrouvé tel qu'il était jeune homme. Au temps de nos études. Si heureux. C'est une délivrance pour lui. En fin d'après-midi, si elle continue dans ce registre, on aura l'impression que je suis en train de passer ma licence de lettres et que c'est Fabienne qui est morte.

Alphonse pénètre dans l'entrepôt en se raclant la gorge pour signaler sa présence. Il a profité de la pause-déjeuner pour aller déposer un projet de couronne en ma faveur au Comité des Amis de Lamartine, une association de lettrés locaux déclarés d'utilité publique, qui se réunissent deux fois par semaine pour commémorer, se réciter des poèmes et réclamer aux autorités concernées des rééditions, des avenues Lamartine et des subventions. Alphonse, qui dépense toute sa retraite en cotisations et fonds de roulement, a le titre de membre actif bienfaiteur, dont il use avec une fierté que ces messieurs aimeraient un peu moins voyante, mais il est très pratique pour porter la pancarte lors des célébrations.

— Je suis de retour, précise-t-il, comme il n'est pas bien sûr que Fabienne ait entendu son raclement de gorge. J'avais comité. Ils sont de tout cœur avec nous. « On va y commander une couronne », ils m'ont dit tout de suite. Moi, vous pensez, je ne voulais pas : pauvres comme ils sont, j'ai fait mon modeste, mais ils ont tant bien insisté, ce cher Lormeau par-ci, notre ami Jacques par-là, que je n'ai rien pu dire. D'un autre côté, c'est chaud au cœur de voir qu'il est regretté aussi chez les poètes.

Ma femme ne bouge pas, assise sur le chariot élévateur, les mains aux genoux, une tranche de gigot pendant au bout de son sandwich à peine entamé.

— Il ne faut pas rester sans air, madame Fabienne. Vous ne voulez pas aller faire une petite promenade ?

— Je voudrais être seule.

— Oh, ça, c'est le genre de vœu qui se réalise sans peine, dans la vie. J'y ai eu fait, moi aussi. Je me rappelle, quand j'étais en occupation de la Ruhr : c'est nombreux, une armée, eh bien je me disais tous les jours — mais je vous embête. Attention à votre tranche, elle va tomber. Vous n'avez mangé guère.

Elle dévisage ce grand vieillard toujours en forme qu'elle n'a jamais admis dans notre intimité. Son parler campagne lui rappelait trop le monde d'où elle venait ; il lui paraissait vital de protéger Lucien de son influence, et maintenant elle ne sait plus. Le petit est à l'école, je suis au reposoir, Odile la remplace, les clients l'indiffèrent et le temps n'avance plus.

— Alphonse... Je vous ai tenu à l'écart, souvent...

— Non, non, se défend-il. J'ai l'habitude.

— Ça vous ennuierait de vous occuper un peu plus de Lucien, dorénavant ?

— Au contraire ! s'écrie Alphonse. Ça me remplacera Jacques. Je veux dire, se reprend-il en se reprochant son excès d'enthousiasme.

— J'ai compris.

Il annonce son départ avec un mouvement du menton vers la porte, puis tourne les talons en oubliant de faire semblant d'être venu chercher quelque chose.

— Alphonse...

— Oui, madame Fabienne. Si vous voulez, j'irai l'attendre à quatre heures et demie. Avec votre permission, je prendrai la ZX d'Odile : il n'aime pas trop voir la camionnette à la sortie de l'école.

— Alphonse. Le plastique-bulles dans les cartons, ça date de quand ?

Il rougit. Ignorant ce que Fabienne a envie d'entendre, et trop respectueux pour échanger avec elle des commentaires sur le bon vieux temps du raphia, où il montait spontanément la garde à la porte de l'entrepôt pour éviter qu'on ne nous dérange, il répond qu'il va se renseigner et s'éclipse avec un maximum de discrétion. Fabienne lève la tête vers la lucarne où le soleil vient de disparaître, installant une pénombre de sieste. Elle ouvre son sandwich pour ranger la tranche qui dépasse, machinalement, puis l'oublie sur le chariot en repartant.

Pendant plus d'une heure, elle vide mes placards, mes tiroirs, mon côté d'armoire, pliant soigneusement mes pantalons et mes vestes, emplissant mes poches de ces boules de cèdre qui ont les vertus de la naphtaline. C'est gentil, comme attention. On dirait que je vais revenir.

Lorsque les bagages sont terminés, elle s'assied par

terre, dans le dressing, incertaine au milieu des étiquettes d'aéroport qui racontent nos quelques escapades : Rome, les Canaries, Salzbourg, Disneyland-Paris... Elle va sans doute partager mes affaires entre les sans-abri, Emmaüs et le Secours catholique. Ça ne me dérange pas. Au contraire, je serai ravi de voir les vêtements que j'ai aimés se promener sur d'autres ; rien n'est plus triste qu'un cintre. La seule vraie nostalgie que m'inspirent les placards, c'est à la cuisine. Mon couvert qu'on ne mettra plus.

Brusquement Fabienne se lève, l'air à nouveau déterminée ; elle range les valises dans ma penderie, referme les portes et tourne la clé. Mon départ est ajourné. Elle redescend, sort dans la cour de derrière sans repasser par le magasin. Alphonse, qui la guettait derrière la baie du rayon piscine, se lance à ses trousses. Elle s'arrête, contrariée dans son élan, se retourne. Il lui tend une de ses cartes de visite :

ALPHONSE DULAC
Comité des Amis de Lamartine
Reconnu d'utilité publique

Il a barré poliment son nom, comme on fait dans le monde, et noté au-dessus la date d'apparition en France des bulles de plastique sous vide, que vient de lui communiquer une usine de cartonnage.

— Merci, Alphonse, dit-elle en le regardant avec une amitié nouvelle qui me fait bien plaisir. Ce n'était pas urgent.

— Après on oublie, précise-t-il avec pudeur, et il s'éclipse.

Elle attend qu'il ait disparu dans les profondeurs de la quincaillerie, puis monte dans la caravane où tout est resté « en l'état ». Elle s'avance devant *La Fenêtre oubliée,* plonge dans le portrait inachevé de Naïla ce regard critique et sans confiance qu'elle accorde aux miroirs quand elle se maquille. De longues minutes passent ainsi, en tête à tête. Je ne sais pas du tout ce qu'elle pense. La légère béatitude dont je ne parviens pas à me défaire, depuis mon passage au vestiaire des filles, a ramolli le don d'osmose que je travaillais précédemment. Il ne faudra pas trop s'installer dans la douceur contemplative. Je pressens qu'il y a une certaine incompatibilité, voire un choix nécessaire, entre comprendre et se faire plaisir.

Elle fouille parmi mon matériel, à présent. Elle s'attarde un instant devant mes brosses qui trempent dans la térébenthine. Nettoyées, prêtes à l'usage — pour qui ? Lorsque Lucien dessine, c'est au feutre ; il trouve la peinture trop salissante. Je suis un peu triste que personne n'ait songé à glisser un pinceau dans mon cercueil. Chacun a mis un objet qui lui était cher, un symbole qui le touchait, un souvenir qui lui parlait de soi. Au bout du compte, je n'étais pas le seul égoïste sur terre. Simplement, malgré les apparences, je le vivais peut-être moins bien que les autres.

Fabienne prend une feuille de papier kraft, emballe *La Fenêtre oubliée,* accumulant les renforts de scotch sur les pliures. Et elle la pose par terre, contre la cloison du coin-toilettes. Son intention m'échappe. Elle n'a pas l'air très fixée non plus. Elle regarde autour d'elle, fait le tour de l'atelier, plusieurs fois, pour marquer son territoire ou bien tenter de se mettre à ma place. Elle est belle, dans le rayon de soleil qui traverse la caravane. La sciure de l'entrepôt qui s'est déposée sur sa robe de deuil scintille dans la poussière de lumière quand elle passe entre les hublots. J'ai l'impression qu'elle tue le temps, pour la première fois depuis qu'on se connaît. À mesure qu'elle tourne en rond, sa démarche s'affine, ses reins se cambrent, son visage se détend, comme si elle retrouvait des réflexes d'avant moi. La caravane devient une scène où elle se produit, un podium où elle s'affiche. Ses talons ébranlent le sol, son coude renverse un flacon de fixatif. Le charme se dissipe dans les débris de verre qu'elle observe, au milieu de la petite flaque brune qui se répand vers l'ouest.

Elle pousse un long soupir, et fait alors une chose que je n'aurais jamais imaginée. Elle ôte ses chaussures, s'allonge sur la couchette, cherche la position dans laquelle elle m'a trouvé, hier matin, et ferme les yeux. Le silence s'installe ; elle ne bouge plus. J'ignore si elle ressent ma présence. L'envie me reprend de faire craquer un meuble ou grincer les ressorts pour répondre à son attente ; je trouve tellement beau cet élan vers moi, par-delà tout ce qui a pu se passer sans elle dans cette caravane — mais son changement de respiration m'apprend qu'elle s'est endormie.

Alors je la veille. Avec la nostalgie de ne l'avoir jamais aimée sur cette couchette de mon vivant. Si seulement je savais comment m'y prendre... Elle est aussi désirable, aussi touchante que Naïla s'adressant à moi tout à l'heure devant les pédalos enchaînés.

Tandis que les minutes défilent sur le réveil à quartz, je reste là, près d'elle, au-dessus du réfrigérateur où hier matin je commençais mon apprentissage. Et je m'offre le luxe de revoir ce que j'ai vécu depuis que j'ai disparu. Mises bout à bout pour la première fois, mes émotions posthumes me donnent l'impression inattendue, et pas vraiment flatteuse, d'être allé beaucoup plus loin en deux journées d'absence qu'en trente-quatre ans d'activité.

Lorsqu'elle se réveille, la nuit est tombée. Elle regarde l'heure, incrédule, se redresse dans une attitude de culpabilité que je trouve assez mignonne. Elle se précipite vers la porte, se ravise, ouvre les placards du coin-cuisine, cherche une tasse, une cuillère, branche la bouilloire et se prépare un Nescafé. Elle finit mon paquet de Choco-BN, pensive et de nouveau incongrue dans cette garçonnière sur roues. Et puis brusquement elle ramasse le portrait emballé, le glisse sous son bras et part à travers les rues, sans manteau, indifférente aux saluts des gens qui la reconnaissent.

Avenue des Fleurs, rue Charles-Dullin... Elle descend à gauche jusqu'à la poste et traverse en oblique vers le cinéma du Nouveau-Casino. Comment a-t-elle su l'adresse de Naïla ? Elle n'est pas dans l'annuaire, et son studio est au nom d'une copine, en sous-location. Fabienne l'aurait-elle suivie, un soir ? Ou alors elles se connaissent. Cette dernière perspective me navre un peu, mais ce que j'ai découvert de ma femme depuis hier matin autorise toutes les suppositions. Aurait-elle commandité Naïla, supervisé notre liaison pour éviter que je ne la trompe avec n'importe qui, hors de sa juridiction ? Un grand sentiment de ridicule m'étreint tandis qu'elle remonte l'avenue de Verdun, comme si ma vie rétrécissait. Je ne veux pas croire que mes plus beaux souvenirs de tendresse n'étaient que des faux-semblants. Ça ne cadre pas avec Naïla, avec les mots qu'elle m'adressait tout à l'heure à voix haute. J'essaie de refuser les pensées sordides, le double jeu de ma femme, les simulations, tous ces moments de confiance et de plaisir qui s'effondrent, mais Fabienne monte sans hésiter l'escalier de bois usé jusqu'au cinquième où elle sonne. Pas de réponse. Aucun bruit. Alors elle s'assied sur le palier, adossée à la porte, le tableau posé contre la rampe, et elle attend.

Il est dix-neuf heures. Naïla termine son travail à dix-huit et il ne lui faut même pas cinq minutes, en Mobylette, de l'agence au studio. Je tente de reformer son image pour la rejoindre, mais mon émotion brouille ses traits, emmêle les lieux qui nous ont abrités, du hangar à voiles au chalet d'aiguillage, confond nos rendez-vous. Pour récupérer mon sang-froid, je me concentre sur son vélomoteur bleu à sacoches rouges, avec un vieil autocollant « Savoie olympique » et le garde-boue tordu. Je finis par le retrouver devant un café, près du marché couvert, attaché à un poteau de sens interdit. Derrière la vitre, à côté du flipper, Naïla boit un verre avec un homme de mon âge, le genre cadre, qui hoche la tête avec un air concerné. J'entre.

— Je ne t'en veux pas, lui dit-elle.

Et je reconnais les mots de midi, sur la plage ; je reconnais le ton.

— Mais tu comprends, se désole le type, elle ne

serait pas en dépression, ça serait différent, même avec les enfants. Là, elle a trop besoin de moi, en ce moment, elle est trop fragile moralement, je n'ai pas le droit de... — tu me comprends.

— Tu pourras continuer à m'aimer, si tu veux, dit-elle doucement en regardant le rond de carton sous son verre de limonade. Sers-toi, si tu as besoin. Je te demanderai rien.

Il chiffonne son visage, empêtré dans la situation. Il aurait préféré des reproches, une explosion de colère ou de mépris, une scène. Mais là, comment répondre autre chose que « merci » à cette suggestion inattendue, à cette réaction conciliante ? Il est bluffé, désarmé, sans prise. Elle a travaillé son rôle. Elle a bien répété.

— Tu rentres à Lyon ? demande-t-elle.

— Je suis obligé.

Depuis combien de temps se connaissent-ils ? Est-ce l'homme du jeudi soir où elle n'était jamais disponible ?

— Mais la réunion à la mairie s'est très bien passée : je suis quasiment sûr de gagner l'appel d'offres. On pourra se voir plus souvent, l'an prochain, si tu veux. Je serai à Aix au moins trois jours par semaine.

— Oui, dit-elle, sans engagement de sa part.

Je ne juge pas nécessaire de m'attarder davantage. Qu'elle ait été complice ou non de Fabienne dans le déroulement de notre liaison ne change plus rien à la conclusion de notre histoire. Maintenant que je ne suis plus en état de divorcer, elle parie sur le long terme avec un autre ; c'est normal. Et le garçon a l'air gentil. Il dessine avec son index sur la main que je ne prendrai plus des circuits compliqués donnant la mesure de son trouble.

Je rejoins ma femme sur le palier de Naïla, où nous continuons d'attendre qu'elle revienne.

C'était un autre café, au début du printemps, sur le Grand-Port. Jean-Mi venait de me faire essayer son nouveau voilier, nous avions dessalé sous la Dent-du-Chat et il fallait que je convoque le vendeur pour qu'il constate sur-le-champ le vice de fabrication dans le safran. Au retour de la cabine téléphonique, je m'étais arrêté à la devanture du Welsh Pub. Fabienne était assise en compagnie du médecin qui suivait sa grossesse, un long barbu glacial ordinairement qui ce jour-là parlait en écartant les mains, volubile. Ma femme l'écoutait, interdite, fascinée, lui prenait le bras dans un élan d'enthousiasme, éclatait de rire au creux de ses paumes, recommandait un pastis. Mes vêtements séchaient sur moi tandis que je regardais de l'autre côté de la vitre à contre-jour cette sorte de couple uni par le développement d'un fœtus. Je ne sais combien de temps a duré cette contemplation, ce désarroi, cette découverte d'une Fabienne inconnue, si heureuse apparemment, qui ne touchait plus terre. Jean-Mi est venu me chercher pour que je l'aide à hisser la remorque. À la fin de la manœuvre, Fabienne et son médecin avaient disparu.

Je n'ai jamais fait allusion à l'intimité que j'avais surprise entre eux. Mais jusqu'au sixième mois de sa grossesse, Fabienne s'est passionnée pour les hippopotames, les iguanes et les baleines. De temps en temps, le soir, dans la salle de bains, elle me déclarait soudain que le sonar était formel : le grand cachalot descendait en apnée jusqu'à trois mille mètres de profondeur. J'étais content pour lui. L'hippopotame, de son côté, avait la faculté de galoper cinq minutes sans respirer, à plus de vingt kilomètres à l'heure sur le fond des rivières, grâce à son museau profilé comme un aileron de formule 1. Elle s'abonnait à des revues. Elle avait décidé d'accoucher sous l'eau, pour l'équilibre de l'enfant ; les statistiques sur la diminution du stress natal étaient unanimes.

Trois mois avant le terme, le médecin s'est noyé en apnée au Bourget-du-Lac, et tout est rentré dans l'ordre. J'ignore si c'est elle ou moi qui, ce soir, dans cet escalier qui sent la soupe, repense à son accoucheur des profondeurs. J'ai du mal, au fil de l'attente, à démêler mes songeries des siennes. Mais, même si elle ne m'en a jamais reparlé, c'est lui qui a été le premier défunt de sa vie.

Naïla est rentrée seule, son casque dans une main, son courrier dans l'autre. Fabienne s'est levée pour l'accueillir. Depuis une heure, elle se lève chaque fois que la minuterie s'allume. Naïla lui accorde un regard dénué de surprise.

— Ils ont déménagé, dit-elle, aimable, en désignant la porte en face de la sienne. Je peux vous donner leur nouvelle adresse.

— Fabienne Lormeau, répond ma femme.

Naïla s'immobilise sur le palier. Elle fixe la visiteuse, incrédule, remarque le tableau posé contre la rampe. Elle tourne les talons. Fabienne la rattrape sur la deuxième marche.

— Non, écoutez, je ne suis pas venue vous faire des reproches, vous demander des comptes... La jalousie est un sentiment qui ne m'intéresse pas. Nous avons perdu le même homme — enfin, « le même », je n'en sais rien, sûrement pas, non. Mais qui peut me parler de lui, aujourd'hui ? Et à qui je peux dire les choses que... ? Je vous demande juste cinq minutes.

Naïla remonte, ouvre sa porte, s'efface pour laisser entrer Fabienne. Elle allume une lampe halogène, en réduit l'intensité du bout du pied, et ôte son anorak.

— C'est lui qui vous a dit, pour nous ?

— Non, sourit Fabienne en déballant le tableau. C'est la ville. Polaroïd, lettre anonyme... « Ton mari se tape une Arabe. » Vous connaissez.

— Je suis française, répond-elle sur un ton de mise au point, très calme et très digne. Et jamais je n'ai senti de racisme chez les gens d'ici.

— Parce que vous êtes jolie.

Fabienne pose le portrait inachevé sur une commode aux tiroirs ouverts d'où pendent des manches de pulls.

— J'ai pensé que vous aimeriez l'avoir. D'ailleurs Jacques a précisé, dans son testament, qu'il vous léguait toutes les toiles que sa famille ne voudrait pas conserver.

Naïla se mord les lèvres en détournant le visage du tableau, comme si elle refusait que son image l'ait rejointe.

— Je suis désolée, dit-elle.

— Désolée de quoi ?

— Qu'il ait parlé de moi dans son testament. C'est pas bien de vous avoir fait ça. Je veux dire... pas très élégant...

— *Moi* j'ai souffert du racisme, coupe Fabienne en la dévisageant durement. Ça vous surprend ? Je suis née chez des bûches à qui je n'ai jamais ressemblé et qui ont tout essayé pour me faire entrer dans leur moule. Ma liberté, mon honneur, le respect de moi-même, c'est à Jacques que je les dois. Alors je n'ai pas le droit de lui reprocher quoi que ce soit — ni à vous, Naïla. Vous avez toujours été d'une discrétion parfaite ; ce n'est pas de votre faute si Jacques faisait des envieux et si la ville est ravie de m'humilier. Je n'entrerai pas dans leur jeu. Vous lui avez donné du plaisir et je l'aimais : c'est tout ce que je vois. Il a même été sans doute plus gentil avec moi, pour compenser ce qu'il éprouvait pour vous. C'était un type bien.

— Je sais.

— J'aimerais que vous veniez aux obsèques.

— Pourquoi ?

— Pour les gens. Pour les lettres anonymes. J'ai traversé tout le centre-ville à pied avec ce tableau pour qu'on me voie aller chez vous. La seule manière de nous protéger, Naïla, et de nous venger, c'est de nous montrer ensemble. Amies, si nous le souhaitons ; unies, en tout cas. D'accord ?

Naïla avale sa salive. Elle semble un peu sonnée. Moi aussi. Elle propose un siège. Un verre. Un biscuit. Elle précise que je ne suis jamais venu dans ce studio, pour mettre Fabienne à l'aise, sur un terrain neutre.

— Vous étiez amoureuse de lui ? Vous n'êtes pas obligée de répondre.

Et Naïla ne répond pas. Elle allume un bâtonnet d'encens et sert deux Martini qu'elles boivent en regardant le radiateur électrique.

— Vous êtes croyante, madame Lormeau ?

— Personnellement, je ne sais pas. Je suis catholique pratiquante : je prie, je pèche, je me confesse et je communie. Je fais de la gymnastique suédoise, aussi. Quand je prie, je crois. Voilà. Quand je vois les gens, je suis moins sûre. Mais l'essentiel est de retrouver Dieu à l'église une fois par semaine. Non ?

— Peut-être. C'est dur d'être une femme en gardant la foi, dans ma religion. C'est comme un joueur qui serait hors jeu dès qu'il fait quoi que ce soit. Je n'obéis peut-être à rien, mais je crois. Pardon pour le Martini : je n'ai pas de glaçons. Vous n'êtes pas obligée de boire. Qu'est-ce que vous avez fait, pour Jacques ?

— À quel point de vue ?

— Il faut laver son linge à l'eau claire. Les vêtements qu'il avait sur lui... C'est une chose qui aidera son âme à se libérer.

— J'ai fait une machine, s'excuse Fabienne.

Naïla sourit avec un geste fataliste, déclare que je m'en remettrai. Elle pose son verre et enchaîne :

— Il faut lui laisser le temps. Le début du ramadan, vous savez, c'est quand on commence à distinguer le fil blanc du fil noir, à l'aube. La mort, c'est pareil. Il faut quarante jours pour y voir clair. Pour apprendre à partir. Vous pouvez donner ses affaires aux pauvres, c'est bien, mais gardez-lui deux ou trois choses qu'il aimait. Et ne bougez pas trop les meubles, ne changez pas son cadre de vie... Pour qu'il ait encore ses repères. Laissez la lumière allumée là où il dormait, et la fenêtre ouverte... Ça l'aidera s'il se sent perdu. Et ne pleurez pas sur lui à la tombée de la nuit. Ce n'est pas très bon.

— Ça va, la rassure Fabienne en se levant. Moi c'est plutôt en début d'après-midi.

Elle a l'air très lasse, tout à coup. Elle tire sur les manches de sa robe.

— Bon, je vais y aller. Si vous avez besoin de quelque chose...

Elle précise sa pensée par un regard circulaire, englobant toutes les charges auxquelles j'étais susceptible de participer, du loyer à l'ameublement.

— Je gagne ma vie, je vous remercie.

Elles se serrent la main, s'attardent un instant.

— Je peux vous dire quelque chose de personnel, madame Lormeau ?

— Oui.

— Il fermait souvent les yeux, quand il me faisait l'amour.

C'est totalement faux, mais c'est une attention délicate, même si pour moi aimer le souvenir de Fabienne dans le corps de Naïla aurait signifié la tromper deux fois.

— Il avait tort, répond ma femme sur le ton d'un compliment sincère.

Et nous repartons.

Je ne veux pas savoir ce que Naïla va faire de son portrait inachevé. Je suis presque sûr qu'il finira dans un placard ou à la cave, et qu'elle continuera à dormir fenêtre fermée. Ça ne me regarde plus. Mais ce qui vient de se passer entre les deux femmes de ma vie est inappréciable. Je suis fier, pour la première fois, d'avoir mené ces amours parallèles qui, maintenant, se rejoignent. Que chacune continue à sentir que je lui suis resté fidèle, c'est tout ce qui, en cet instant, m'importe.

Ils dînent en tête à tête. On n'a pas mis mon couvert, mais on a disposé un set, machinalement, devant ma chaise vide. Lucien mange sa soupe en silence, le front bas. Il n'a pas aimé qu'Alphonse vienne le chercher dans la ZX vert pomme d'Odile qu'il trouve encore pire que la camionnette Lormeau, avec ses housses de siège façon léopard, son chien en peluche qui opine de la tête sur la plage arrière et ses autocollants humoristiques. Lucien a vieilli en deux jours comme vieillissent les petits garçons : le coin des lèvres qui s'abaisse et les épaules qui remontent. Même si son brassard de deuil a éloigné de lui, dans la cour de récréation, les racketteurs et les moqueries, même si son état d'orphelin l'a dispensé de gym, il m'en veut ce soir d'être absent, je le sens. Il m'en veut parce qu'il a l'impression que tout le monde se passe très bien de moi. Fabienne, depuis sa rencontre avec Naïla, a le visage détendu, le sourire songeur, les yeux dans le vague. Il a beau mettre les coudes sur la table et faire des schlurp ! à chaque cuillerée de soupe, elle ne réagit pas, quand l'avant-veille encore elle rectifiait à chaque instant sa position, son niveau sonore et l'emplacement de ses couverts. Quant à Alphonse, il attendait carrément parmi les parents à la sortie de l'école ; il lui a pris d'office son cartable en lui labourant les cheveux, l'accablant de questions sur son travail du jour, sur les propos de la maîtresse, les tables de multiplication et les poésies au programme. L'usurpateur lui a même proposé de venir lui raconter une histoire avant de dormir, ce soir. Sur le ton réservé aux domestiques dans les films de ciné-club, Lucien a répondu qu'il n'avait pas besoin qu'on prenne la place de son père, merci.

Fabienne couche sa cuillère dans son assiette de soupe. Elle contemple l'ongle de son majeur droit dont le vernis s'écaille. Lucien, la bouche grande ouverte, un regard vigilant fixé sur elle, rote. Elle ne tourne même pas la tête. Elle promène mon image dans les bras de Naïla et en éprouve une douceur qui allonge un sourire de tendresse et la trouble quand même un peu. Je la sens rougir.

— J'ai roté, précise Lucien.

— C'est bien, mon chéri, murmure-t-elle dans ses pensées.

Le petit rentre la tête en avançant la mâchoire, empoigne son morceau de pain et commence à l'émietter au-dessus du potage, causant des éclaboussures de plus en plus longues qui étonnent Maria lorsqu'elle arrive de la cuisine avec le gratin dauphinois.

— Vous pouvez aller vous coucher, prononce Fabienne dans le vide, pendant que Maria remporte la soupière.

Lucien se lève sans un mot et sort, emboîtant le pas à l'aide ménagère, comme nous lui avons appris à dire au lieu de « la bonne ». Étonnée, Fabienne le suit des yeux, sans percevoir du tout l'intention de son fils. Elle conclut qu'il est perturbé, ce qui est tout à fait normal, et qu'elle va monter le rejoindre pour lui parler. La musiquette et les bruits d'explosion du jeu vidéo repoussent l'urgence de son projet. Elle reste encore un peu. Elle rêve à nous, les yeux dans le gratin.

Je monte en éclaireur chez Lucien. Assis par terre devant son écran, il dirige avec ses manettes l'expédition de Donkey Kong au fond de la mine. Il s'agit d'un gorille qui doit sauter le plus haut possible pour écraser des monstres, lesquels se transforment alors en bouses inoffensives jalonnant son parcours. Pour l'aider à triompher des épreuves, le gorille dispose d'un babouin enfermé dans une caisse qui apparaît parfois sur le chemin, et il convient alors de le libérer d'une manière qui me demeure une énigme, puis de lui envoyer des baffes pour le réactiver, et ainsi leurs scores s'additionnent. À intervalles irréguliers surviennent également des bananes qu'ils doivent attraper au moyen de chauves-souris opportunément sorties d'un trou, afin d'accumuler des vies supplémentaires, des vies de secours bien utiles quand ils se font massacrer par les monstres. Il y a aussi des frelons géants qu'on peut négliger quand ils sont bleus, mais qui deviennent mortels si on se laisse piquer lorsqu'ils sont rouges. Le but du jeu, me semble-t-il, est d'atteindre le fond de la mine en utilisant le minimum de vies, mais je ne garantis rien.

Les rares fois où j'ai demandé à Lucien si je pouvais faire une partie avec lui, il m'a expliqué dans un jargon étanche des impératifs techniques que je ponctuais d'acquiescements pas vraiment convaincants, et il m'a laissé les bras ballants tout en manœuvrant seul les boîtiers de commande, précisant de temps en temps : « Là, c'est toi qui joues. » Je n'avais pas insisté.

Ce soir, il a branché les deux boîtiers et je suis en train de gagner, si j'en crois la manière dont il râle. Je repense à ces témoignages dans les journaux, ces gens qui ont vu se manifester leurs défunts sur l'écran, à la fin des programmes, parmi les parasites. Ils avaient l'air sincères. Je me demande si je serais capable de m'introduire dans le jeu vidéo. D'apparaître au fil du parcours entre les monstres, les chauves-souris et les frelons. Comme j'ai vraiment l'impression que Lucien est en train de me faire jouer, qu'il pense à moi très fort en se concentrant sur l'écran, je pourrais peut-être l'aider à projeter mon image dans sa réalité virtuelle. Mais comment m'y prendre ? Je regrette vraiment d'avoir snobé la révolution informatique, de m'être cantonné dans mes toiles et mes pinceaux. Je sens qu'avec un minimum de connaissances, un esprit doit pouvoir s'autoprogrammer sur ces réseaux instables, se mêler aux particules, jouer les électrons libres, s'insérer dans les lignes et les points grâce à l'énergie qui le compose. Si j'avais pu prévoir...

— Bouge pas, dit Lucien en interrompant la progression du gorille. Je te fais des vies.

Une escadrille de bananes a surgi et il envoie ses chauves-souris d'interception, pour me constituer une réserve d'existences supplémentaires. Les sons de synthèse comptabilisent mon stock d'incarnations futures. Comme j'aimerais que la mort ressemble à ce jeu... Mais en est-elle si éloignée ?

J'en suis là de mes réflexions, de mes tentatives d'approche au fond de la mine, lorsque je ressens nettement une attraction, une volonté qui me réclame — cette espèce de reflux dont j'ai déjà eu l'expérience. Je m'y abandonne aussitôt, espérant, fort de mes quarante-six bananes actuelles, être happé dans le jeu avec Donkey Kong et ses copains, imaginant ma joie si soudain je sortais de la caisse à la place du babouin, et que le gorille manipulé par Lucien me donne des baffes pour me réactiver...

Mais je me trouve au pied d'un lit inconnu, en rustique verni. Jean-Mi ronfle, sur le dos, un bras pendant au-dessus de *L'Équipe* qui a glissé sur la carpette. Immédiatement ma présence s'est — comment dire ? — solidifiée. Au sens où je n'arrive pas à repartir d'où je viens, même en essayant de visualiser de toutes mes forces Lucien et les singes. Une énergie supérieure à la mienne me retient. À la lueur d'un réverbère de façade, jambes repliées, genoux pointant sous les draps soulevés, Odile se caresse en murmurant mon prénom. Et l'autre qui ronfle. Bon. J'attends que ça passe en détournant mon attention vers l'armoire à glace, les rideaux, le joli dessin du papier peint qui représente un puits enlacé par une glycine, répété cinq ou six cents fois du plafond aux plinthes, avec reprise élégante sur le couvre-lit et la têtière. Qui a gagné le match de hockey sur glace à Montréal, quelles sont les chances de la France au triple saut messieurs ? Je déchiffre assez péniblement les caractères du journal, de pliure en pliure.

Et puis les genoux s'entrechoquent deux fois, un soupir rageur à bouche fermée vient recouvrir quelques instants les ronflements de Jean-Mi, après quoi les jambes s'allongent d'une détente soudaine et le drap retombe dessus. Voilà.

Odile se retourne et s'endort, me rendant ma liberté.

Dans la chambre de Lucien, Fabienne a éteint le jeu. Ils se disputent à cause de l'heure, il lui reproche la soupe, le rot, Alphonse, la ZX, elle ne comprend rien, veut lui prendre sa température, sa tension, il crie, elle pleure, il la pousse dehors et ferme à clé.

Je reviendrai quand ce sera plus calme.

J'aurais bien aimé que Fabienne me tienne compagnie cette nuit, mais elle a besoin de faire le vide ; j'aurais scrupule à m'imposer. Et puis ce n'est pas moi qui décide, je le sais bien. Ma dernière satisfaction est de la voir enfiler un pull de ski, un bonnet, ouvrir la fenêtre de sa chambre et se coucher en laissant la lumière allumée.

Projeté hors de chez nous, je repars dans la nuit des autres.

Il rêve comme il travaille : c'est clair, précis, fidèle et respectueux du moindre détail. Cent fois, dans mon enfance, il m'a dépeint leur rencontre, sans fioritures ni variantes. Assise sur le banc du site Lamartine, à l'ombre du marronnier en fleur, elle prenait des notes, les jambes croisées, un carnet posé sur son genou. Alphonse, qui venait une ou deux fois par semaine en pèlerinage sur son lieu d'origine, avait découvert cette beauté blonde comme un cadeau du ciel, un caprice des fées, une princesse brusquement apparue à la place de la petite vieille courbée qui fréquentait habituellement, en remontant des champs, le banc de ciment sous la plaque en mémoire du poète.

Il clignait des yeux dans le soleil, immobile, incertain. Du bout des doigts, il avait touché son épaule pour vérifier son existence. Elle s'était retournée dans un sursaut. Il lui avait souhaité la bienvenue et donné l'historique :

— Tel que vous me voyez, c'est là que je suis né. Juste où vous êtes assise. En tout cas c'est là qu'ils m'ont trouvé, Thomas Pétrel qui faisait la pomme de terre par là à travers, et la veuve à Beaufort qui allait aux champignons. Et les voilà de m'emmener au curé de Tresserve — l'abbé Daumas, de ce temps-là — parce que j'étais un bébé de l'amour et qu'il commençait à pleuvoir.

— *I don't speak french*, répondit la demoiselle qui était originaire du Vaucluse, mais qui décourageait ainsi les dragueurs savoyards dans la campagne où ses recherches l'avaient conduite.

— Vous êtes de par là-bas ? s'émerveilla Alphonse. C'est quand même quelque chose, la providence ! Figurez-vous que Lamartine, après la mort de Julie, il s'est consolé avec une de chez vous. Ann Birch, elle s'appelait. Mais celle-là c'était juste pour le mariage : l'inspiration, c'est resté Julie.

— *Sorry, but what do you say about Lamortagne ?*

— Plaît-il ?

— Vous dites quoi sur Lamortagne ?

Quand il eut compris que Lamortagne était la prononciation américaine de Lamartine, Alphonse tomba des nues. La blonde avait traversé l'Océan, parcouru des milliers de kilomètres pour venir s'asseoir exprès sur le banc où le poète avait composé *Le Lac !* Sans renoncer encore à son accent, prudente, elle lui laissa entendre qu'elle était étudiante en littérature et préparait sa thèse sur la naissance du romantisme en France.

Aussitôt Alphonse l'avait ramenée à la quincaillerie. C'était la rencontre de sa vie. Rayonnant de fierté, il trônait, coude à la portière, dans l'immense cabriolet rose et blanc, saluant les Aixois qu'il désignait à l'universitaire comme des objets d'étude :

— Mme Drumettaz, la charcutière de l'avenue des

Bains ; elle fait les meilleurs diots du pays, c'est notre saucisse locale, je vous y ferai goûter. Voici le jardin des Thermes où il a rencontré Julie qui était poitrinaire, comme vous le savez.

Prié de servir d'interprète entre les deux lamartiniens, papa avait tout de suite été subjugué. Elle aussi. Pour ce John Wayne en blouse grise, elle avait cessé son jeu : elle venait de passer trois ans dans une université du Massachusetts, mais elle était née à Cavaillon. Huit jours plus tard, ils faisaient l'amour dans la Ford Fairlane, alors qu'Alphonse venait à peine de s'inscrire en cours d'anglais chez Berlitz. Il n'avait pas insisté. Il était content pour eux. Il élèverait les enfants.

Une main sur les reins, il s'arrache de son lit de camp, titube sur ses jambes raides jusqu'au réfrigérateur, fait un signe de croix avant de sortir le beurre.

— Encore quelques heures et tu la rejoindras au cimetière, dit-il tristement au pot de confiture reconverti où il a enfermé ce qui reste de moi. Remarque, j'y pensais en dormant : vous avez déjà un point commun. Tu n'as pas fini ton tableau ; elle n'a pas fini son Lamartine.

C'est vrai. La thèse de maman n'avait jamais vu le jour, et c'est le grand regret d'Alphonse, la seule chose qu'il ait jamais reprochée à papa. La passion avait tué le travail. À la place de la lune de miel en Italie dont il leur avait tracé la route, calquée sur celle du poète, les mariés avaient préféré traverser le Far West. Alphonse les avait suivis à distance sur son *Guide bleu*, de Kansas City à Santa Fe. Au retour, ils avaient échangé leurs souvenirs. Le couple avait parcouru trois mille kilomètres ; Alphonse deux cent vingt pages.

Il ôte son tricot de corps en pestant contre les rhumatismes qui ralentissent son geste. Putain de vieillerie, dit-il, et saloperie de carne. Il se cogne dans le radiateur à huile, pisse en geignant, avale au goulot une giclée de vin capsulé pour se rincer le cerveau. Que sont devenus ses rêves de la nuit, si doux, si pastel ? Tandis qu'il se frictionne au gant de crin, je tente une expérience. Je me dis que la toile du lit de camp, le duvet du sac de couchage, les moutons sur le plancher, les murs de brique et de bois ont dû garder une trace, un dépôt, une émanation des images fabriquées par le sommeil d'Alphonse, qui gagnent peut-être même en intensité à mesure que ses douleurs, ses ablutions et ses tâches ménagères le replantent dans la réalité. Les rêves deviennent-ils autonomes quand celui qui les a faits les oublie ? J'aimerais tant faire la connaissance de maman dans l'univers d'Alphonse. À moi de provoquer la rencontre puisque, ne voulant ou ne pouvant s'adresser à moi directement, elle n'use toujours pas de son droit de visite. Alors je m'imagine occupant l'espace à la place d'Alphonse, couché en chien de fusil sur le vieux lit pliant. Et j'attends. Et rien ne vient. Ni le banc, ni le mariage, ni les diots de Mme Drumettaz, ni la thèse interrompue, ni l'Amérique. Comme si rien n'existait de ce qui s'est passé avant moi. Les images ont regagné le subconscient d'Alphonse et, sans son entremise, je n'ai droit à rien.

Si, peut-être. À la Ford Fairlane. Je l'ai connue, elle, je l'ai réparée, aimée, lustrée, malmenée, maudite les jours de panne... J'y ai perpétué la vie de maman en reproduisant ses gestes. J'y ai imprimé, par-dessus les siens, mes désirs, mes regrets, mes coups de volant, mes envies de liberté et mes retours de cuites...

Je passe les heures suivantes dans l'habitacle au parfum rance, en compagnie d'un mécanicien qui fredonne des refrains de Charles Trenet pleins de joie de vivre et de trous de mémoire. Depuis l'aube il s'affaire, présence légère et compétente, sur la belle américaine qui n'est pour lui qu'un assemblage d'organes affectés par l'usure. Il swingue en démontant, bat la mesure avec ses outils, reboulonne sur trois notes.

— C'est bon, dit-il en entrant dans la cuisine. J'ai remplacé l'alternateur, les silentblocs et j'ai dégrippé le toit.

Dans la fumée du café réchauffé, papa noue sa cravate devant le miroir pendu au-dessus de l'évier. Le moteur bourdonne en sourdine, au bout du couloir.

— Je peux y aller, alors ?

— Euh... oui, répond le garagiste, un peu embarrassé. Je vous laisse les nœuds en tulle ?

Mon père réfléchit, en retirant du feu la casserole du café, et répond oui. Après avoir bu une dernière tasse, pour se donner du courage, il monte dans la Fairlane qui n'a plus roulé depuis mon mariage, et part vers la chapelle, les rubans de tulle blanc flottant au vent.

Les Dumontcel sont arrivés les premiers. Sur le perron moussu, Jeanne-Marie, manteau d'astrakan jusqu'aux chevilles et toque assortie, dresse sa silhouette de religieuse au chocolat devant ses enfants rangés par ordre chronologique.

— Quelle belle mort, soupire-t-elle avec sincérité en embrassant Fabienne du bout des joues. Dans votre malheur, vous avez de la chance.

Elle, son mari a succombé au pet d'une vache. Il venait de la traire pour se détendre, il allumait une cigarette, et le méthane dégagé dans l'oxygène par l'intestin du ruminant les a fait exploser tous les deux. Ils ont eu droit à la une du *Dauphiné libéré*, tout Aix retenait son rire aux funérailles et Jeanne-Marie ne s'en est jamais remise. Elle a eu beau se venger sur ses enfants, la rage et l'humiliation ressassées lui ont gâché le veuvage.

Fabienne répond merci. Du coin de l'œil, elle cherche Naïla dans la petite foule qui se regroupe sur le parking d'Intermarché, avant de traverser en direction de la chapelle. Mais Naïla ne viendra pas. Elle a bouclé ses valises au lever du jour. Elle part pour l'île Maurice, à l'invitation d'un hôtel rénové qui souhaite se faire aimer par les agents de voyages. Estimant que c'était la saison des cyclones, Mme Ficus, à qui l'offre était destinée, a préféré se désister en faveur de son assistante.

J'ai souvent rêvé d'un vrai départ avec Naïla ; une fugue au bout du monde, un tête-à-tête au milieu d'étrangers. Nous en parlions comme d'un projet pour une saison prochaine. Je suis heureux qu'elle prenne l'avion cet après-midi, qu'elle décolle au moment où l'on m'inhume. J'ai probablement les moyens de voyager tout autour de la planète, d'être instantanément où je veux sans avoir besoin d'intermédiaire, mais je préfère garder une certaine dépendance. Ne me déplacer que pour répondre à un appel.

Elle m'a écrit une lettre, à l'aube, qu'elle a glissée dans le placard de son studio, entre le cadre et la toile de *La Fenêtre oubliée.*

Là où tu es, Jacques, tu sais peut-être aujourd'hui que j'aimais un autre homme aussi, mais c'était pour ne pas te reprocher ta femme. Et je ne le regrette pas, maintenant que je la connais. Je me demande un peu ce que je faisais dans ta vie, tu sais. Fabienne est tellement plus femme que moi. J'avais l'impression, en l'écoutant, que c'était elle la maîtresse. Et puis je suis vraiment tarte, sur ce tableau. Mais j'étais bien dans tes bras et tu vas mettre du temps à me quitter. Voilà. J'avais confiance en toi. Ça continue. Je voulais te le dire.

Tu sais, à Taïwan, ils ont un truc génial, comme tradition. La famille loue une strip-teaseuse, pour l'en-

terrement. Elle se déshabille dans le convoi, pendant le voyage au cimetière, pour aider le mort à sortir de sa boîte, à ne pas se laisser enfermer dans le chagrin des autres, et comme ça il monte au ciel en bandant. C'est bien, non ? A trois heures, cet après-midi, pendant ta messe, je te préviens : je serai à l'aéroport de Satolas, je me trouverai un coin tranquille et je te ferai un strip. Tu viens si tu veux. Si tu as un empêchement, dis-toi qu'à l'île Maurice je serai seule, et, chaque fois que j'enlèverai mon maillot, ça sera pour toi.

L'invitation me touche d'autant plus que le procédé fonctionne ; j'en ai eu l'expérience avec Odile. Les pensées de mon agent de voyages, concentrées par son effort d'écriture, ont déjà eu sur mon esprit un effet délicieux. Naïla m'a donné le détachement complice dont j'avais besoin pour surmonter l'événement qui se prépare. L'envie de répondre à sa lettre, tout à l'heure, fait de mon enterrement une simple étape.

— Pauvre bout de chou, soupire Jeanne-Marie en ébouriffant les cheveux de mon fils. Tu vois, petit : c'est ça, la vie.

— Il lui reste sa maman, sanglote Marie-Pa.

Lucien, les dents serrées, refait sa raie avec son peigne. La pâtissière entraîne sa tribu dans la chapelle, après un regard offusqué vers le parking où mon père vient d'arriver dans sa Ford arborant les décorations de mariage. Fabienne sourit sous sa voilette. La satisfaction qu'elle éprouve, décidément, à heurter cette bourgeoisie dont elle a tellement voulu faire partie continue de l'étonner. Elle goûte un plaisir destructeur, clandestin, enfantin ; elle se dit que je déteins.

Elle attend mon père sur le perron, hoche la tête pour approuver le tulle blanc, et franchit le porche à son bras. Lucien, qui a refusé qu'on lui prenne la main, leur laisse six pas d'avance et entre à son tour, dans son costume de petit banquier, les bras croisés, le front bas, recueilli et conscient de son importance, évitant tout de même, machinalement, de poser le pied sur le joint des dalles.

La chapelle est entourée de tombes anciennes plus ou moins négligées. Autrefois, les Aixois de bonne famille avaient à cœur d'être enfouis ici, à l'ombre du château de la reine Victoria que la Wehrmacht a brûlé. Maintenant, ils viennent faire leurs courses en face.

Je m'attarde un moment devant le mausolée des Lormeau, en marbre noir, haut et pointu comme une cabine de bain, fermé par une grille que défendent trois cadenas. On ne risque pas de s'échapper. Sur la gauche de l'édifice, les fossoyeurs me maudissent en creusant la terre gelée.

Mon public se presse, dérapant sur les plaques de glace qui parsèment le gravier ; la chapelle se remplit d'autant plus vite qu'il s'est mis à pleuvoir. Son délabrement me fait de la peine. Les moisissures ont blanchi les boiseries, les vitraux sont en miettes, des ardoises brisées jonchent les travées de gauche, il fait encore plus froid qu'à l'extérieur et le curé qui a célébré mon baptême, mes communions et notre mariage n'a pas été remplacé. C'est l'abbé Couttand, de Pugny-Chatenod, qui dessert à présent les six paroisses du canton sud avec sa 2 CV, son parkinson et sa valise d'accessoires. Chenu, diaphane et flanqué d'un enfant de chœur largement pubère qui joue demi de mêlée à l'Olympic de Clarafond, le curé ambulant dresse le couvert sur l'autel vandalisé par des tags, dispose sa clochette, ses burettes et son petit magnétophone pour les cantiques. Il a commencé son après-midi par la messe des jeunes au camp de louveteaux, arrive d'un mariage à Saint-Offenge et baptisera derrière moi un nouveau-né à Mouxy. Son bagage de tournée toujours prêt, comme un artiste de music-hall, il vient quand on l'appelle, pour maintenir un semblant de vie religieuse dans les paroisses désertifiées. Le dimanche, il couvre trente-cinq kilomètres pour célébrer cinq offices. À sa mort, l'évêché réduira les frais : une messe par mois dans chaque église, en alternance, et les villageois bougeront.

Sans me vanter, j'ai du monde. On reconnaît le baron Triboux, de la Société des jeux, le Dr Nollard qui dirige les Thermes, Angélique Boranewski, toute gonflée par la silicone et les soucis depuis qu'elle est P-DG de Bora-Pneus, les cinq notaires de l'étude Sonnaz, trois pharmaciens, deux poissonniers, la Maison de la Presse, mon percepteur, l'hôtel Beau-Rivage, divers fournisseurs et clients, le représentant des tracteurs Bolens, une délégation de mon Lions Club, le photographe du *Dauphiné libéré*, le directeur d'Intermarché venu en voisin et la générale Daubray qui rend la politesse, mon père ayant assisté aux funérailles de son époux en 1968. La mairie m'a envoyé André Rumilloz, l'adjoint aux enterrements, qui se cramponne désespérément à son dernier mandat depuis qu'on l'a éjecté du Comité des fêtes. La chambre de commerce s'est fait représenter par une gerbe.

Venus de leur propre initiative, il y a aussi M. et

Mme Ponchet, qu'on n'a plus vus depuis le mariage pour respecter la volonté de Fabienne, et qui lui font la gueule une fois de plus parce qu'elle ne les présente à personne. Alors ils se tiennent devant le bénitier et ils accueillent les gens, la main vigoureusement tendue, en déclarant de but en blanc : « Les beaux-parents. » La satisfaction d'être les premiers à recevoir les condoléances leur donne un visage de gargotiers obséquieux remerciant le dîneur.

Fabienne, qui s'est enrhumée en dormant la fenêtre ouverte, se mouche à perdre haleine sous le regard froid de Lucien qui aimerait un peu plus de dignité. Il a dicté lui-même le texte de sa couronne, qui trône devant les tréteaux où se posera mon cercueil : « Au meilleur de tous les pères ». Je n'en demandais pas tant. C'est lui, surtout, qui est fier de cette dédicace.

Deux rangs derrière la famille, Thérèse Toussaint se glisse au bout du banc des Dumontcel. C'est la première fois qu'elle remet les pieds dans une église, depuis sa conversion. *Actualités tibétaines* dépassant ostensiblement de sa poche, Dalaï-Lama rigolant sur un médaillon épinglé au col de sa doudoune, elle fait sentir qu'elle est là uniquement à cause de moi, en auditeur libre.

De l'autre côté de l'allée, par délicatesse envers moi, Odile fait banc à part, laissant Jean-Mi avec ses frères. C'est elle qui a choisi les cantiques, avec l'autorisation de Fabienne qui ne sait pas chanter. Elle a pris les plus difficiles, s'entraîne depuis vingt-quatre heures en vocalisant devant sa glace, et on n'entendra qu'elle.

La chapelle est quasiment pleine, à présent. Je n'avais pas l'impression de connaître autant de gens.

Sur la centaine de présents, j'en aurais invité une quinzaine, et encore... Je regrette trois ou quatre absences. J'aurais aimé quelques surprises. Retrouver des visages croisés, des amours ébauchées, des amis perdus de vue... Certains sont peut-être là, qui ont trop changé pour que je les repère. En tout cas la moyenne d'âge est bien élevée, pour quelqu'un de ma génération. Les jeunes ont autre chose à faire. Ou alors ils ont obéi à l'avis de décès de ma sœur qui exigeait l'intimité.

L'enfant de chœur, de sa voix qui mue, nous annonce que ça va commencer et qu'il faut se taire. Il est en jogging bleu sous son aube. Il a entraînement de rugby, ce soir. Le curé tousse, dit quelques mots dans son micro qui ne marche pas quand il parle et produit un sifflement de larsen quand il se tait.

— Aymeric, s'informe-t-il en tripotant le bouton de son appareil acoustique, est-ce qu'on m'entend ?

— Putain de matos, grommelle l'enfant de chœur en tapant sur l'autel avec le micro qui répercute l'impact sous la voûte.

Avec un synchronisme involontaire, dès que les trois coups ont retenti, les manutentionnaires de chez Bugnard apparaissent en portant mon cercueil, au pas chaloupé. Derrière eux marche le fils de Jean-Gu, un petit myope sournois qu'on a chargé de promener mes décorations sur un coussin — idée de Fabienne qui m'avait agacé, lors de la préparation de la cérémonie, et que j'interprète au contraire, maintenant que je la connais un peu mieux, comme une sorte d'hommage discret à ce qui me faisait sourire. Sur le velours du coussin mauve brillent les armes de la ville, obtenues au concours de la plus belle vitrine en l'honneur des jeux Olympiques, et la médaille du 120e régiment du Train, reçue pour avoir exécuté pendant mon service militaire les décors et la mise en scène d'un spectacle de Noël pour les enfants de gradés.

Le fils de Jean-Gu avance lentement dans le sillage de la bière en tournant la tête de chaque côté, saluant ses copains dans l'assistance d'un coup de menton ou d'un clin d'œil. Le lacet de mon porteur avant gauche est dénoué, et j'attends avec gourmandise un incident qui ne se produit pas. Odile détourne la tête au passage de ma boîte vernie, en rougissant pour une raison qui, hélas, n'est pas un mystère pour moi.

Le Trianon atterrit en ripant sur les tréteaux. Les Bugnard y disposent quelques-unes des couronnes pour faire joli, puis s'éclipsent sur les côtés de la nef.

Alphonse vient d'entrer dans la chapelle. Je commençais à m'inquiéter. Un peu essoufflé, il pousse un fauteuil roulant. J'ignorais qu'il avait quelqu'un d'autre que nous dans sa vie. Il gare l'infirme sous le bénitier qu'ont libéré mes beaux-parents en allant se coller au premier rang, et lui essuie avec son mouchoir, d'un geste attentionné, le filet d'eau qui s'écoule au coin de sa bouche entrouverte.

Le curé chausse ses lunettes, approche le nez de son magnétophone, abaisse une touche et nous envoie du Bach. Il commence à pleuvoir dans les travées de gauche. Les gens se tortillent sous les gouttes, jouant des épaules et des reins sur un rythme assez peu en accord avec les grandes orgues. Attristé par ces contorsions, le curé leur indique la partie bâchée, à droite, mais les places sèches sont déjà occupées par les connaisseurs. Un bébé lance un braillement. La générale Daubray s'est endormie. M. Rumilloz verse une larme officielle en essayant de capter l'attention du photographe de presse. Le directeur des Thermes, qui a un emploi du temps chargé, consulte son agenda électronique à l'abri de son missel.

— Qu'est-ce que je fais là ? demande une voix ténue, dans le fond.

Alphonse se penche à l'oreille de son invité roulant et lui murmure avec douceur :

— Vous ne le reconnaissez pas ? C'était Lormeau Jacques, première A 2, bac 77, seize et demi en français, quatorze en latin !

Mon Dieu. M. Minoud. La terreur du lycée, avec son port de tête à la Montherlant, sa jambe raide et sa canne à bout ferré pourfendant les carreaux. Ce qu'on devient, tout de même. C'est parfois poli de mourir jeune.

— Quatorze en latin, répète le professeur d'une voix mécanique.

Je suppose qu'Alphonse est allé l'emprunter à son hospice pour qu'il y ait à mon enterrement, au milieu de mes homologues du commerce aixois, un témoin des brillantes études universitaires auxquelles j'aurais pu prétendre, sur les traces de ma mère. Cette attention m'émeut plus que je ne pourrais l'exprimer. Pour Alphonse, je ne suis résumable ni à mes vitrines ni à mes toiles. J'existe tout autant par les chemins que je n'ai pas osé suivre. Modestie, indépendance ou paresse, mes garde-fous ont disparu aujourd'hui, laissant l'avenir que je n'avais pas choisi reprendre ses droits sur le présent. L'intention d'Alphonse échappe sans doute à tout le monde, ce qui me la rend encore plus précieuse.

— On va rester longtemps ? s'inquiète M. Minoud.

— Ça lui fait tellement plaisir. Il parlait de vous souvent.

— Chut, dit une voisine.

— Je suis de la famille, réplique Alphonse.

Je comprends, en écoutant la conversation qu'il poursuit à l'oreille de l'infirme, qu'il va le voir régulièrement à sa maison de retraite pour le maintenir en contact avec les réalités poétiques. C'est grâce à M. Minoud, rencontré aux réunions de parents d'élèves, qu'Alphonse était entré au Comité des Amis de Lamartine. C'est grâce à lui qu'il peut se présenter la tête haute, devant les curistes et les employés de la Sécurité sociale, brandissant sa carte de visite : « Je n'ai peut-être pas été reconnu à la naissance, mais je suis déclaré d'utilité publique. »

Le silence s'est installé par à-coups dans la chapelle, de craquements de bois en bruits de fermoirs. Lucien, la tête tournée vers le fond, compte les gens qui sont venus me rendre hommage. À son poignet, je remarque ma montre, que j'avais laissée dans un tiroir de la caravane. Le bracelet en cuir racorni par mes transpirations devrait logiquement lui tomber sur la main. Il a déjà percé des trous supplémentaires.

— Seigneur Dieu tout-puissant, chevrote le curé devant son micro qui amplifie une syllabe sur cinq, nous sommes réunis en ce jour dans Ta demeure pour accueillir Ta servante Marguerite Chevillat, qui s'est endormie dans la paix du Christ munie des saints sacrements, et c'est une grande joie de voir autant de monde rassemblé pour elle aujourd'hui, car je crois qu'elle est morte bien seule à l'hôpital.

La stupeur a fait place à une rumeur houleuse qui alerte l'enfant de chœur. Il vérifie les fiches du curé, sourcils froncés, regarde l'heure, et lui glisse vivement à l'oreille :

— Mme Chevillat, c'est à cinq heures à Villarcher !

— Eh bien je vais parler plus fort, réplique l'abbé Couttand avec un soupir. Après une vie de dur labeur commencée aux champs, puis comme employée à Aix-les-Bains où, de simple lingère, elle accéda au rang d'agent de service à la mairie, Marguerite Chevillat, mère de trois enfants et six fois grand-mère, aurait mérité de finir ses jours entourée de l'affection des siens, mais c'est chez les sœurs de Mon Repos qu'elle passa ses dernières années, jusqu'à cette malheureuse chute qui lui brisa le col du fémur, prions le Seigneur.

Fabienne et mon père se consultent des yeux pour décider d'une réaction. L'enfant de chœur les regarde en écartant les bras dans son aube trop petite, en signe d'impuissance.

— Le Seigneur soit avec vous ! psalmodie le curé en vibrant de tout son maigre corps.

— Et avec votre esprit ! entonne Jeanne-Marie Dumontcel, toute seule, exultant de voir un événement aussi ridicule que le pet de sa vache entacher la mémoire d'un Lormeau.

— Si quelqu'un souhaite prononcer quelques mots sur la défunte...

— C'est pas elle ! font plusieurs voix dans un brouhaha ponctué de doigts levés.

— ... Chacun pourra venir témoigner tout à l'heure, au moment des intentions de prières.

Et il rappuie d'un doigt tremblant sur la touche de son magnétophone. Odile attaque le *Kyrie* d'ouverture, avec une ferveur que rien ne saurait entamer. Un fou rire commence à monter au troisième rang, chez les frères Dumontcel qui se tiennent les bras croisés, dents serrées, teint cramoisi et regard au sol. Moi-même, j'ai du mal à lutter contre une dilatation de ma pensée, une sorte de frisson joyeux, communicatif. Bousculant le chagrin de rigueur, la confusion du curé a réinstallé dans l'esprit de mes copains le souvenir de nos canulars d'adolescents. Jean-Mi se raconte *in petto* nos blagues les plus débiles, en chuchote des bribes à ses frères qui complètent l'anecdote. Ils ne pouvaient trouver une meilleure manière de penser à moi en cet instant. Notre rire d'autrefois est un lit douillet où je me pelotonne ; je me sens protégé, entouré et délicieusement tranquille, comme dans ces grasses matinées d'enfance quand la maison du Pierret s'agitait sous moi, dans les bruits et les odeurs du petit déjeuner qu'on me préparait. Je revois nos chahuts à l'école, nos concerts de pétards à Notre-Dame, l'émeute provoquée chez les curistes par le flacon de Tabasco que nous avions vidé dans la fontaine de la buvette thermale...

— *Et pif, paf, pouf !* entonne à voix basse Jean-Mi au milieu du *Kyrie eleison*, la tête inclinée vers ses frères.

— *Et tara-patapoum !* répondent en chœur Jean-Gu et Jean-Do, *Je suis moi le général Boum-Boum !*

Ça, c'était *La Grande-Duchesse de Gérolstein*, l'opéra

bouffe d'Offenbach que nous avions monté au club-théâtre, avec Odile dans le rôle-titre, en détournant la subvention allouée par le foyer du lycée pour représenter *Les Séquestrés d'Altona* de Jean-Paul Sartre.

— Vous ne mesurez pas les chances que vous gâchez, m'avait dit tristement M. Minoud, en me rendant une dissertation qu'il avait notée dix-huit sur vingt, quelques jours après le spectacle où je l'avais ridiculisé sous les traits du général Boum.

Je mesure, aujourd'hui. Je mesure le petit lot de souffrance supplémentaire que j'ai apporté, après tant de générations de lycéens goguenards, dans la carrière de cet agrégé qui n'est plus qu'une épave roulante survivant à des attaques. Brusquement je vois l'image de Georges Minoud, debout devant ses diplômes, le canon d'un pistolet appuyé sous le menton. Combien de fois la solitude, le harcèlement de ses élèves ou les désillusions du monde l'ont-ils mené au bord du suicide ? Ce n'est pas un hasard si Alphonse, pour d'autres raisons, est venu le faire comparaître aujourd'hui devant moi. Mon professeur de lettres est sans doute, avec Odile, la seule personne que j'aie pris plaisir à faire souffrir dans ma vie. Et aujourd'hui, à cinquante mètres de distance, l'une me chante un cantique avec tout son amour intact et l'autre ne se souvient plus de moi. Oui, Odile, tu avais raison : je suis en paix. Et je n'en suis pas spécialement fier.

— Seigneur, nous T'implorons pour Ta servante Marguerite, que Tu as fait sortir aujourd'hui de ce monde...

Le fou rire de mes copains a exercé sa contagion sur six rangs et les fidèles pleurent, la main sur la bouche, renonçant à détromper l'abbé Couttand qui, imperturbable devant ces démonstrations d'affliction qu'il juge ostentatoires, continue d'honorer la mémoire d'une défunte qui n'est pas la leur. Même Fabienne et papa se tiennent les côtes en se mordant les lèvres pour garder une contenance. Ma femme a eu un geste charmant, pour conseiller à l'enfant de chœur mortifié par la bévue de laisser courir. Exaspéré, Lucien se penche de gauche à droite, lançant des chut ! et bourrant sa mère et son grand-père de coups de coude furieux.

— ... afin qu'ayant cru et espéré en Toi, elle ne souffre point les peines de l'Enfer...

— Excusez-moi, je vous revaudrai ça.

On m'a parlé. Une présence s'est greffée sur la mienne, dans la chapelle, me détachant aussitôt de la perception des événements. Une voix inconnue, sourde et lancinante, dont l'écho m'emplit d'une joie immédiate. Il y a quelqu'un. Enfin !

— Venez à Villarcher, à cinq heures. Il dira sûrement ma messe pour vous.

C'est trop beau pour être vrai. Il s'agit sans doute d'une illusion provoquée par mon désir de rencontrer mes semblables. Ou alors ce désir a fini par attirer leur attention. Les mots que j'entends se forment à l'intérieur de ma conscience et je n'ose pas répondre, de peur d'interrompre ce contact.

— J'avais quatre-vingt-dix-neuf ans, ils auraient bien voulu que j'attende, ces imbéciles, pour me faire souffler leurs bougies ! Mascarade ! Personne pendant vingt ans, on se réservait pour le centenaire ! Je suis bien contente. Je ne laisse rien du tout. Personne ne saura jamais où j'ai caché mes napoléons. Bien fait !

Une sonnerie me ramène à la réalité ambiante. Les deux tiers des hommes présents plongent la main dans leur poche intérieure.

— Le Seigneur soit avec vous...

— Je suis en réunion, je le rappelle, répond vivement le directeur des Thermes avant d'éteindre son portable.

Combien de minutes ai-je manquées ? Le curé se détache du micro, invitant ceux qui le souhaitent à venir exprimer leurs intentions de prière. Lucien, l'air déterminé, quitte sa place, fonce dans le chœur, saisit le prêtre par le poignet, l'entraîne devant le cercueil et lui désigne sa couronne : « Au meilleur de tous les pères. » La mâchoire pendante, l'abbé Couttand se tourne vers son enfant de chœur qui confirme en écartant les bras. Catastrophé, il se confond en excuses, reprend dans ses mains vibrantes ses fiches du jour qui lui échappent, tombent sur le sol. Il renonce à les ramasser, et laisse couler des larmes de détresse en retournant derrière l'autel, voûté, perdu.

— Je n'y arrive plus, gémit-il dans une crise de tremblements.

— Mais si, l'encourage Aymeric, et il lui tend ma fiche.

— Il faut que je recommence la messe, alors...

— On n'a pas le temps : on a le baptême à Mouxy dans une demi-heure...

— Pour mon père ! s'écrie Lucien d'une voix gonflée par le trac, devant le micro qui a rendu l'âme. Il voulait pas qu'on pleure, mais c'est pas une raison pour rire, aussi ! C'est pas vous qui êtes orphelin et c'est pas drôle, et moi je l'aimais, mon papa, et... et... et...

Il s'est arrêté, la gorge nouée.

— Prions le Seigneur, lui souffle gentiment le curé, bouleversé par l'émotion de mon petit garçon, même s'il n'en comprend que l'intensité.

Lucien retourne s'asseoir, pleurant sous l'humiliation qu'on m'inflige, lourd de tous les mots préparés depuis hier et qui n'ont pu sortir. Fabienne veut le réconforter d'un geste qu'il refuse. Mon père le remplace au micro en formulant son espoir que je retrouve ma mère au Paradis, et tous ceux qui m'aimaient bien unissent leurs prières dans cette direction ; je n'en ressens pas le moindre effet mais ça leur fait du bien.

J'essaie de renouer le contact avec la vieille défunte qui a squatté ma messe, pour que nous échangions des impressions, des expériences ou des mises en garde, mais elle n'est plus là. Le temps a repris son cours terrestre, le fou rire s'est émoussé, les regards sont à nouveau de circonstance et mon isolement toujours le même. Seul un incident extérieur, une erreur de fiche, m'a permis de croiser une autre âme. Si cette rencontre s'est réellement produite, elle me laisse un goût bizarre. Marguerite Chevillat n'a plus personne à aimer sur terre, alors elle est libre. Je dois probablement renoncer aux vivants pour être accueilli dans l'au-delà — mais en ai-je envie ? Lâcher la proie pour l'ombre n'est pas la seule perspective qui me retienne. Si je n'avais pas la conviction que les miens ont encore besoin de moi, je ne m'accrocherais pas de la sorte.

Comme on fait un mouvement de gymnastique pour vérifier sa souplesse, je me projette à l'aéroport de

Satolas. Assise dans une salle de départ, Naïla attend l'embarquement pour l'île Maurice. J'ai dû rater son strip-tease. Elle est plongée dans un magazine féminin qui lui parle de céramides et d'acides de fruits. Je ne suis pas vraiment présent. Une hôtesse annonce dans les haut-parleurs un retard indépendant de sa volonté.

Je vais pour repartir lorsque mon attention est attirée par un beau vacancier blond du genre surfeur. Il est assis derrière Naïla, dos à dos en bout de rangée, et fait doucement glisser vers lui le sac de voyage qu'elle a posé par terre. Je tente une intervention, sans grand espoir, mes précédents échecs m'ayant rendu sceptique. Je pense très fort : « Attention, Naïla, retourne-toi, regarde ton sac. » La main du blond rampe discrètement sur la fermeture Éclair, jusqu'à la tirette, s'immobilise. Naïla relève les yeux de son magazine, se retourne, regarde d'un air perplexe un avion qui manœuvre derrière la baie vitrée. La main du jeune homme a regagné la poche de son blouson. Il sort un prospectus dans lequel il feint de s'absorber. Naïla ramasse son sac et se rapproche du comptoir d'embarquement. C'est sans doute le hasard, peut-être une intuition de sa part ; je ne me fais guère d'illusions sur mon rôle, mais l'effort m'a épuisé.

Lorsque je reviens au Pierret, la messe est finie, la chapelle est vide. Il pleut sur l'autel nu dont les accessoires ont regagné la valise du curé. Mes tréteaux ont laissé leur empreinte sur la moquette râpée du chœur. Un foulard oublié pend, détrempé, sur un prie-Dieu.

Ils ont descendu mon cercueil sur celui de maman. Tout à l'heure, ils me jetteront des roses et de petites pelletées de terre gelée qui feront bing. À la dérobée, mon père filme des instants de la cérémonie. Les gens sont choqués par le caméscope, mais le cercle rouge du viseur imprimé autour de son œil droit m'attendrit bien plus que les larmes qui s'en échappent.

Après avoir béni le trou, l'abbé Couttand prononce quelques mots qui me sont destinés, cette fois-ci. Mais sa fiche est brève et mon passage sur terre des plus succincts. Je suis né, j'ai grandi, tenu mon commerce, je me suis marié, reproduit et je suis mort, ainsi soit-il. Jeanne-Marie Dumontcel boit du petit-lait : il m'appelle « droguiste ».

Rencognée sous sa capuche, l'œil en biais, Mlle Toussaint dévisage l'assistance en griffonnant sur une feuille. Elle inscrit des noms, parfois se ravise et les barre, ou les ponctue d'une flèche. Elle est sans doute en train de chercher, parmi les chrétiens de façade, d'éventuelles recrues pour Bouddha. Je la vois se fixer un long moment sur Marie-Pa qui se tient devant la fosse, une moue boudeuse barrant son gros visage, les doigts serrés sur la petite pelle emplie de terre, comme une fillette qui en voudrait à l'océan de détruire son château de sable. Parce qu'elle bloque le déroulement de l'inhumation, sa mère lui tourne le poignet pour faire tomber la terre, la repousse et donne la pelle au suivant. « C'est ma croix », dit toujours Jeanne-Marie en parlant de sa fille, avec un air admirable. Mlle Toussaint entoure le nom de Marie-Palatine, et plie sa liste dans son cabas.

D'un mouvement de la tête, Fabienne donne aux fossoyeurs l'autorisation de conclure. Mon fils s'agrippe à son bras, comme si on avait voulu les séparer. Protégeant M. Minoud sous son parapluie noir, Alphonse lève le visage vers le ciel, pour projeter mon image hors de ce trou qu'on rebouche.

Ensuite il y a eu le serrement de mains, les paroles de sympathie, de regret ou d'encouragement. C'est une épreuve à surmonter, le temps passera, la vie continue... Fabienne acquiesçait, Lucien répondait merci, papa haussait les épaules. Odile se tenait en retrait, prête à se rendre utile, veuve de secours, au cas où Fabienne aurait eu une défaillance. Avec une brièveté inhabituelle, Alphonse a livré le fond de sa pensée en réchauffant les doigts de ma femme raidis sous ses gants noirs :

— Ça n'enlève rien à ses mérites, madame Fabienne, mais la solitude, vous verrez : on s'y fait.

Il a présenté le professeur Minoud, rappelé que j'avais eu quatorze en latin, puis il est reparti dans l'allée en poussant le fauteuil parmi les tombes.

Après avoir encaissé les formules toutes faites d'une dizaine d'indifférents, Fabienne se retrouve devant un jeune homme à qui machinalement elle tend la main, sans le reconnaître. Au lieu de me plaindre, il lui déclare que j'avais beaucoup de talent. Elle le remercie, surprise.

— Je sais que ce n'est pas le moment, madame, mais... quelle est sa cote, exactement ?

— Je vous demande pardon ?

— Si mes moyens le permettent, je serais très heureux d'acheter l'un de ses tableaux.

Fabienne regarde attentivement le jeune homme qui lui serre les doigts un peu trop fort.

— Venez demain dans son atelier, à onze heures, glisse-t-elle en lui retirant sa main.

— La caravane ?

— La caravane.

Guillaume Peyrolles hoche la tête et cède la place à l'apitoyé suivant.

— Elle donne déjà ses rendez-vous, susurre Jeanne-Marie Dumontcel.

— Et elle les prend jeunes, souligne du coin des lèvres Mme Rumilloz.

Je n'ai pas envie de leur en vouloir. Elles font ce qu'elles peuvent pour occuper leur vie. Fabienne est bien au-delà de leurs petits ragots et de leurs sarcasmes ; je la sens décalée, hors d'atteinte, abstraite, comme si elle avait reçu mon détachement en héritage. Lucien lui donne un léger coup de coude, pour qu'elle serre la main que lui tend depuis quelques secondes Angélique Boranewski. Fabienne revient sur terre et se compose un sourire reconnaissant.

— C'est gentil d'être venue.

— C'était la moindre des choses, soupire la pauvre

Angélique dont le corps a donné du bonheur à toute ma génération qui feint maintenant de ne plus la connaître, depuis que Bora-Pneus est en redressement judiciaire.

Devant le mausolée j'aperçois le couple Ambert-Allaire, et la haine que je refusais aux deux fielleuses me submerge aussitôt. Ceux-là, ils n'avaient pas le droit de venir. En retard, en plus, pour faire leur numéro. Et ils paradent, avantageux, importants, dispensant des saluts esquissés que les notables s'arrachent. Lui, gros porc convivial avec la moustache au cordeau et les petits yeux glacés derrière les lunettes à monture rouge ; elle, bon chic enjôleur, alanguie, style Megève. Depuis vingt ans ils utilisent leur cousinage avec l'ancien député pour régner sur les médias. Journaux, radios, télés locales, renvois d'ascenseur, dessous-de-table et partouzes ; leur influence n'a jamais cessé de progresser. Quand j'avais voulu couper les ponts avec la quincaillerie, après mon bac, j'étais allé leur soumettre des projets d'émissions. Enthousiasme immédiat. J'avais cru qu'ils me prenaient pour un futur roi des ondes ; je n'étais pour eux que de la chair fraîche. Ils avaient joué avec moi, alternant les promotions et les placards, dégustant ma naïveté, mes emballements, mes déceptions, mes concessions, tantôt me harcelant, tantôt me battant froid pour que je les relance. La soirée échangiste à Chambéry où je m'étais laissé entraîner est le seul souvenir de ma vie que je récuse, et je rends grâce à Dieu, si c'est Lui qui contrôle mon programme, de ne pas me l'avoir fait revivre.

Pourquoi les Ambert-Allaire sont-ils là ? Pour que je leur pardonne ? Qu'ils aillent se faire foutre. Je leur en ai toujours voulu et je persiste : ils continuent à briser d'autres que moi qui n'auront ni la chance ni la force de recoller les morceaux. Moi c'est le service militaire qui m'a sauvé, sinon je crois bien que je les aurais tués. J'ai versé du débouche-évier, un matin, dans les cafés que je leur apportais en régie ; malheureusement la soude a troué les gobelets avant qu'ils aient le temps de boire. Je ne regrette que ce ratage, je n'oublie rien et si j'avais le pouvoir de vous hanter, ordures, je ne m'en priverais pas. Cassez-vous ! Je vous interdis de parler à Fabienne, de la souiller avec vos mains molles et vos discours visqueux. Je ne lui ai jamais parlé de vous, elle ne se méfiera pas et si vous touchez à mon fils, je vous jure qu'un jour j'aurai votre peau. J'apprendrai, je me damnerai, j'invoquerai toutes les forces mauvaises en action dans votre monde pour vous faire crever la gueule ouverte...

Mais je m'excite sans raisons. Ils sont venus simplement rencontrer le directeur des Thermes pour fixer une interview, saluer l'adjoint au maire, deux ou trois annonceurs, soutirer un mécénat à Mlle Toussaint pour une émission sur les animaux et demander au concessionnaire BMW de jeter un œil sur leur turbo. C'est pratique, mon enterrement : ils ont tout le monde sous la main, ils gagnent du temps. Déjà ils repartent, dans leurs cachemires beiges, flanqués du garagiste, sans même un regard pour Fabienne qui ne leur sert à rien. Ma violence retombe aussi vite qu'elle s'est déclenchée. Je n'ai jamais su tenir très longtemps une colère. C'est rassurant, dans un sens, de constater une fois de plus que, depuis ma mort, je n'ai pas changé.

La file d'attente s'est résorbée, la cérémonie touche

à sa fin. M. et Mme Ponchet se dandinent sur place, supputant les réactions de leur fille. Ils échangent un regard en coin, un coup de menton, décident de se réconcilier par la bande en abordant Lucien.

— Alors, mon Lulu, tu as été bien courageux.

Dès qu'elle les voit à l'œuvre, Fabienne abrège le poissonnier qui lui racontait l'agonie de sa tante, et marche sur eux avec une rage à peine contenue.

— Bonjour quand même, grince la mère. Tu te rappelles qu'on existe ?

— Ce n'est pas le moment, dit Fabienne.

— On a fait quarante kilomètres de ce temps, et c'est ta mère qui a dû conduire, la pauvre : j'ai ma goutte qui recommence.

— On a reçu ses analyses, il faut qu'il retourne encore à l'hôpital.

— Vous m'enverrez la note, dit Fabienne en entraînant Lucien.

— Tu nous permets d'embrasser notre petit-fils, quand même, oui ?

— Il est au courant, laisse tomber Fabienne avec une froideur calme.

Les Ponchet se fossilisent entre deux tombes. Lucien marche à grands pas dans l'allée pour suivre la foulée de sa mère.

— Au courant de quoi ? s'informe-t-il.

— Je t'expliquerai, mon chéri.

J'aimerais mieux qu'elle s'en abstienne. Pendant toute notre nuit de noces, je l'avais serrée dans mes bras, essayant d'arrêter les sanglots qu'elle enfouissait dans ma poitrine. Elle m'avait tout déballé d'une traite : le viol à quatorze ans, le meilleur ami de ses parents, leur voisin d'étal sur les marchés, l'obligation de se taire, les menaces et les coups, petite salope c'est toi qui l'as cherché, l'avortement à la sauvette, et toutes ces années à faire semblant que c'était oublié, à ronger sa douleur en attendant d'être libre, vraiment libre, pour les rayer de sa vie.

— Au courant de quoi ? relance Lucien qui n'a jamais laissé une question sans réponse. Ils n'aimaient pas mon père, c'est ça ?

— C'est ça, dit Fabienne.

Merci, chérie. Je les laisse traverser vers le parking. Mon petit couple, enlacé sous la pluie. Leurs silhouettes qui s'éloignent me déchirent, et j'ai besoin de les quitter un moment pour ne plus souffrir de mon absence. Contre toute attente, je me sens beaucoup moins bien, beaucoup moins léger qu'avant la sépulture. J'ai beau me dire que c'est purement subjectif, j'entends mon corps prisonnier sous terre me lancer des appels au secours, m'accuser d'abandon. La décomposition qui l'attend, mon impuissance à l'empêcher et mon refus de rester solidaire me donnent une pesanteur que je n'ai pas envie de ramener à la maison.

Je laisse Fabienne et Lucien partir dans la Mercedes, papa les suivre avec la Ford. J'ignore ce qu'ils ont projeté, s'ils ont prévu de se retrouver. Alphonse roule dans la camionnette vers les marécages de Terre-Nue, au bout du lac, pour aller rendre M. Minoud à son hospice. Au-dessus de la mer, Naïla discute avec sa voisine de siège, une Mauricienne exubérante qui chipote dans sa barquette Air France en lui racontant comment, dans son île, on accommode rougaille et sacréchien. Odile a rouvert la quincaillerie, assure la permanence en regardant fixement le dernier décor que j'avais composé dans la vitrine.

Je finis par trouver ma place au Welsh Pub, sur le Grand-Port, entre Jean-Mi et ses frères qui sont venus enterrer ma vie de garçon en se biturant au vin d'abymes — « vot'blanc chronique », comme dit le patron qui m'a bien connu lui aussi, m'ayant filé une raclée mémorable quand il m'avait trouvé à seize ans dans le lit de sa fille. Et ils se racontent mes exploits, gonflés pour la circonstance. Ils descendent leurs canons en se chauffant au comptoir dans la fumée des croques, la mousse des bières à la pression et le rire des filles en relâche qui attendent la nuit pour chasser le curiste. Les heures passent dans les tournées qu'ils s'offrent à ma mémoire, et je m'oublie dans l'alcool. Leur fraternité brutale, grasse et bien lourde, exaltée par la présence des putes à qui on peut causer entre hommes, réussit presque à me consoler de ma perte. Plus rien n'est grave, définitif ni important dans ce pub rougeâtre assourdi de musiques montées en boucle. La clientèle nocturne succède à celle de l'apéritif et nous restons là, pack de nostalgie bruyante, d'humanité compacte, rires sans raisons, solitudes emmêlées, coups de gueule hors jeu pour écraser le désespoir ; on lâche son cœur en vidant sa vessie, on revient et tout recommence. À minuit, tiens, on se paiera une belle bagarre, comme au bon vieux temps. La victoire au bac, la première émission de radio, le départ sous les drapeaux, la quille, le mariage, la naissance... Toute une vie qui tient dans une dizaine de cuites.

— À la tienne, Jacques ! beugle Jean-Mi en hissant

son verre au bout de son bras tendu, le regard au plafond, imité par tout le bar.

Ne me cherchez pas si haut.

Je suis rentré au petit jour, complètement soûl de leur ivresse, arrivant tout juste à mettre une idée devant l'autre, dans les flocons de neige qui de nouveau tourbillonnent. Je suis rentré en me faufilant dans les allées, sur la pointe de l'âme, pour ne pas troubler le repos de mes voisins. Bonjour général Daubray, bonjour docteur, bonjour chanoine, bonjour madame Drivet — contente d'avoir retrouvé votre mari, l'an passé ? Bonjour mon petit Eugène, 1937-1938, qui n'auras connu que les langes et la paix. Bonjour député Ambert, qui as l'air aussi con mort que vif avec ta tombe aérodynamique et ton sourire électoral médaillé dans le granit, bonjour les Beaufort, soixante-huit ans de mariage, qui allez célébrer vos noces de chêne, bonjour Pierre Dumontcel, vous avez les amitiés de vos fils qui vous auraient bien échangé contre leur mère, bonjour monsieur Andrieu que je n'ai pas eu le temps de remercier pour la Rolls Royce de chez Dinky Toys reçue à Noël 68, bonjour famille Léon qui disparaissez sous la crasse et les mousses ; vos enfants vivent leur vie, bonjour Sarah que j'avais oubliée, la plus douée d'entre nous, docteur en biologie, tu aurais eu mon âge, bonjour Sophie de Chalancey que je n'ai pas eu le plaisir de draguer : j'avais trois ans. M'accorderiez-vous une danse, maintenant que je suis grand ?

Me voici, maman. Oui, c'est à cette heure-ci que je

rentre. Mais on pourrait faire connaissance, avant que tu m'engueules. Parle-moi, s'il te plaît... Apparais-moi, dis-moi que tu as veillé sur moi toutes ces années, que tu n'es pas trop mécontente de ma vie, que je méritais quand même de naître, un petit peu. Dis-moi que tu m'aimes comme je t'ai aimée en rêve. Dis-moi que je t'ai manqué et qu'on va se retrouver dans cet autre monde.

Ho ! Maman ? Dis-moi quelque chose ! « Oui », simplement. Dis-moi que tu es là, dis-moi que tu m'entends. Tu t'es réincarnée, ou quoi ? Tu es fille de ranch au Texas, écuyère à Saumur, prof de lettres en Ile-de-France ? Ou tu es prisonnière de ton blindage à l'épreuve de ma voix ?

Ce cimetière est vide, totalement vide. Ni ma mère, ni les six couches de Lormeau qu'elle surmonte, ni les voisins ne me répondent. J'ai beau appeler, supplier, je reste seul. À part moi, dans cette agglomération d'ossements, il n'y a pas âme qui vive. La petite vieille de la chapelle n'était qu'un mirage, tout à l'heure, j'en suis presque sûr à présent. Un fruit de mon imagination. Une minute d'espoir, pour me cacher la réalité.

Où vont les morts ?

Et pourquoi suis-je là, moi, tout seul, oublié sur terre ? Personne ne m'attendait et personne ne me réclame. Je prie, je ris, je pleure, je range, je revis docilement les souvenirs qu'on m'impose, je compatis, je demande pardon, je me soûle dans l'ivresse de mes copains pour qui je n'étais plus cette nuit qu'un prétexte à grimper des putes, je tourne en rond, je prête l'oreille, je mendie l'attention, je dis je t'aime et tout le monde s'en fout.

Personne ne m'a adressé la parole, à part Alphonse, mais Alphonse parle à n'importe quoi : les arbres, les outils, les wagons de chemin de fer... Personne ne s'est soucié de ce que je ressens, excepté une apprentie bouddhiste qui m'utilise comme travaux pratiques. On m'a fleuri, plaint, pleuré, brûlé en cierge et enfoui dans le marbre ; on a gravé mon nom, ma date, regrets éternels et bonsoir : la vie continue.

Personne ne m'a fait sentir que j'existais encore au présent pour lui, hormis un chien qui m'a quitté pour gagner un paradis où il ne m'a même pas offert de partager sa niche.

Qu'est-ce que je paye ? J'ai trop aimé la solitude, et on veut m'apprendre ce que c'est ? La vraie solitude. Allez, montrez-vous. Montrez-moi le chemin, au moins. Je n'ai pas commis de péché mortel !

Si ?

Sur le caveau qui domine la fontaine, allée 15, 2e division, famille Triboux de Montescourt, est gravé un extrait de la parabole des talents. Ai-je vraiment négligé de faire fructifier ce qu'on m'avait confié à la naissance ? Si je me suis endormi dans le confort illustré de mes tableaux du dimanche, j'ai eu raison. Je connaissais mes limites. Il ne suffit pas d'être un raté pour devenir un génie. Et si c'était à recommencer, je ne voudrais rien changer à ma vie, quelle que soit la mort qui en découle. Alors inutile de me faire tourner en vase clos dans des remords que je n'éprouverai pas. Détruisez-moi, collez-moi dans un autre corps ou laissez-moi pourrir, mais arrêtez de jouer avec moi. Je ne me reconnais plus. J'ai l'ivresse triste, la solitude oppressante et je n'ai plus envie de croire.

Le soleil se lève, fait scintiller la neige qui nappe les tombes. Un nouveau jour. Dans la chambre de Fabienne, la fenêtre est toujours ouverte et ma lumière allumée. Pour rien.

« JÉSUS REVIENT BIENTÔT », annonce une barque de pêche qui traverse le lagon, les grandes lettres orange courant sur la coque bleue. Le Noir qui tient la barre salue les filles d'un grand geste prometteur.

— Tu penses qu'il a eu la vision de cette plage ? demande Naïla.

L'autre s'étire dans le sable, raccroche son soutien-gorge et se retourne sur le dos avant de répondre :

— Et peut-être même qu'il t'a poussée à venir ici, oui...

Naïla glisse sa tête à l'ombre de la paillote. Elles sont allongées sur une petite plage en arc de cercle bordée de palmiers inclinés et de bougainvillées escaladant les bungalows. À son arrivée à l'hôtel Touessrok, Naïla a retrouvé une ancienne copine de l'école de tourisme, qui travaille chez le voyagiste Kuoni. Leurs bagages défaits, elles ont couru plonger dans le lagon, tandis que la centaine de professionnels invités se rassemblaient dans un salon climatisé pour être informés sur la rénovation de l'hôtel.

C'est en sortant de l'eau, à cloche-pied, se laissant tomber sur le sable pour retirer les épines d'oursin, que Naïla a eu brusquement la révélation qui m'a attiré auprès d'elle. Le lagon turquoise et vert sombre au-dessus des algues, les trois paillotes, le râteau appuyé contre un tronc de cocotier restituaient exactement, à ses yeux, le décor dans lequel je l'avais peinte sur *La Fenêtre oubliée.* Je ne partage pas tout à fait sa conviction, m'étant inspiré d'une photo de jeu-concours sur un emballage de biscuits, mais sa copine Dominique est très versée dans l'au-delà.

— Il était branché sur toi, tu comprends, il cherchait à te fixer dans une image, et l'image qu'il a reçue, c'est celle de cette plage où tu penserais à lui. Parce que l'espace et le temps, quand on est mort, ils s'inversent. On se déplace dans le temps, et l'espace, il passe.

— Il se doutait qu'il allait mourir, à ton avis ?

— Non, pas besoin. Son inconscient le savait, c'est tout. Alors ça lui a filé un coup de booster. Parce que tout le monde est médium, mais bon : ou il faut commencer l'entraînement quand on est gosse, comme le tennis et le piano, ou alors il faut des circonstances exceptionnelles. Tous les mourants ont des visions, c'est connu. Tu me tartines, s'te plaît ?

Dominique se remet sur le ventre, fait glisser les bretelles de son maillot. L'air absent, Naïla enduit son dos bronzé par de précédents voyages d'études.

— Sur le tableau, je sors de l'eau, mais vue à travers une fenêtre ouverte sans murs, tu vois, qui flotte sur la plage. Tu crois que c'est un signe ?

C'est surtout un emprunt à Magritte, mais je suis curieux de savoir ce que Dominique en pense. C'est une belle brune aux seins lourds, très cambrée, avec de longs cils mystérieux et une voix péremptoire.

— Faut que tu lises les bouquins de Raymond Moody, Helen Wambach, tout ça... Y a des tonnes de preuves sur les gens qu'on allait débrancher parce qu'ils étaient morts cliniquement, et puis paf ! ils sont revenus. Ils racontent tous la même chose : ils voyaient leur corps en dessous d'eux, ils entendaient les médecins qui flippaient à cause de l'encéphalo plat, et eux ils étaient vachement cool. Limite, ils se marraient. C'est ça, ta fenêtre ouverte sans murs, non ? Comme symbole.

— Dans ma religion, c'est une règle de laisser ouverte la fenêtre du mort. Ça l'aide à se dégager de la terre, et puis ça libère les vivants, aussi. Mais Jacques, je le sens tout le temps là...

— Il a loupé la correspondance. Plus haut, la crème, s'te plaît. Y a toujours le coin entre les omoplates que j'arrive pas à faire.

— Je ne sais pas comment dire... C'est peut-être parce qu'il n'a pas eu le temps de finir mon tableau... Ça le retient.

— Mais non, tu te fais un plan, là. Tous les clamsés qui sont revenus, ils étaient partis dans un tunnel éclairé du bout, et puis ils ont vu un « être de lumière », genre Jésus ou Allah ou un mort de la famille, qui leur a dit : « C'est pas encore l'heure, faut que tu refasses un tour en bas. » Et c'était tellement beau, le Paradis, les champs fleuris dans les nuages et tout le bazar qu'ils voulaient rester zoner, les p'tits Mickeys, normal, alors les flics du ciel les refoulaient, comme des clandestins qu'on renvoie chez eux. Ils se retrouvaient dans leur corps, sous le nez des médecins et des infirmières qui en restaient sur le cul, et tous ils disent que leur feeling a changé depuis qu'ils ont été morts : ils arrêtent de se prendre la tête et ils profitent vachement plus de la vie parce qu'ils savent que ce qui les attend après, c'est encore mieux. Tu veux que je te crème ?

— Il est heureux, alors, murmure Naïla en lui présentant son dos.

— Attends, objecte la spécialiste. Ceux qui décrivent le Paradis dans les bouquins, c'est qu'ils en sont revenus. Et peut-être qu'on leur a fait voir ça *justement parce qu'ils allaient revenir.* Pour leur donner envie.

— Je comprends pas.

— Regarde les dessins d'architecte, quand on veut te faire signer un pavillon. C'est toujours la maison de tes rêves, avec des fleurs, des arbres et juste un voisin qui passe au loin, sur les pelouses. Tu achètes sur plan et tu te retrouves au milieu de la boue dans un clapier préfabriqué parmi cent autres pareils, avec les bandes de casseurs, les sonos, l'autoroute. C'est impossible à revendre et t'en as pour jusqu'à la fin des temps à rembourser l'emprunt.

Naïla reste immobile, sous la main qui fait pénétrer la crème. Angoissée par cette vision dans laquelle s'enlisent mon souvenir et son tableau, elle retourne plonger dans le lagon. Sur la passerelle en bois qui relie deux portions de bungalows, au-dessus de la plage, défilent les agents de voyages badgés, chargés de prospectus, éternuant sous le soleil à cause de la glacière climatisée d'où ils sortent, harassés par leur nuit d'avion, ne songeant qu'à aller s'enfermer dans leur chambre. Naïla nage un crawl lent au-dessus des oursins. Les vagues se brisant sur la barrière de corail rappellent à Dominique le bruit du boulevard périphérique au-dessus duquel elle habite, à Clichy. Elle s'isole sous le casque de son baladeur avec *La Pluie fait des claquettes* de Nougaro, pour se dépayser. Je reste seul dans cette chaleur plombée, dont je ressens l'effet par les gouttes de sueur perlant sur son corps. Aurais-je une chance avec une étrangère ? Serait-elle capable de m'entendre, avec ses intuitions et ses *a priori* ? Sa culture paranormale me séduit et m'inquiète à la fois. Je devine qu'elle est au bord d'une vérité désagréable, comme moi, et qu'elle se rassure en se trompant. D'ailleurs les certitudes qu'elle affiche sur la mort me semblent surtout destinées à éloigner les vivants qui l'ennuient. C'est une vraie solitaire, à ma façon, qui a trouvé un excellent moyen d'être tranquille. Ses discours sèment le silence et les peurs qu'elle transmet la laissent en paix avec elle-même. À moins qu'elle n'inquiète Naïla pour la réconforter ensuite. Ça ne me déplairait pas. En dehors de tout fantasme, l'harmonie de leurs deux corps offerts au soleil me fait un bien fou. Ma nuit de détresse au cimetière, grâce à elles, me paraît si loin, vidée de sens, improbable. Et ce n'est pas dû seulement au changement de climat, ni au décalage horaire inexistant pour moi. Je crois que j'ai besoin maintenant de partager le présent d'un être inconnu, de m'atteler à son avenir, de participer à un destin dont j'ignore tout, en passager clandestin, pour échapper aux souvenirs sans issue. Rassemblé, ressassé, mon propre passé ne m'a mené nulle part. Si je n'obtiens aucun contact avec les autres morts, c'est peut-être qu'ils se sont greffés sur des vivants qui leur ont plu, comme je suis en train de le faire avec Dominique. Le chemin que je parcours depuis mardi sept heures est peut-être banal, normal, universel. Tout cet apprentissage, ces hauts et ces bas, ces réconciliations et ces ruptures pour comprendre que je dois faire le deuil de moi-même et des miens, afin d'entamer une nouvelle existence... Enfer et Paradis se présentent du coup sous un jour différent, la damnation consistant à parasiter un méchant, un salaud ou une conne, et le salut à squatter quelqu'un de bien.

J'ai sans doute intérêt à attendre un peu, avant de choisir Dominique. Son évocation de la maison qu'on achète sur plan doit me servir de mise en garde. Mais, quoi qu'il en soit, cet élan vers une étrangère me paraît un vrai bond en avant. Des indices oubliés viennent d'ailleurs étayer une intuition qui n'est peut-être pas si nouvelle. Depuis qu'elle est seule sur la plage, un oiseau vert et jaune s'est approché d'elle, feignant de picorer dans le sable des choses inexistantes. Ses sautillements un peu ridicules balancent de gauche à droite la crête affaissée qui surmonte sa tête. On dirait une esquisse ratée, croisement de merle et de perroquet empêtré dans une cocasserie solennelle. Dominique, la joue au creux du coude, le suit des yeux, l'appelle à mi-voix. L'oiseau décrit une boucle qui l'éloigne d'elle pour revenir plus près. Lentement, elle allonge vers lui une main ouverte qui me bouleverse.

— Salut, ça va ? lui demande-t-elle tout bas. Tu ne t'ennuies pas trop ?

Je revois la nuit passée dans les ruelles de Cavaillon, la ville de mes grands-parents, l'hiver 78. Ils venaient de s'y réinstaller, après le mariage de ma sœur, estimant que j'étais assez grand pour continuer à m'élever tout seul dans cette Savoie qu'ils n'avaient jamais aimée. Leur soleil leur manquait tant. Ils étaient morts ensemble dans l'incendie de leur mas, serrés l'un contre l'autre, à l'image de leur vie. Je n'avais pas éprouvé le chagrin correspondant à l'attachement que j'avais pour eux, éternels petits fiancés tendres et souriants, toujours calmes, sur qui j'avais modelé mon caractère loin des brusqueries sombres et des poussées de joie forcée de mon père. La disparition de maman, ils l'avaient vécue avec une fatalité modeste, sans doute à cause de leurs six autres enfants qui les avaient quittés pour courir le monde. En fait, je crois qu'ils s'aimaient si fort, avec une telle complicité qu'ils n'avaient plus vraiment de place pour les autres ; leur cœur était complet. C'est pourquoi leur union dans la mort m'avait paru davantage un aboutissement qu'un drame. J'avais dix-sept ans, aussi. C'est à la naissance de Lucien que leur absence a vraiment commencé à me peser.

J'étais sorti marcher, la nuit après leur enterrement, pour penser à eux loin des autres, dans la tranquillité qui leur convenait. Et c'est alors que le chien m'était apparu, au coin d'une place. Vieux bâtard de berger sans collier, tout esquinté, claudicant, très serein. Il avait emboîté mon pas dans la ville déserte, sans que je lui adresse la parole, avec une dignité faite de naturel et de distance. Il me suivait sans jamais me regarder, feignant par pudeur, fierté ou malice de ne pas le faire exprès, de pister des odeurs qui l'amenaient à longer mon chemin par hasard. Je jouais à changer brusquement de direction, je revenais sur mes pas, je tournais en rond. Avec un temps de retard, de réverbère en poubelle, il finissait par trouver une piste qui le ramenait sur mes traces. Dans une évidence qui ne m'étonnait même pas, je pensais à mon grand-père. La même attention désinvolte, le même sérieux blagueur, la même obstination méticuleuse au service de passe-temps sans intérêt. À un coin de rue, j'avais appelé « Papé ! », discrètement, pour voir. Il n'avait pas réagi. Une immense confiance emplissait ma poitrine et me serrait les tempes. Je le *sentais* avec moi, je le sentais dans ce chien ; c'était inexplicable et doux. Influencé par les cours de sciences naturelles, j'imaginais la mort, à l'époque, comme une dispersion de cellules et d'éléments chimiques où l'âme avait un rôle de pollen. Respiré par les gens se trouvant dans les parages, butiné par les abeilles, picoré par les oiseaux, brouté par les vaches, le défunt se divisait pour enrichir son expérience de toutes ces vies supplémentaires. Je me demandais quelle était la proportion de mon grand-père dans ce chien errant. Même dilué à zéro virgule cinq pour cent, il continuait à me sourire sans m'étouffer sous des manifestations d'amour inutiles.

J'avais escaladé la colline Saint-Jacques, dans la lumière blanche des grands projecteurs qui découpaient les silhouettes torturées des oliviers ; cette ambiance fantomatique me donnait une joie de vivre encore alimentée par les gloussements sous cape des amoureux dans les buissons, qui m'entendaient remercier un chien boiteux pour tout ce que je lui devais : le goût des vins, l'art de la sieste, le rire intérieur... Il m'avait appris à déchiffrer les nuages, à me retourner sur les filles, à construire des cabanes, à allumer un feu, à regarder travailler les abeilles... Ces petits riens qui consolent de presque tout.

J'étais redescendu vers l'hôtel du Parc, à l'aube. La réception était fermée et il fallait passer par une petite porte de côté dont j'avais la clé. Le chien suivait toujours. Je me suis arrêté devant l'entrée de service. Lui aussi. Il attendait, le regard ailleurs, la truffe au vent. Lâchement, je suis redevenu raisonnable. Je lui ai dit que l'hôtel était interdit aux animaux, et que je repartais le lendemain. J'ai lancé une branche de platane pour qu'il aille la chercher. Il n'a pas bougé. Alors j'ai entrebâillé la porte, je me suis glissé à l'intérieur, j'ai refermé. Le front contre le battant, j'ai entendu le son de sa voix, pour la première fois. Un long gémissement égal, résigné, qui m'a empêché de dormir trois nuits de suite. Pendant des mois, je me suis reproché de ne pas avoir rouvert cette porte.

— Il s'appelait comment, déjà, ton quincaillier ?

— Jacques Lormeau.

L'oiseau vert et jaune s'est envolé quand Naïla est revenue se sécher sur la plage. Après un long silence, écartelée sous le soleil, les yeux fermés, Dominique reprend d'une voix assoupie :

— Vous travaillez beaucoup avec Kuoni, chez Havas ?

— Ça dépend. Sur Maurice, par exemple, vous n'êtes pas les mieux placés.

— On brade moins, c'est tout.

Le vent s'est levé, une cloche a sonné, les agents de voyages en paréo et bermuda se sont précipités, hagards, vers les salles de conférences.

— Faudrait peut-être qu'on se mêle un peu aux autres, non ? gémit Naïla en s'étirant.

— Pour quoi faire ? On se mêlera quand on sera morts.

Tandis que Naïla dessine, sur le sable, les trois paillotes et le râteau pour essayer de retrouver le décor de son tableau, je laisse Dominique glisser dans le sommeil.

Je ne sais pas où je vais. Mais je redécouvre, au moment de la quitter, ce plaisir que j'ai toujours éprouvé à ménager l'attente amoureuse quand j'avais la certitude d'un rendez-vous.

Ils n'ont pas pris grand-chose. Alphonse une nature morte, papa l'escargot recollé dans le jardin du Pierret, Odile une tempête sur le lac où je me suis peint avec Jean-Mi, à la barre du voilier. Avant de partir pour l'école, Lucien a fait savoir qu'il voulait garder les tableaux restants dans sa chambre et Alphonse, tout heureux, est en train de les accrocher du sol au plafond pour lui faire à son retour la surprise du vernissage. C'est ce que Fabienne explique à Guillaume Peyrolles, arrivé en retard à la caravane, tout essoufflé, sa parka pleine de neige.

— On a eu exercice d'alerte en montagne, je suis désolé...

— Ce n'est pas grave. Vous verrez avec mon fils. Il rentre à midi. Vous passerez par le magasin.

Et elle lui a refermé au nez la porte de la caravane. Fabienne m'inquiète. Elle a fondu, son visage est aussi pâle que ses cheveux, ses cernes dépassent de ses lunettes noires. Apparemment, elle est restée la matinée devant mon chevalet vide, à finir ma réserve de bonbons à la menthe dont les papiers parsèment le sol. Maintenant que mes toiles ont quitté la caravane, les pinceaux qui trempent toujours dans leur solution de térébenthine ont quelque chose de pathétique.

Je crois comprendre l'état de ma femme. Je reconnais les symptômes. Quand Lucien est venu au monde, les médecins ont parlé de dépression post-natale. Mais il lui restait la perspective d'élever un enfant. Là, je suis enterré, les formalités sont finies, la succession réglée ; concrètement elle n'a plus rien à faire, sinon reprendre des forces. Fabienne ne sait pas ne rien faire. Et le rejet soudain qu'elle semble éprouver pour la quincaillerie est plus grave que je ne croyais. Depuis ses quatorze ans elle est tendue comme un ressort vers un but qu'elle a dépassé, avec moi, mais les responsabilités dont elle me déchargeait la gardaient mobilisée sans relâche, constamment sous pression ; maintenant le ressort a cassé. À quoi bon continuer comme avant ? J'aurais pu vouloir le divorce, lui disputer la garde du petit, le monter contre elle... Sans moi son avenir et celui de Lucien sont assurés. Et elle a perdu prise. J'ignore totalement comment l'aider — pire : je ne vois pas qui pourrait la comprendre à ma place. D'autant plus qu'elle ne se plaindra jamais et qu'elle est imbattable quand il s'agit de dissimuler ses sentiments — j'en sais quelque chose.

La tentation de retourner sur l'île Maurice est vraiment forte. Je ne voudrais pas être lâche, Fabienne, mais je ne supporte pas l'état d'impuissance auquel tu me réduis. Va souffrir ailleurs, au moins. Ici, dans ma caravane, j'ai tellement l'impression que c'est moi qui te fais du mal.

— Ça y est, j'ai fini d'accrocher ! clame Alphonse dans la cour.

Fabienne pousse un soupir accablé, remet ses lunettes noires, embrasse du regard l'univers miniature dans lequel je me retranchais, avec un air solidaire que j'aurais tant apprécié vivant, et qui maintenant me démoralise. Et elle descend de la caravane pour tenir son rôle.

— Éventuellement, madame Fabienne, je pourrais prendre la Mercedes, en faisant attention ? Il n'aime pas trop la ZX d'Odile, non plus.

Sans discuter, Fabienne lui tend les clés et monte voir l'exposition dans la chambre de Lucien. La cloche de midi retentit au même moment, à l'école. Alphonse sort la Mercedes du garage en sifflotant, tout fier du plaisir qu'il va faire à mon fils. Il lui dira Monsieur, lui parlera à la troisième personne ; ses camarades verront bien à qui ils ont affaire, maintenant. L'héritier Lormeau, ce n'est pas rien. Les mains caressant le volant gainé de cuir, le dos très droit, le menton haut, le regard vigilant dans l'axe de l'étoile surmontant le radiateur, Alphonse se sent l'âme d'un garde du corps.

Seul au milieu de la classe, Lucien referme son cahier, rebouche son stylo, range ses affaires dans son cartable, très lentement. Les autres sont sortis en rafale, mais un petit groupe l'attend dans le couloir en se poussant du coude, glissant des coups d'œil au coin du chambranle. La maîtresse, sa mallette sous le bras, son sac à l'épaule, s'arrête en traversant l'estrade, revient sur ses pas et s'approche de Lucien. Elle hoche la tête avec un sourire contraint, lui passe la main dans les cheveux. Il rejette le buste en arrière.

— Ça ne va pas, mon grand ?

— Si, mademoiselle, très bien.

— Tu n'étais pas obligé de revenir en classe tout de suite, tu sais. Je comprends ce que tu ressens. Perdre son papa, c'est ce qui peut arriver de pire, à ton âge. Tu n'es plus un enfant, maintenant.

— Merci.

— Je peux quelque chose pour toi, Lucien ?

— Non, mademoiselle.

— Tu es sûr ? On a besoin de parler dans ces cas-là. J'imagine que ta maman, avec tout son chagrin, n'a peut-être pas...

— Je suis pas votre chouchou ! crie soudain Lucien. Laissez-moi tranquille !

Interloquée, la maîtresse bat en retraite, bredouille une excuse et s'en va sur ses talons plats, les épaules affaissées, faisant mine de chercher ses clés. Lucien referme son cartable, se lève en repoussant sa chaise du pied et marche vers le couloir avec l'allure d'un shérif sortant du saloon, bien décidé à remettre de l'ordre dans la ville.

— Les boules ! complimente un petit gros coiffé en brosse.

— Je t'ai pas sonné, répond Lucien.

— T'l'as bien niquée, la vieille, se réjouit Samba, le fils du prof de voile.

— Mon zob, rétorque un blond avec une mèche sur l'œil. Fastoche de faire le kakou, avec un père mort. Hein, Lormeau ? Profite, mec, profite.

Lucien se retourne sur le blond, doigt pointé vers son nez :

— D'abord, tu me rends mon blouson, Marco ! Tout de suite !

— Arrête, tu me fous les glandes ! ricane Marco.

— C'est mon blouson et tu me le rends !

— Ah ouais ? Genre tu veux te battre ? C'est pas d'être orphelin qui t'a filé des biscottos, mecton !

Lucien, la rage serrée dans les mâchoires, le repousse contre le portemanteau.

— Arrête, Lormeau, il va t'éclater ! s'affole le fils de Jean-Gu derrière ses grosses lunettes.

— Moi je parie trois pogs sur Lormeau, proclame Samba.

— Écrase, le Black. On va les lui faire bouffer, tes pogs.

Marco remonte le col du blouson avec un sourire ravageur, avance de trois pas. Lucien lui fait face en reculant lentement, les yeux humides, et les autres se mettent en cercle. Marco envoie soudain le bras en arrière, Lucien lui fonce dessus et le renverse, se met à le cogner avec ses petits poings, animé par une force nouvelle que j'ai peut-être réussi à lui transmettre. Vas-y, bonhomme, frappe, massacre-le ! Sous les coups, Marco se plie en deux sur le carrelage.

— Arrête, Lormeau, tu me chatouilles !

D'une détente des pieds, il nous envoie bouler contre le mur. La douleur et la haine que je partage avec Lucien ne l'ont pas rendu plus costaud, et ça me désespère. Je voudrais tellement être un vrai fantôme pour lui, un ange gardien, un bon génie dans sa lampe d'Aladin... Il ne s'est pas relevé. Son nez saigne sur sa chemise. Marco le surplombe, les yeux froids, la langue claquant en rythme, pour faire durer le suspense avant l'exécution. Soudain il projette le bras en avant, suspend son geste, rouvre le poing, lui tend la main.

— Ça va, tu as les couilles. J'te prends avec moi.

À moitié groggy, incrédule, Lucien saisit la main qui le relève. Samba le félicite en lui tapant sur l'épaule.

— Ça y est, alors, il est de la bande ? vérifie le fils de Jean-Gu, prudent, avant de faire allégeance.

— Dumontcel, tu files trois pogs à Samba, lance Marco en guise de confirmation, tout en retirant le blouson de cuir.

Lucien sourit, ébloui, essayant tout de même de retenir sa joie dans un souci de virilité.

— Tu peux le garder, il te va mieux qu'à moi, dit-il avec un geste noble pour repousser le blouson que lui tend le chef de bande.

— Sympa, fait Marco. C'est con pour ton père. Moi j'suis peinard : j'en ai pas.

— Tu as du bol, concède Lucien.

Je ne sais pas comment je dois le prendre. La sonnerie de la cantine retentit.

— Ouais, j'arrive, laisse tomber Marco avec un air agacé.

Les autres saluent ce trait d'esprit d'un rire lécheur. Lucien aussi. Ils partent ensemble dans le couloir, d'un pas uni, shootant dans les portes. Mon fils exulte. C'est le plus beau jour de sa vie. Désormais, il associera ma disparition à cette intégration miraculeuse dans la bande qui, depuis la rentrée de septembre, lui pourrissait l'école.

— J'te bourre, salope ! lancent-ils en chœur, au passage, à la pauvre Marie Curie qui a donné son nom à l'établissement et dont le buste est constellé de chewing-gums et de crachats quotidiens.

— Pourquoi tu bouffes pas à la cantoche ? fayote le fils de Jean-Gu. On s'éclate.

— T'as raison, mec, opine Lucien. Je vais me faire inscrire.

Il s'arrête en débouchant sous le préau. Là-bas, derrière les grilles, Alphonse a ouvert cérémonieusement la porte arrière de la Mercedes et, son béret à la main, trie du regard les groupes d'enfants qui sortent de l'école. Lucien hésite, tiraillé entre la tentation de cet apparat auquel il n'a jamais eu droit et le nouveau statut qu'il vient de gagner. Il finit par poser une main autoritaire sur l'épaule de Jean-Marie Dumontcel, qui sert d'esclave au sein de la bande :

— Va dire à mon chauffeur que je rentre à pied.

Le fils de Jean-Gu tourne ses grosses lunettes vers le chef pour faire valider la demande, puis galope jusqu'à la Mercedes où il délivre son message d'un air d'urgence. Tristement, Alphonse referme la porte arrière, remet son béret et part au volant de sa belle voiture inutile.

— Y a Tortozza qui veut te poser une question, lance Marco en désignant le solliciteur avec son pouce.

— Tu lui parles, à ton père, chez les morts ? s'empresse Tortozza, le petit grassouillet aux cheveux en brosse.

Pris de court, Lucien hausse les épaules avec une allure blasée.

— 'videmment.

— T'es pas cap, le défie Tortozza.

— Si, je suis cap ! réplique Lucien, qui ne va pas se laisser impressionner par une boule de lard, maintenant qu'il a vaincu Marco. Même qu'il m'entend, si tu veux savoir.

— Ah ouais ? Et il te répond ?

Les autres s'arrêtent, au milieu de la cour, dans le vent qui les décoiffe. Une considération attentive entoure mon petit garçon qui esquisse une moue modeste, en plongeant les mains dans ses poches.

— Ça lui arrive, ouais.

— Avec le verre ?

Tortozza dévisage les autres en donnant des coups de menton goguenards. Lucien transforme aussitôt son incompréhension en évidence :

— Bien sûr, avec le verre ! Qu'est-ce que tu crois ?

Un pet respectueux fuse entre les lèvres de Tortozza.

— Cool. Alors on le fait ce tantôt à six heures, chez moi. Apporte ton matos. Vous venez voir ça, les mecs ?

Les mecs acquiescent.

— Gaffe, j'ai un méga-fluide, prévient Tortozza. Ma sœur, elle m'a dit : « T'as encore plus de fluide que moi. »

— C'est un cageot, ta sœur, précise Marco.

— Ouais, mais elle a du fluide. On est tous comme ça, dans la famille. Ma tante, en Sicile, elle voit même l'avenir dans le foie des poulets. Alors faut pas que Lormeau, il s'étonne si y a la table qui se lève toute seule pour lui foncer à la gueule.

Lucien hausse les épaules, l'air habitué.

— À la bouffe ! commande Marco.

La bande se dirige vers la cantine, trois pas derrière son chef.

— À plus, les mecs ! leur crie mon fils. Bon app !

Et il franchit les grilles en tenant son cartable par

les bretelles, partagé entre le moment de pur bonheur qu'il vient de vivre et l'angoisse d'avoir relevé, dans le feu de l'action, un défi dont il ignore tout. Au rythme de ses Moon-boots écrasant la boue glacée des trottoirs, les mots « fluide » et « médium » cherchent leur signification dans des images effrayantes mêlant les verres qui parlent, les tables qui volent et les foies de poulet. Pour se donner du courage, il fredonne gravement *Hécatombe*, la chanson de Brassens que je lui ai apprise pour son septième anniversaire, où la mégère gendarmicide « matraque à grands coups de mamelle ceux qui passent à sa portée ». Les gens qui le croisent avec réprobation ignorent que ces couplets nous réunissent bien mieux qu'un Notre-Père.

La complexité extrême du plan de circulation, du boulevard des Côtes à l'avenue des Thermes, permet à Lucien, descendu en ligne droite, d'arriver à la quincaillerie avant la Mercedes. Caché derrière la caravane, il regarde Alphonse ranger la voiture au garage, puis entrer dans le dépôt de fer, profitant de la coupure du déjeuner pour faire un peu de rangement.

Le petit laisse passer deux minutes, par délicatesse, et entre à son tour dans le hangar. Un peu honteux, il s'approche du vieux qui déroule du fil de clôture en mâchonnant le crayon qui lui sert de repas.

— Bonjour Alphonse, ça va ?

— C'est déjà toi, dit-il sans se retourner. Ça se connaît d'être jeune, quand on marche de par les rues. Tu n'as pas attrapé du froid, au moins ? Va voir ta chambre : on y a mis les tableaux.

— C'est gentil d'être venu avec la Mercedes, murmure Lucien en s'asseyant sur une caisse.

— Ça lui a fait prendre l'air.

Un temps de silence passe dans le tremblement métallique du fil de clôture qu'Alphonse déroule pour l'enrouler mieux.

— Ce Grenoblois qui nous est venu comme apprenti, commente-t-il, ce n'est pas le mauvais cheval, mais il ne fera rien dans le métier : il n'a pas la doigtée. Regarde-moi ce fil. Quand il coupe, il cisaille.

— Tu crois que je pourrais faire parler mon père avec un verre ?

Alphonse interrompt sa besogne, couche le rouleau sur l'établi et s'accroupit devant la caisse de rivets que Lucien martèle nerveusement avec ses talons.

— Ça se peut, oui. Je ne savais pas que tu t'y connaissais.

— Comment on fait, Alphonse ? demande le petit en saisissant le poignet de son sauveur.

Le vieux regarde cette main d'enfant qui serre la manche de sa blouse. C'est peut-être la première fois que Lucien a un élan vers lui. Il ôte son crayon mâchonné, le coince au sommet de son oreille pour détourner l'émotion qui lui noue la gorge.

— Ça s'appelle le oui-ja, comme technique. Lamartine en parle dans une lettre à sa nièce Valentine, au printemps 53. Tu prends une feuille de carton, tu écris l'alphabet, tu retournes un verre, tu te mets à plusieurs avec le doigt posé dessus, et il passe comme une espèce de courant, tu vois...

— Un fluide ?

— Voilà. Tu es comme une antenne, si tu veux, qui capterait l'émission du décédé, et ça passe dans le verre, à cause de la physique. Alors le verre se met à bouger d'une lettre à l'autre : tu poses des questions et il te répond. Lamartine raconte que Victor Hugo, ça lui permettait d'écrire des vers de Shakespeare, un Anglais. Moi-même, j'ai essayé. Mais tout seul, ça ne marche pas bien. Et puis chez moi, tu as tout qui bouge tout le temps, et ce n'est que le train.

— Ça peut marcher avec papa, tu crois ?

— S'il veut parler, il parle. Et le connaissant comme je le connais, il ne sera pas en peine.

— Génial !

— Seulement il a peut-être d'autres choses à faire, tu sais. Ce n'est pas contre toi, mais il vient d'arriver : il faut qu'il s'installe...

Devant l'air déconfit de Lucien, Alphonse rengaine aussitôt ses doutes et lui frappe le genou avec entrain :

— Allez, veux-tu qu'on essaie, toi et moi ? En copains.

Le petit le considère avec une hésitation qui est surtout, me semble-t-il, le désir de ne pas trop lui faire sentir son infériorité. Si j'étais parti moins tôt, j'aurais eu encore de petits détails à rectifier dans l'éducation de mon fils.

— Merci, mais c'est Tortozza qui veut le faire, à six heures, avec des camarades. Il dit qu'il a beaucoup de fluide.

— Le fils du garagiste ? s'étonne Alphonse.

Lucien écarte les bras et les laisse retomber, fataliste. Le vieux ravale sa déception, en retirant le crayon de derrière son oreille.

— De toute façon, ce soir je n'aurais pas pu : j'ai comité. Bon, je te prépare la feuille de communication, si c'est ce que tu veux. Mais ne la montre pas à ta mère. Ce ne sont pas des choses de ton âge.

— Je te le jure ! dit le petit en levant sa moufle.

Alphonse découpe une feuille de papier kraft, et trace tout autour les lettres de l'alphabet. Dans un cercle intérieur, il inscrit ensuite les chiffres de zéro à neuf, puis les mots « oui » et « non », qu'il encadre.

— Comme ça pour les questions courantes, vous gagnez du temps, dit-il en rangeant son crayon.

— Et quel verre il faut prendre ?

— Je conseille le verre à moutarde. Le verre à pied, à cause du pied, ça n'a pas la tenue de route, et parfois tu casses dans les virages. Mais ta mère t'attend pour le manger.

Il attrape sur une étagère un verre représentant Donald et ses neveux allant à la pêche, le vide des mégots qu'il contient, l'essuie et le lui tend.

— Tu me raconteras, soupire-t-il en retournant à ses rouleaux.

Mon fils promet, remercie et quitte le dépôt de fer. Un sentiment nouveau ralentit ma pensée qui a emboîté son pas. Je crois bien que c'est le trac. Les lèvres étirées dans un sourire d'excitation, Lucien serre contre lui son cartable où il a glissé précautionneusement le verre et la « feuille de communication », pliée en deux. Alphonse a oublié le W, mais j'essaierai de m'en passer.

Le couvert du petit est disposé sur la table de la cuisine, avec son rond de serviette et son tube de calcium Sandoz. Mais deux surprises l'attendent : Odile est aux fourneaux et Guillaume Peyrolles assis devant un jus de tomate.

— Ta mère est à la piscine, annonce d'emblée Odile en faisant un sort à chaque mot, dans une crispation satisfaite.

Lucien hausse les sourcils, pose son cartable près de sa chaise.

— À la piscine ?

— Oui. Elle est allée nager, confirme Odile avec un petit geste de la main vers sa tempe, ravie d'étaler l'indignité de ma veuve devant un étranger.

— Elle fait ce qu'elle veut, réplique Lucien pour la remettre à sa place. Qu'est-ce qu'y a à manger ?

— Je t'ai fait un omble chevalier, se félicite la caissière. Tu connais M. Peyrolles, de la gendarmerie ? Il voudrait te dire un mot. Lucien, mon filleul.

Le filleul s'approche de la poêle où grésille un poisson long et fin bourré d'arêtes, orgueil de notre lac.

— C'est dégueulasse, dit-il. Je veux du poisson carré.

— Du poisson carré, soupire Odile en prenant à témoin l'étranger. Ils n'ont que ça à la bouche. Ils croient que les surgelés, ça se pêche tel quel dans les filets. Tu mangeras ce qu'on te donne, un point c'est tout.

— Tu es une employée et je suis chez moi, laisse tomber Lucien en lui tournant le dos pour s'intéresser au gendarme. C'est pour quoi ?

— Bonjour, Lucien. Je m'appelle Guillaume, on s'est vus hier au cimetière... Je voudrais acheter un tableau de ton papa, et ta maman m'a dit de voir avec toi.

Les yeux ronds, le petit considère ce client imprévu. Il se détend aussitôt et, gonflé d'importance, lui serre la main.

— Vous avez mangé ? On a du poisson.

— Merci, c'est gentil, répond Guillaume en cachant son amusement.

— D'habitude c'est mieux, y a des frites, mais c'est le jour de repos de notre bonne. Venez, je vais vous montrer.

Ils sortent de la cuisine, laissant Odile se venger sur l'omble chevalier, qu'elle retourne violemment d'un coup de fourchette.

— Vous aussi, vous êtes peintre ? demande Lucien dans l'escalier.

— Non, j'aime ce qui est beau.

— Pourquoi vous êtes gendarme ?

— Je fais mon service, c'est tout. Sinon je suis en fac de lettres, je prépare une licence. Enfin, vaguement. J'écris, surtout.

Dans un geste cérémonieux, le petit ouvre la porte de sa chambre, et nous découvrons tous les trois l'exposition masquant les murs. Bien qu'Alphonse ait serré les cadres bord à bord, il reste un rectangle de tapisserie inoccupé, et un tableau trop grand posé par terre. C'est un soir de vendange. Bal populaire, lumignons, jeune homme seul au premier plan qui fait la gueule. Une croûte.

Guillaume Peyrolles, les mains dans le dos, le nez aux toiles, fait le tour du musée. Ce n'est pas possible qu'il aime. Présentée de la sorte, mon œuvre a tout de la ratatouille. Le gendarme met le pied sur une petite voiture, glisse, trébuche et se rattrape. Lucien bloque la Ferrari sous la semelle de ses Moon-boots. Je constate avec gratitude qu'il est allé rechercher dans ma chambre, où il les avait exilées en grandissant, les petites autos que je lui offrais pour ses anniversaires.

— C'est prêt ! beugle Odile à l'étage en dessous.

Guillaume revient vers le tableau posé contre le lit.

— J'aime bien celui-là, dit-il.

— C'est la vogue des vignerons à Clarafond, commente Lucien dont la compétence me sidère.

— La vogue ?

— La fête du village. C'est comme ça qu'on dit chez nous. Vous êtes d'où ?

— Paris.

— Je connais la tour Eiffel.

— Moi aussi. Tu as craché un chewing-gum, de tout en haut ?

— Non, dit Lucien étonné.

— C'est assez marrant. Après tu redescends et tu le cherches. Celui qui trouve le sien en premier a gagné.

— Mais comment tu sais que c'est le tien ?

— On y colle une étiquette avant de le cracher, bien sûr.

— Et tu as gagné ?

— Jamais. C'est un jeu très con, en fait.

— Ça brûle ! crie Odile.

— C'est ton père qui te l'a appris ?

— Non. Mon père est quelqu'un de sérieux. Un con, mais sérieux.

Le moment d'intimité entre les garçons se délite

dans l'odeur de friture. Guillaume désigne le jeune villageois qui boude à l'écart du bal, demande le prix.

— Trois cents francs, improvise Lucien. Mais je te le laisse à deux cents.

— Ça marche.

Guillaume sort un paquet de Gauloises entamé dans lequel il a roulé quelques billets — comme je le faisais, moi aussi, à l'armée. En sa présence, c'est drôle, je me sens rajeuni. Décalqué.

— Tu as des enfants ? demande Lucien.

C'est justement la question que je me posais.

— Non.

— C'est pas pour moi, dit Lucien en repoussant les billets. Tu les mettras dans le tronc des âmes du Purgatoire, à l'église Notre-Dame. En entrant à gauche.

— Et voilà, c'est brûlé ! se réjouit amèrement la voix dans la cuisine.

— Pourquoi le Purgatoire ?

— S'il est au Paradis, il n'en a pas besoin, dit Lucien.

Il s'assied sur son lit, ramasse la petite Ferrari jaune et, avec une moue triste, la fait rouler sur sa cuisse. Un des pneus frotte. Sourcils froncés, il redresse le spoiler que mon acquéreur a écrasé sous le talon de ses rangers. Un claquement de porte ébranle la maison, suivi du silence rythmé par l'horloge de la chambre d'ami.

— Il ne peut pas être en Enfer, si ? murmure le petit sans relever les yeux.

— Non, le rassure Guillaume avec une conviction

qui sonne très juste. Les artistes ne vont jamais en Enfer.

— Pourquoi ?

Le jeune homme s'assied sur le lit, contre lui, et l'aide à dégager le passage de roue.

— L'Enfer, c'est pour ceux qui n'ont jamais pris de risques. Qui se sont laissés vivre sans se remettre en question, sans rien faire, ou alors, comme mon père, en emmerdant les autres, en profitant d'eux. C'est pour ça que j'essaie d'écrire des livres.

— Des livres de quoi ?

— Des livres de moi. Il y a une très jolie phrase de Jean Cocteau — un écrivain, lui, un vrai, qui n'a jamais arrêté de travailler pour donner de la joie... Il disait : « Quand je serai mort, je me retirerai, fortune faite. » Ne sois pas inquiet pour ton papa. Regarde tout ce qu'il vous laisse. Ce qui peut lui arriver de pire, c'est les impôts.

— Les impôts ?

— Oui. Il était doué, aimé, il a rendu sa famille heureuse et il a fait une œuvre : il est comblé. Il n'y a pas de raison que les impôts lui foutent la paix. Il faut qu'il continue à donner, là où il est.

— Mais comment ils vont lui prendre ?

— On en reparlera, si tu veux. Je dois rentrer à la caserne.

Le jeune homme glisse son tableau sous son bras et redescend à la cuisine, précédant Lucien tout perplexe. Le poisson est dans la poubelle, Odile est partie. Sur la table, elle a laissé en évidence un paquet de chips et un sachet de jambon.

— Bon appétit, dit Guillaume Peyrolles. Je passerai

dans l'après-midi régler ma dette à l'église. Dis bonjour à ta mère.

— OK. À plus, Guillaume.

— À plus.

Comprimé, le sachet de chips éclate entre les doigts de mon fils. Il sourit, si heureux de voir que je compte encore pour quelqu'un. Je me retire pour le laisser penser tranquillement à celui qui, en quelques minutes, est devenu mieux qu'un ami. Ça ne me dérange pas qu'il fasse un transfert sur ce garçon qui me ressemble de plus en plus, à mesure qu'il enquête sur moi. Mais j'espère qu'il ne va pas négliger pour autant le verre à moutarde et la feuille de papier kraft. Nous avons rendez-vous à six heures, Lucien, au garage Tortozza. Ne l'oublie pas. Je serai là.

Bonnet violet, brasse coulée, Fabienne fait des longueurs dans le bassin couvert. Peut-être est-ce la densité de la rencontre à laquelle je viens d'assister, ou le brouillage sonore de l'entraîneur qui, dans les lignes d'eau voisines, épuise son équipe régionale dans une alternance de crawl et papillon, sifflets stridents, appels des numéros, annonce des temps, mais je trouve que Fabienne pense à moi d'une façon bizarre. Plate. Elle répète « Jacques », sans me loger dans un souvenir particulier, sans rien me dire, et mon prénom ne fait naître aucune image. A-t-elle déjà perdu mes traits ? Me suis-je dissous dans le chlore ? Elle répète mon prénom comme on ressasse un numéro de téléphone qu'on a peur d'oublier, quand on n'a pas de quoi noter. Si elle m'appelle au secours, ce n'est pas vraiment clair. Et c'est stupide d'être venue se baigner, avec son début de rhume. À moins que ce ne soit exprès. Une bonne grippe serait peut-être la manière la plus simple de s'abandonner à la dépression qu'elle couve, de rester couchée sans avoir d'autre explication à donner que sa température.

Elle grimpe l'échelle, ôte son bonnet et redescend vers les douches. Elle porte le maillot une pièce de nos dernières vacances aux Canaries, l'hiver dernier. Le soleil jaune d'œuf sur le nylon noir commence déjà à s'écailler.

Dans le vestiaire, les copines de Naïla se poussent du coude en reconnaissant ma veuve. Ballottées entre la curiosité, la compassion et l'envie de balancer des vannes, elles finissent par regagner leur reflet dans la glace, achèvent leur brushing dans le vacarme des sèche-cheveux.

La DS de mon père attend sous les platanes, à la sortie du centre nautique, près de la camionnette Lormeau que Fabienne a prise pour aller nager, afin que nul ne l'ignore en ville. Elle essore ses cheveux dans son poing tout en marchant à grands pas, manteau ouvert sur son pull ras du cou, respirant à pleins poumons l'air glacial qu'elle recrache en fumée blanche.

— Qu'est-ce qui se passe, Fabienne ?

Il est sorti à son approche. Elle le considère sans surprise, sans gêne, sans sourire, sans rien.

— Odile vous a téléphoné, je suppose. Je perds la tête, je viens me baigner au lieu de faire manger mon fils — oui, et alors ? Je vais renvoyer Odile. Je vais renvoyer les autres. Je vais vendre la quincaillerie. Faire le malheur de tout le monde. Ça vous ira ?

Papa la regarde, déboulonné, chaviré, incapable de répondre quoi que ce soit. À tout hasard, il ouvre les bras. Fabienne se jette contre lui, éclate en sanglots.

— Ce n'est rien, dit-il en caressant les cheveux trempés. C'est normal.

— C'est ça. Je n'ai plus envie de rien faire, je ne supporte plus personne, je déteste l'eau et je viens nager entre midi et deux comme si j'étais la maîtresse de Jacques, en essayant de me mettre dans sa peau à elle pour qu'il me parle ! En effet, c'est normal !

— Jacques avait une maîtresse ? relève papa à contretemps, abasourdi.

— Ne me dites pas que vous l'ignoriez, Louis. Pas à moi.

Mon père tombe des nues. Fabienne n'imagine pas à quel point nous nous taisions, lui et moi. Pour elle, seuls la haine et le désespoir sont muets.

— Mais qui est-ce ? gémit-il.

Elle lit la sincérité, l'incompréhension dans ses yeux. Elle trouve la force de sourire, le prend par le bras et le ramène vers la DS.

— Laissez tomber, papa. Je vais mieux. Je ne sais pas pourquoi, mais je vais mieux. Allez, je rentre. J'arriverai à temps pour ramener le petit à l'école.

— Dans cet état ?

Fabienne se retourne et s'adosse à la DS. Elle renifle, s'enroule dans son duffle-coat.

— Papa... J'ai peur de faire des bêtises, au magasin. D'être odieuse, de virer les clients... J'ai besoin de prendre un peu de recul, quelque temps... Ça vous ennuierait de revenir diriger ?

— Moi ? Mais au contraire ! s'exclame mon père qui n'attendait que ça.

Par égard pour leur deuil, il modère aussitôt son enthousiasme : il expédiera les affaires courantes, c'est tout, la besogne ingrate, il ne prendra aucune initiative ; elle demeure la patronne, rien n'a changé.

— Tout a changé, papa. Je suis sûre que Jacques m'aimait encore. Et je ne voulais plus de lui. Pour une histoire idiote, tellement idiote, si vous saviez... J'étais prisonnière d'une chose plus forte que moi, que j'ai laissée grossir, grossir... Je l'ai poussé dans les bras de cette fille. J'ai bien fait, d'ailleurs, je suis sûre... Ce n'est pas le problème. Je sais bien que c'est faux, papa, que c'est absurde de dire ça, mais je ne peux pas m'empêcher de penser que si je ne l'avais pas repoussé, il serait encore là. Je suis seule, seule, seule !

— Je suis là, murmure papa.

Il rougit, dans le vent qui agite son écharpe, il hésite, au bord de prononcer les paroles qu'il retient depuis dix ans. Là, franchement, sans vouloir jouer les moralistes, il m'écœure un peu. Mais c'est lui qui a raison. Je vivais comme si j'avais l'éternité devant moi. Il ne commettra pas la même erreur. Ses lèvres se décollent, il prend son souffle, cherche un signe, un accord, un élan dans le paysage autour d'eux, il regarde ses pieds, il va se lancer. Mais les mots se refusent. Ce n'est pas encore le moment. Ce ne sera jamais le moment. L'élan retombe, il bat en retraite, il s'efface ; il relève les yeux.

— Je veux dire : vous avez Lucien.

Elle appuie le front contre le col de la grosse canadienne. Elle murmure très bas :

— Toutes ces nuits où j'ai refusé qu'il dorme avec moi... Toutes ces nuits où j'ai voulu être seule, en espérant de toutes mes forces que la porte allait s'ouvrir dans mon sommeil... Et que tout redeviendrait comme avant... Je me déteste, papa.

— Il ne faut pas, dit-il un peu froidement, pressé qu'elle abrège ses confidences, maintenant qu'il a renoncé à se livrer.

Il la raccompagne à la camionnette, l'aide à monter, lui dit de mettre le chauffage, de boire un grog et de ne plus s'inquiéter pour le personnel : il sera demain matin à sept heures au magasin et ça filera droit, faites-moi confiance. Tous ces mots qui disent je t'aime, et qu'elle ne voudra jamais entendre.

Il regarde s'éloigner la camionnette rouge aux inscriptions bleu marine. Il se console comme il peut, comme il sait, depuis le temps : mieux vaut être incompris que ridicule. Et puis tout n'est pas négatif : quitter sa retraite pour reprendre la place qu'il m'avait donnée, c'est quand même un grand pas en avant.

Me sentant totalement absent de ses pensées, je le laisse repartir, dans sa Citroën rouillée, vers la perspective d'une vie nouvelle qui ne changera rien.

En attendant six heures, j'ai tué le temps. La peur de manquer mon rendez-vous annulait la tentation de faire un saut à l'île Maurice. Même si la durée du voyage est inexistante pour moi, une fois sur place je ne suis plus maître de mes émotions : il y a des moments dont je n'arrive pas à m'extraire. Je ne me plains pas, mais je me méfie.

Je me suis donc promené dans les parages, rendant quelques visites de courtoisie à des personnes qui n'auront pas le pouvoir de me retenir. Mon percepteur, par exemple, homme tourmenté qui raconte son drame à tous les contribuables en difficulté que l'approche du tiers provisionnel amène dans son bureau : il est le dernier à m'avoir parlé. Et l'importance qu'a prise du coup cette entrevue de lundi soir a fini par le convaincre qu'il détenait une part de responsabilité dans mon décès. N'avait-il pas amendé trop sévèrement la proposition d'étalement que j'étais venu lui soumettre ? Il en perd le sommeil. Les contribuables qui sortent de son bureau également, interprétant l'anecdote comme une menace voilée.

À la Rotonde du Parc, il déjeune d'une grillade en

lisant *Le Canard enchaîné* d'un œil inconsolable. Me Sonnaz, qui sort de table au milieu d'un groupe d'investisseurs, lui serre la main au passage. Ils secouent la tête de concert, peinés.

— Ce pauvre Lormeau. Cette messe grotesque.

— Tu te rends compte que je suis le dernier à lui avoir parlé ?

— Et moi ! Si je te racontais ce qui m'est arrivé avec son testament... Allez, n'y pensons plus. Tu viens au golf, samedi ?

— Je ne sais pas.

— Ils annoncent beau temps.

— J'ai ma cheville qui m'ennuie encore un peu.

— Moi, ils ont remonté mon handicap...

Je les laisse à leurs malheurs. Flottant sous les branches nues du jardin des Thermes, je cherche avec qui j'aimerais prendre un café ou faire la sieste. J'ai du mal à choisir, à me projeter ; on dirait que mes envies s'enlisent quand elles ne sont pas soutenues par le désir d'autrui. J'ai beau me mettre en disponibilité, c'est l'heure creuse où personne ne m'appelle. L'heure de petite angoisse où, pour remonter la pente de l'après-midi, j'avais souvent recours aux sucreries.

La pâtisserie Dumontcel reste ouverte toute la journée, dans le souci constant de faire mieux que la quincaillerie Lormeau. Les enfants de Jeanne-Marie, à tour de rôle, assurent la permanence. Aujourd'hui, c'est la pauvre boulimique aux joues pimpantes qui se dandine derrière ses vitrines, crucifiée par les odeurs, les saveurs et la certitude de son impunité si elle cède à la tentation pendant que sa mère se repose. En plus il ne vient jamais personne, de treize à quinze, les tarifs prohibitifs de la maison renvoyant les casse-croûteurs vers des pâtisseries moins glorieuses.

Marie-Pa enfouit la main dans la poche de sa blouse pour toucher ses Camel, repoussant l'appel du mille-feuille par l'appât du tabac. Elle fume deux paquets, le soir, devant sa télévision, pour se couper l'appétit. À l'école maternelle, la maîtresse nous appelait « les petits fiancés ». De quatre ans mon aînée, elle venait me rejoindre dans la cour de récréation. On se tenait la main, on se prêtait nos crayons de couleurs, on jouait au papa et à la maman autour de Jean-Mi planté dans son tas de sable. C'était une fille délicieuse, avant d'être broyée par sa mère qui n'avait pas supporté sa puberté. Elle est encore jolie sous la graisse, et fraîche en dépit des rancœurs informulées qu'elle étouffe dans les calories et les goudrons. Peut-être suffirait-il d'un homme gentil, un peu obèse lui-même, pour qu'elle se mette à fondre en sentant de la tendresse. Malheureusement, à Aix, les eaux thermales ne soignent pas l'embonpoint, et jamais sa mère ne supporterait une petite annonce du style : « Jeune fille trente-neuf ans, cent dix kilos, espérances, recherche homme sérieux même poids. »

Comme j'aimerais avoir le pouvoir de donner de petits coups de baguette au destin... Choisir dans la rue un surchargé pondéral, sympathique, bien dans sa peau, l'acheminer jusqu'ici, le faire entrer, les présenter... Pourtant je résiste à l'envie de me concentrer maintenant sur le cas de Marie-Pa. J'aurais trop peur de m'user. Tout à l'heure, devant mon fils, je veux être en pleine possession de mes facultés — si facultés il y a. Mais je suis confiant. Pour la première fois, ce n'est pas moi qui, tout seul, vais essayer d'entrer en contact avec ce monde. C'est la volonté qu'a Lucien de me parler qui me donnera les moyens de lui répondre.

La porte s'ouvre à la volée, mais foin de gros prince charmant ; c'est Mlle Toussaint. Je l'avais oubliée, celle-là. Il faut dire que depuis mon enterrement, elle me laisse en paix.

— Bonjour mon p'tit, lance-t-elle, toujours délicate.

— Oh ! Mademoiselle Toussaint, bonjour, s'anime Marie-Pa de sa voix flûtée. C'est bien rare de vous voir à cette heure. Qu'est-ce que ce sera ?

— Rien. Je venais vous voir.

Sans manières, elle contourne le présentoir des babas et vient saisir les poignets tremblotants de la pâtissière.

— Je vais être franche. Avez-vous quelqu'un dans votre vie, en ce moment ?

Marie-Pa baisse les yeux, sans même s'étonner, tellement habituée au harcèlement de sa mère. Elle fait non de la tête, remonte les épaules en signe de résignation :

— C'est comme ça.

Toussaint la secoue deux fois, pour remuer sa torpeur.

— Hé ! Vous n'allez pas renoncer ! Qu'est-ce qu'il dirait, votre papa qui était si fier de vous ?

— Je me consacre à Jésus, s'excuse la pâtissière avec une douceur modeste.

— Ça lui fait une belle jambe. Vous n'avez pas envie d'avoir un enfant ?

— Oh ça ! hennit-elle avec toute la nostalgie du monde.

— Quarante ans : il faut commencer à se bouger, ma fille ! Ne comptez pas trop sur le Saint-Esprit.

— Trente-neuf, rectifie timidement ma petite fiancée de la maternelle.

— Eh bien voyez : une raison d'espérer !

— Oui, mais il faut être deux...

— Bon, tranche Toussaint en lui pinçant le gras du bras, je vous mets sur les rangs.

Et elle s'en va, traversant le parquet Louis XV du grand pas de ses Palladium qui fait trembler les montants de vitrines. Je n'ai rien compris à sa visite. Marie-Pa non plus, qui reste le visage tourné vers la porte, la main tâtonnant parmi les macarons.

Je rejoins la bouddhiste au coin du casino. Pensive, elle s'arrête un instant devant le petit immeuble grenat à pignons blancs de la famille Dumontcel, un enfant par étage et la mère au-dessus. Odile ouvre les volets de sa chambre pour interrompre la sieste de Jean-Mi. L'air renfrogné avec lequel elle envoie l'espagnolette arracher un bout de crépi déclenche un bref sourire de Mlle Toussaint, puis une moue d'incertitude. Elle oblique vers la rue de Genève, descend au pas de charge en direction de la gare, l'œil sur une liste qu'elle coche. M'abstenant, dans un restant de méfiance, de m'approcher trop près d'elle pour capter ses pensées, je la vois longer la voie ferrée jusqu'au passage à niveau, qu'elle franchit en direction du chalet d'aiguillage. Alphonse est occupé à dégivrer ses géraniums en plastique, avec un pinceau qu'il trempe dans de l'eau chaude.

— Dulac, attaque-t-elle, je me mets aux tulipes,

cette année, j'en ai commandé cent mètres carrés, quand est-ce que je dois planter mes bulbes ?

— Vu le prix de l'eau quand tu arroses, tes légumes tu as meilleur temps de les acheter au marché, ronchonne Alphonse qui tutoie Toussaint en dehors de la quincaillerie, depuis soixante ans qu'ils se connaissent. Elle lui fait observer qu'elle a parlé de tulipes, souligne sa distraction d'une bourrade et ajoute sans effort de transition qu'il aurait fait le bonheur d'une femme.

— Je n'ai pas à me plaindre, lui répond Alphonse. Son ton maussade est inhabituel. Je pense qu'il a mal digéré le refus de Lucien. Il se voyait déjà attablé avec le petit autour de mon verre à moutarde, posant des questions et consignant sur des pages et des pages, de sa belle écriture de cours élémentaire, les visions enthousiasmantes que je n'aurais pas manqué de rapporter sur les anges, ma mère, Lamartine et Julie Charles.

— Ça ne marche pas quand on est seul, la chose du verre, conclut-il tout haut.

— Et tu n'as jamais songé au mariage ? enchaîne Toussaint qui suit son idée.

Alphonse hausse les épaules.

— Tu la connais, toi, la femme qui serait à la fois gracieuse comme tes tulipes et les poumons foutus, et avec qui je saisirais la vie par les deux bouts avant qu'il soit trop tard et que je me retrouve tout seul sur le banc où, les autres fois, on allait voir la vue ? C'est ça, l'amour ! Mais je ne veux pas t'embêter, allez, ajoute-t-il plus doucement : ce n'est pas ton rayon.

— Tu sais, précise-t-elle en fixant le bout de ses Palladium roses, je ne suis plus une vraie jeune fille.

— Excuse-moi, dit Alphonse en détournant les yeux, gêné.

— Oh, tu n'y es pour rien, laisse-t-elle tomber sur un ton où perce un regret.

Il ramène son visage vers elle, avec prudence. Elle claque ses mains à hauteur de son nez pour faire avancer la discussion.

— Bon, ce qui est fait est fait, ce qui n'est pas fait aussi, alors je n'irai pas par quatre chemins : ce n'est pas mon style, tu me connais.

— Ça, fait-il, sobre, avec juste un haussement de sourcils.

— Veux-tu épouser la petite Dumontcel ?

— Qui ? s'exclame-t-il avec un rictus atterré. Marie-Pa ?

— Elle rêve d'un enfant, c'est normal à son âge, seulement elle est toujours obsédée par l'image de son père et elle n'aime que les vieux. Alors vas-y. Je sais qu'elle t'admire.

— Pour quoi faire ? se défend-il. Elle est poitrinaire, maintenant ?

— Ça viendra, avec ce qu'elle fume, rassure Toussaint. Allons, Alphonse ! Lance-toi ! Tu as élevé quatre enfants d'une manière admirable, et ça t'a rapporté quoi ? L'ingratitude et l'humiliation. La famille Lormeau continue à t'exploiter de façon éhontée !

— Ce n'est pas vrai ! rugit-il.

— Pour ton bien, se rattrape-t-elle, car tu es seul au monde. Mais il faut réagir ! Tu es bel homme, tu as tant à donner encore ! Je sais bien que tu brûles d'envie d'être père.

— À mon âge ? s'effraie-t-il.

— Il y a des exemples. Ça ne te dirait pas, un joli bambin rien qu'à toi pour égayer tes vieux jours, un garçonnet qui serait aussi rigolo que l'était le petit Jacques ?

— C'est bien tant compliqué, tes histoires, juge Alphonse en finissant de sécher ses géraniums. Quand tu te mets à t'occuper des gens, on se croirait aux hôpitaux. Je vais te dire, Thérèse. D'abord, si tant est que ça puisse se produire, ce que tu me dis avec la Marie-Pa, et qu'elle me fasse un descendant, tu m'imagines un peu avec la belle-mère sur le dos toute la sainte journée ? Je ne suis pas arrivé de mon âge grâce à la poésie pour aller me coller sur la fin dedans la bêtise humaine. La Jeanne-Marie, jamais elle ne mourra avant ses enfants, je la connais. Trop fière. Allez adieu, Thérèse, je remonte : c'est l'ouverture.

Désappointée, elle le laisse fermer son chalet et s'en aller, haute silhouette droite saluant tous les passants sur son chemin. Elle reprend sa feuille, rature deux lignes. Son stylo hésite, en suspens au-dessus de la liste, pique un nom en trouant le papier. Je ne vois pas qui elle a choisi, et d'ailleurs je lui ai consacré assez de temps pour aujourd'hui. Si elle pense me réincarner comme on rempote une plante, je n'ai pas trop de souci à me faire.

Je m'envole au-dessus du Park Hôtel, barre en verre fumé qui trône à la place de l'ancien jardin municipal où j'ai appris à marcher. La ville est bien abîmée, vue du ciel. Mes points de repère ne sont pas excellents et ce survol est une première, mais le contraste entre les vieilles tuiles rondes multicolores, les coupoles extravagantes des palaces désaffectés et les blocs de béton simplistes aux toits désespérants de laideur tuyautée est bien plus frappant qu'au sol. On devrait penser aux morts quand on construit.

Avec un léger malaise voisin du vertige, dû sans doute à mon manque d'expérience, je descends sur le parvis de Notre-Dame et j'entre me dire quelques prières, en attendant que le gendarme vienne honorer sa dette. C'est l'heure de pointe où les chrétiens en cure, émergeant de la sieste après leurs soins, viennent allumer des cierges pour amplifier l'effet des boues thermales. Leurs pièces de cinq francs résonnent sous la voûte en tombant dans le tronc du saint sélectionné. Celui des âmes du Purgatoire n'intéresse apparemment personne. Pour patienter, j'écoute les menus péchés qui suintent à voix basse dans le confessionnal. Le curé bâille en absolvant.

Guillaume tarde. J'espère qu'il est retenu par une manœuvre ou une enquête. Je n'ai pas vraiment besoin des deux cents francs dans mon tronc, mais je serais peiné qu'il fût radin. Une promesse, c'est une promesse, et il n'a pas le droit de trahir la confiance que Lucien a mise en lui. Pour faire l'économie d'une déception, je me transporte au garage Tortozza. Je suis un peu en avance, mais je préfère attendre sur place. M'imprégner du lieu où, d'une certaine manière, je vais faire mes débuts de fantôme.

À huit cents mètres de là, Lucien partage la même excitation, devant le goûter plantureux que lui a préparé sa mère au retour de l'école, pour se faire pardonner son écart de midi. Chocolat chaud, gaufres aux myrtilles, crêpes à la crème de marrons. Je ne voudrais pas qu'elle me le charge trop, non plus. Qu'il n'aille pas s'endormir, ensuite, le doigt sur le verre... Elle lui demande si le gendarme est venu le voir. Il lui raconte la transaction. Elle a noué ses cheveux en arrière avec une barrette qui la rajeunit beaucoup. On dirait que Lucien a une grande sœur. Elle lui propose d'aller au cinéma, à six heures. On a ressorti au Rex *La Belle et le Clochard* qui était mon film préféré, nous l'avons déjà vu deux fois tous les trois, et cette attention m'aurait beaucoup touché, dans un autre contexte. Lucien répond merci, mais qu'il doit aller réviser sa géographie chez Xavier Tortozza. Fabienne n'insiste pas.

À six heures moins le quart, mon petit garçon, le cœur battant, reprend son cartable qui ne contient plus que le verre à moutarde, la feuille de papier kraft et *Connaître la France,* en cas de contrôle. Mais Fabienne est déjà repartie.

— Condoléances, madame Lormeau, lui dit la caissière du cinéma.

— Une place, merci.

Ils ont installé trois planches sur des piles de pneus, près de la fosse à vidange, dans le fond du garage où brille une veilleuse « issue de secours ». La silhouette inquiétante des camions aux cabines basculées les protège du regard de Mme Tortozza qui sert à la pompe, là-bas derrière les grilles de l'atelier fermé. Lucien, dans un silence important, a étalé sa feuille et posé le verre au centre. Ils sont assis sur des tabourets. Marco fait craquer ses doigts. Samba souffle des bulles dans son Malabar. Xavier Tortozza allume une bougie en expliquant sur un ton compétent :

— Ça les met en confiance.

Jean-Marie Dumontcel, en retard, se faufile par la petite porte de derrière, tout essoufflé.

— 'scusez, les mecs, déballe-t-il en essuyant la buée de ses grosses lunettes, y a eu du pet chez moi : mon père a picolé un max au conseil municipal et il a filé une branlée à ma tante parce que ma grand-mère l'engueulait qu'elle avait bouffé les millefeuilles au baron Triboux...

— On s'en tape, le coupe Marco. T'es pas à l'école, ici. Ferme-la, pose ton cul et fais le vide dans ta tronche, c'est pas ça qui te crèvera.

Docile, Jean-Marie s'assied et fixe le verre.

— Qui n'a jamais fait de spiritisme ? demande Tortozza.

Jean-Marie regarde du coin de l'œil les autres qui ne bronchent pas. Angoissé, il lève un doigt à hauteur de son épaule.

— Quelle tache, soupire Marco. Lucien, raconte à ce nullos.

Sur la pointe de la voix, mon fils répète les explications techniques données par Alphonse, énumérant d'un air détaché les références littéraires.

— Qui c'est Martine ? demande Samba.

— Retourne chez les sauvages, conseille Marco.

— Je suis né en Haute-Savoie, proteste Samba.

— C'est bien ce que je dis, réplique Marco. C'est pas une meuf, c'est un poète.

— Et alors ? Nous aussi on en a, des poètes ! Y a pas que les Bas-Savoyards...

— Les quoi ? Tu veux répéter ce que t'as dit, là ?

— Vous brassez pas, supplie Tortozza. Après les esprits ils se vexent, et ils disent plus rien.

La tension s'apaise aussitôt, entre les représentants des deux Savoies qui remettent à plus tard leur guerre de Sécession. Rassemblant son émotion, Lucien pose son index sur le verre. Les autres l'imitent. Le silence s'installe sous la rumeur de l'aérateur qui s'enclenche toutes les cinq minutes.

— Y a quelqu'un ? demande Tortozza en rendant sa voix aussi grave que possible.

Je me concentre sur le verre.

— Le premier qui pousse, je lui arrache la tête, prévient Marco.

Le verre reste immobile.

— Faut que ça chauffe, dit Tortozza.

— Pensez tous à mon père, chuchote Lucien.

— Je le connaissais pas, dit Samba.

— Un grand, baraqué moyen, les cheveux comme Lucien, genre déconneur, décrit Marco. Sympa.

— OK, fait Samba qui se concentre sur le portrait-robot.

Un craquement provient de la table où s'entassent les bidons d'huile vides, au fond du garage. Lucien sursaute, le verre tressaille.

— Papa, c'est toi ?

Je pousse de toute la force de ma pensée. Un verre, ça doit quand même être plus simple à faire bouger qu'un lit. Le souffle en suspens, les bras tendus, les enfants observent le bout de leur index. L'aérateur s'arrête.

— Papa, est-ce que tu m'entends ?

Soudain le verre se déplace en ligne et vient coiffer le mot « oui ».

— Super ! s'exclame le fils de Jean-Gu, la mâchoire pendante.

Je n'en reviens pas. Une joie formidable m'irradie, abat toutes les barrières que je m'étais dressées. Vite, chéri, une autre question !

— Où est-ce que tu es ? lance Lucien d'une voix blanche.

Comment lui expliquer ? Le temps que je trouve les mots, que je repère les lettres sur la feuille, Tortozza s'est interposé :

— C'est trop compliqué, pour lui. Vas-y mollo :

d'abord des questions oui ou non, sinon il comprendra pas.

— Dis donc, s'insurge Lucien, c'était pas une bûche, mon père !

— Calmos, dit Marco. Fais comme tu le sens, Lucien.

Un craquement troue le silence, à nouveau. Du coin de l'œil, Lucien regarde la table du fond avec méfiance, puis revient sur moi. Le cœur gros, il pose la question qui le tourmente le plus :

— Est-ce que tu es au Paradis ?

Ça m'ennuie de mentir, mais c'est plus fort que moi : le verre décrit un petit cercle et se replace sur « oui ». Le soulagement de Lucien me fait tellement de bien. Et puis en cet instant, non, ce n'est plus un mensonge : le Paradis, c'est de pouvoir lui parler.

— Est-ce que ça t'embête que j'aie vendu le tableau de la vogue à Clarafond ?

Avant même qu'il ait fini sa phrase, j'ai répondu non. Une considération certaine commence à entourer mon fils.

— Est-ce que tu es heureux, papa ?

Je reviens sur « oui ». Le verre se déplace avec une rapidité et une précision de plus en plus grandes. C'est vraiment une question d'entraînement.

— Je peux poser une question ? fait Samba.

Marco se tourne vers Lucien qui acquiesce.

— M'sieur, est-ce qu'y en a beaucoup, des Haut-Savoyards, au Paradis ?

Jean-Marie pouffe dans son col roulé. Je décris une demi-volte et me repose sur « oui », pour ne pas alimenter le racisme.

— Tu vois, dit Samba, avec un geste de triomphe vers Marco.

— Partout on a besoin d'esclaves, commente Marco sur un ton neutre. Continue, Lucien.

Lucien hésite. J'essaie de deviner la question qu'il veut formuler, mais trop d'interrogations se pressent dans sa tête ; il ne sait plus où donner de l'espoir.

— Quand je joue avec toi sur Donkey Kong, tu es là, dans ma chambre ?

Je confirme.

— Xavier, tes devoirs ! appelle la pompiste dans le bruit d'un moteur qui s'éloigne.

— Minute, j'arrive ! crie Tortozza.

— Encore une ! supplie Jean-Marie.

Lucien rejette la tête en arrière et ferme les yeux, pour mieux sentir ma présence.

— Est-ce que tu veux me dire quelque chose d'autre, papa ?

Je me creuse. Je n'ai pas envie de le mettre mal à l'aise devant ses copains, avec des paroles d'amour. Je voudrais trouver une phrase qui lui prouve sans doute possible que c'est bien avec moi qu'il parle ; évoquer un secret connu de nous seuls... Je vais déjà le remercier pour les petites autos qu'il a rapatriées dans sa chambre. Ma pensée trace une ligne entre la lettre M et le verre, mais brusquement il part dans l'autre sens, traverse en diagonale et s'arrête sur le V. Un faux mouvement. Comment barrer ? Tant pis, je continue : je vais dire « verci » ; Lucien comprendra bien. À peine ai-je visé le E que j'atterris à vingt centimètres d'écart, sur le A. Je me demande si c'est de la maladresse ou de la dyslexie. En revanche je réussis le R, bien que j'aie freiné trop tard et que je sois à cheval sur le S. Mais le verre s'emballe, prend de plus en plus de vitesse, parcourant la feuille en zigzag, enchaînant les boucles et les demi-tours, perdant dans les virages des doigts d'enfants qui le rattrapent aussitôt, échappant totalement à mon contrôle. Tortozza annonce chaque lettre que Samba note vivement sur sa feuille. Je suis pris d'un tournis qui brouille l'image, je ne vois plus ce que je dis, mais le malaise se dissipe aussitôt que la course du verre s'arrête. Il s'est immobilisé au-dessus du D.

— Putain, c'est un speedé, ton père ! admire Tortozza en essuyant son front. Qu'est-ce qu'il dépote ! Ça donne quoi ?

Les lèvres pincées, Samba fait passer sa feuille de main en main. On y lit :

VAS TE FAIRE FOUTRE CONNARD

Un fou rire énorme secoue les copains de Lucien qui est devenu blême. Je ne comprends pas. Qui a fait ça ? Le verre allait trop vite pour que l'un d'entre eux ait pu contrôler son parcours. La seule explication est qu'un autre esprit m'ait poussé à mon insu pour prendre ma place... Mais qui ?

Lucien renverse son tabouret et se précipite hors du garage, sous la risée des autres. Mon chéri, non, attends, c'est un malentendu, ce n'est pas moi...

— T'es un bouffon, toi, dit Marco au verre à moutarde.

D'une chiquenaude il l'envoie au sol, où il se brise.

— Et en plus y a une faute, fait observer Samba en désignant le s de « vas ».

Lucien court à travers le parking où s'entassent des voitures d'occasion. Arrête-toi, mon amour, je t'en supplie, tu ne peux pas croire que j'aie voulu t'humilier de la sorte devant tes copains, tu me connais, enfin...

— Salaud ! hurle-t-il vers la lune. Crève !

Il ouvre à coups de pied la grille du parking et disparaît dans l'avenue. Son rejet de moi est si fort que je reste là, comme collé au-dessus des épaves. Et à quoi bon le suivre, à quoi bon le rattraper puisqu'il ne m'entendra pas, et qu'il ne voudra jamais plus me parler.

En quelques secondes, je viens de faire connaissance avec l'Enfer.

— Tous aux bateaux pour le départ du Fun-Tour, direction la cascade ! À onze heures à l'île aux Cerfs, cours de plongée avec Philippe, et grand brunch avec champagne à l'îlot Mangénie ! Ce soir, buffet mauricien au restaurant La Paillote, et grand concours de danses créoles autour de la piscine !

Peut-être vais-je rester à jamais dans ce monde étranger qui m'ignore, sans écho, sans repères, sans souvenirs, au milieu de vacanciers venus s'oublier au soleil. Hanter un hôtel de l'océan Indien n'est pas la pire manière de passer l'éternité : les gens sont de bonne humeur, les têtes changent, l'ambiance joyeusement dynamique ne me concerne pas ; le remords, l'impuissance et la lâcheté finiront sans doute par devenir comme ces vagues au loin qui se brisent sur la barrière de corail. Peut-être vais-je m'installer dans la 2642, la chambre de Dominique Roy des voyages Kuoni, pour y demeurer après son départ. Je suis bien mort, cette fois-ci. Mon fils m'a crié « Crève ! » et je lui obéis.

Durant la journée, Dominique et Naïla sont trop occupées pour penser à moi, pour stabiliser ma présence, et leurs activités me dispersent. Elles survolent le lagon en parachute ascensionnel, bravent les récifs à fleur d'eau sur leurs jet-skis, slaloment entre les baigneurs avec leurs planches à voile, plongent, alternent le tennis et le sauna, testent au même repas les cinq restaurants de l'hôtel, un plat sur chaque carte, datent les vacanciers d'après leur degré de bronzage, font provision de tout ce qui peut répondre à l'attente de leurs clients, afin de les renseigner au mieux à leur retour en France.

Sur l'îlot Mangénie, leur table est au bord des vagues, sous les cocotiers, la nappe jaune découvre leurs cuisses au vent et deux touristes hollandais, des « quinze jours » au moins, vu leur rougeur patinée, sont venus les draguer. Elles ont dit non merci. Ils ont insisté, avec une lourdeur narquoise.

Je ne me fais même plus honte, à jouer les voyeurs de plage tandis que mon fils pleure de rage, que ma femme déprime et que mon père me remplace. Le temps remettra les choses en ordre. J'ai cessé de me révolter, de me sentir indispensable. On dirait que mon esprit commence à se décomposer et, franchement, ce n'est pas désagréable. Le sommeil qui m'est refusé depuis mardi m'accueille enfin, sur cette plage, et même la chaleur m'est enfin perceptible...

Un peu trop, du reste. Une sorte de grésillement commence à recouvrir le son des jet-skis. Bientôt des flammes jaunissent le lagon, froissent le ciel, la fumée dilue les paillotes, les touristes... Je me retrouve aspiré par un brasier, dans la cour de la quincaillerie. Le temps d'accommoder ma vision à la nuit et je comprends ce qui me ramène chez moi. En pyjama, à la lueur du bûcher, Lucien imprègne d'alcool à brûler des chiffons en boule, et les envoie dans le feu qu'il a allumé au centre de la cour. Toutes mes toiles, qu'il a balancées par sa fenêtre, fondent et se consument dans le craquement des cadres en pin qui projettent des brandons jusque dans la rue. Des persiennes commencent à s'ouvrir, des cris fusent. Fabienne jaillit de la caravane, dans mon jogging pie, l'air hagard, vacillant sous les somnifères. Non, Lucien, pas l'alcool à brûler ! Il n'a plus de chiffons et prend son élan pour envoyer du combustible dans le brasier, sans penser au retour de flamme. Lucien, je t'en supplie, arrête ! Fabienne a eu la même vision que moi, se précipite en hurlant. Heureusement, c'est la bouteille qu'il balance, ne déclenchant qu'une explosion brève, un bouquet de feu d'artifice.

— Lucien, tu es fou, arrête !

Une flammèche est retombée dans le conteneur à cartons qui s'embrase. La sirène des pompiers retentit derrière les Thermes. Lucien contourne sa mère, file vers le portail des livraisons qu'il escalade.

— Chéri, attends ! Lucien ! Reviens !

Il court dans la rue, en chaussons, grelottant sous les larmes et l'épuisement. Fabienne a foncé chercher les clés du portail, l'ouvre au moment où les pompiers surgissent de leur fourgon avec leurs extincteurs, les bouscule pour s'élancer derrière Lucien. Il a traversé la place du Revard, dévale la rue de Chambéry en direction de la gendarmerie.

Dans la cour de la quincaillerie, quinze années de peinture ne sont plus qu'un tas de cendres nappé de neige carbonique.

Elle l'a rattrapé au coin de l'avenue de Tresserve. Elle l'engouffre dans un bar, écarte les putes et les hommes au comptoir.

— Hé ! la p'tite dame, c'est interdit aux mineurs, ici...

— Donnez-moi un grog, des couvertures, vite !

Elle installe Lucien contre le radiateur du fond, sous une tenture rouge, lui donne des gifles et lui frictionne le dos, les mains ; le petit reste immobile, tout blanc, le regard mou. Les filles à cuissardes et minijupes l'enveloppent de fourrures, lui apportent une bassine d'eau vinaigrée pour réchauffer ses pieds, rivalisent de gentillesses et de recettes familiales : infusion de violette, racine de gingembre, gousse d'ail, eau de mélisse... Fabienne accepte tout, Lucien se laisse faire et les clients, ronchonnant, partent à la recherche d'un autre bar.

— Ça y est, il reprend ses couleurs, le *pitchoun*, se réjouit Florida de Marseille, qui a pris de l'ampleur depuis nos vingt ans.

— Évidemment, tu le brûles ! s'indigne une Antillaise somptueuse qui n'est pas de mon époque. C'est bouillant, ta bassine !

— Mais laissez-le respirer, voyons, proteste la tenancière. Qu'est-ce qui lui est arrivé, à ce chéri, de se promener comme ça en pyjama dans la froidure ? Mon Dieu, mais vous êtes Mme Lormeau ! On se connaît de jour, à la quincaillerie. Condoléances, ma pauvre. Ça vous l'a commotionné, ce petit lapin.

— Je veux Guillaume, bredouille Lucien entre ses lèvres bleues.

Le cercle des filles, qui s'était desserré pour donner de l'air, se referme aussitôt pour venir en aide, chacune connaissant au moins un Guillaume.

— C'est un gendarme, en face, soupire ma femme.

— Qu'est-ce qu'il lui veut, Seigneur ? s'inquiète Florida.

— Mais je ne sais pas, gémit Fabienne qui se débat entre l'essoufflement de la course et les effets du somnifère. Il lui a vendu un tableau de son père, et là je ne comprends pas ce qui lui a pris, il vient de les brûler tous, alors il veut mettre le feu à la gendarmerie, maintenant, est-ce que je sais ? J'en ai marre... j'en ai marre...

Elle laisse tomber sa tête entre ses bras. La tenancière, d'un claquement de doigts, fait arriver sur la table la bouteille de cognac et le sucrier.

— Allez, cul sec et un canard pour mon lapin.

— Vous n'auriez pas du café, plutôt ? J'ai pris trois Lexomil...

— Mais dites voir, s'informe une grosse blonde à racines, vous auriez pas été dauphine avec moi, dans le temps ? Mireille Pernelle, Miss Rumilly 86...

— Oui.

L'heure qui suit est une merveille. Fabienne enfin se laisse aller, baisse sa garde, retrouve l'ambiance d'avant moi, la gaieté fébrile des concours et des castings photo, sans toutes ces rivalités et ces blessures d'amour-propre dont la vie s'est chargée d'effacer l'importance. Mireille Pernelle a failli avoir un destin. C'est elle qui faisait la main qui caresse en gros plan, sensuellement, une bouteille de Perrier jusqu'à faire sauter sa capsule, dans le spot finalement interdit par le ministère de l'Intérieur pour incitation à la débauche.

— Ça, j'en suis revenue, de Paris ! Et le mignon, alors, qu'est-ce qui lui est passé par la tête ?

Englouti sous trois renards, un poncho et un plaid en mohair, coiffé d'un bonnet de plumes noires, calé entre six paires de seins plantureux et bourré de canards au cognac, Lucien flotte dans une réalité plus vraiment grave, où les injures du verre à moutarde et l'incendie de mes chefs-d'œuvre rejoignent les explosions des Schtroumpfs et les attaques de chauves-souris contre les escadrilles de bananes. Posément, il explique aux dames sa séance de spiritisme au garage Tortozza.

— Tu es fou toi ! s'effraie l'Antillaise en se signant trois fois. Tabou, les morts, tabou, sinon vaudou !

— Et puis t'es rien ballot, mon gars ! C'est un de tes petits copains qui bougeait le verre avec son doigt, c'est tout. Il n'y est pour rien, ton papa, le saint homme ! Tu t'es bien fait avoir.

— Moi aussi, dit Florida, j'ai essayé la table tournante, dans le temps, pour causer à M. Germain — si y en a qui se souviennent... Eh bé de même, je suis tombée sur une estrasse qui s'est mise à me tenir des gros mots, que je te l'ai envoyée au bain vite fait, cette estrasse, pauvre M. Germain qui était la distinction faite homme. À mon avis, les soi-disant esprits que tu fais parler dans ton verre, *pitchoun*, c'est des moins-que-rien, des poivrots comme tu en vois qui déparlent en marchant dans les rues. La mort, c'est pas mieux fréquenté que la vie, allez : tu retrouves les mêmes.

C'est un plaisantin qui t'a fait croire, Lucien. Quoi, qu'est-ce que j'ai dit ?

Les filles regardent avec circonspection Fabienne se tordre de rire sur la banquette.

— Non, excusez-moi, ce n'est pas drôle, hoquette-t-elle, mais c'est tellement bien fait pour Jacques. Toujours avec ses blagues à la con... Pour une fois que c'est lui la victime. Pardon, mon chéri, dit-elle en prenant le visage de Lucien entre ses mains pour l'embrasser. Mais tu vois bien que ce n'est pas grave... Tu sais bien que je l'aime, ton père. Et crois-moi qu'il doit bien rire, en ce moment, s'il nous voit.

— Mais j'ai brûlé ses tableaux ! s'épouvante Lucien.

— Il t'en fera d'autres, dit l'Antillaise. T'as qu'à rêver à lui, tu lui dis je t'aime et il t'enverra des images rien que pour toi dans tes nuits, tu verras. C'est comme ça qu'on doit communiquer avec les morts. Pas autrement.

Les hochements de perruques et de frisettes confirment, autour de lui. Mon fils sourit. Il n'est jamais trop tard pour que des fées se penchent sur un berceau.

Je crois que tout est en ordre, que ma présence ne s'impose plus. Dans les rires et la tendresse sonores de la scène qui s'éloigne, j'ai l'impression de m'élever, lentement. D'être aspiré vers d'autres cieux...

J'atterris dans la chambre d'Odile, au milieu de gémissements qui se chevauchent. Jean-Mi est en train de lui faire l'amour, ils ont tous deux les yeux fermés et elle m'a invoqué avec une telle force que je me retrouve collé au pied du lit, contemplant malgré moi. Le bonheur, qui était brièvement revenu dans mon âme, s'effondre sous les coups de boutoir et l'angoisse d'être obligé de participer, *ad vitam æternam*, aux étreintes par procuration de ma caissière.

— Jacques ?

Ma pensée se pétrifie. Une forme blanchâtre, flottant à l'autre bout du lit dans une semi-transparence, a dit mon nom. D'un mouvement de brume qui prend corps, elle me désigne Jean-Mi qui s'affaire.

— Dix ans qu'il pense à moi, presque à chaque fois. Toi, elle t'a appelé souvent, tu étais moins distinct, vivant ; pas ressemblant, juste un détail, tes yeux, un pinceau...

— Sarah, c'est toi ?

— Tu te souviens ? Tu ne m'as jamais appelée, toi. Pourquoi ?

Les gémissements du couple vont s'amplifiant. Odile couine, Jean-Mi halète, et nous sommes là. L'émotion m'empêche de m'exprimer davantage. La lumière qui matérialise Sarah change de couleur au rythme des mots qu'elle prononce, et ce sont les couleurs que j'entends. Sarah. La bêcheuse intouchable. Première en tout, passionnée de biologie, tout son temps libre enfermée dans sa chambre aménagée en laboratoire de recherche. Elle était tellement hors d'atteinte que je n'avais jamais jugé utile de la trouver jolie. Jean-Mi s'en est chargé, apparemment. Après son bac, elle était montée à Paris, avait décroché des diplômes dont nous ne comprenions même pas le nom quand sa mère, la marchande de glaces du jardin des Thermes, nous vantait sa réussite, du mois de mai au début de l'automne. Docteur en biologie moléculaire, elle était entrée comme directrice des études chez

Gervais-Danone. Sa mère avait beau répéter qu'elle gagnait cinquante mille francs par mois, les gens ricanaient en disant que vraiment, toutes ces années d'université pour finalement faire des yaourts... Sarah n'était jamais revenue à Aix. Les Dumontcel, quand parfois ils parlaient d'elle, l'appelaient « Gervais-Danone ». Elle s'était tuée en voiture, l'hiver de mon mariage. Météore qui avait traversé nos années de lycée, elle s'était laissé oublier, comme tant d'autres, avec le temps. Jean-Mi était peut-être le seul pour qui elle existait encore, le seul à la garder captive.

— Enfin tu es là, enfin quelqu'un ! Je lui parle, il n'entend rien, il me baise, c'est tout, il me renvoie — écoute, toi, je t'en supplie, écoute, Jacques ! L'évolution ne commence pas à l'explosion du cambrien, comme ils croient tous, mais trois milliards d'années plus tôt, avec les bactéries. La composition du protoplasme à l'intérieur de nos cellules est exactement celle des premiers océans, je l'ai prouvé, les formules sont dans le dossier bleu du bureau 144 aux archives de Danone à Sucy-en-Brie, ils l'ont gardé sans l'ouvrir, dis-leur, moi je n'arrive pas !...

— Sarah... Moi non plus... Tu es la première âme que je vois...

— Tu la sens ma queue, hein ?

— Oui ! crie Odile.

— Les bactéries ont créé la vie : sans elles les premiers végétaux n'auraient jamais pu assimiler l'azote dont l'animal a besoin... Ce sont les bactéries qui gouvernent la vie, Jacques, qui nous ont créés pour atteindre leur but, qui nous poussent à construire des fusées pour aller se répandre sur les autres planètes... Je l'ai démontré avec les termites dans le dossier bleu, mais ils n'ont regardé que la conclusion : la formule du ferment lactique qui absorbe les toxines... Écoute, en digérant le bois grâce à leurs bactéries, les termites rejettent du méthane qui sert à maintenir le taux d'oxygène à vingt et un pour cent — cinq pour cent de plus et tout brûlerait dans l'air, cinq de moins et on ne pourrait pas respirer ; j'ai démontré comment les bactéries maintiennent l'homéostasie de la Terre, dis-le !

— Je ne comprends pas, Sarah... Tu parles trop vite...

— Dépêche-toi, ils vont finir ! Écoute : si tu m'entends, si tu peux capter mon image, c'est que mes bactéries ont pris aux tiennes des gènes pour remplir une fonction que leur ADN ne possède pas, comme lorsqu'elles ont brisé les molécules d'eau pour se nourrir d'hydrogène, à la naissance de la Terre... Elles ont failli se détruire elles-mêmes au bout de cent millions d'années à cause de l'oxygène dégagé en même temps, alors elles ont emprunté le matériel génétique d'autres micro-organismes qui, eux, fonctionnaient à l'oxygène, et nous sommes les descendants de cette fusion... Dis-leur !

— Sarah ! J'ai voulu parler à mon fils, et c'est un autre esprit, une autre bactérie qui m'a parasité dans le verre — comment je peux empêcher ça ?

— Écoute, j'ai la preuve que nos bactéries sont passées d'un règne à l'autre en gouvernant l'évolution...

— C'est ce que nous sommes, alors ? Notre mémoire, c'est une bande de bactéries ? C'est ça qui s'est échappé de mon corps ? Qui entre dans les pensées des vivants, qui me fait voyager où je veux, qui m'attire quand on m'appelle ? Sarah, c'est ça qui se réincarne ?

— J'ai la preuve ! Les substances qui forment le squelette, au début elles étaient rejetées comme déchets ! Les bactéries les ont intégrées dans le processus d'évolution ! H_2 O_2 + CO + Ca. Tu entends ? Je démontre page 25 dans le dossier bleu... Tu comprends ?

— Oui, Sarah.

— Merci, Jacques, merci, dis-le à quelqu'un qui t'écoute... Qu'ils aillent dans le bureau 144, à Sucy-en-Brie...

— Oui, Sarah.

— Non, Jean-Mi, attends !

— Tu vas venir, petite salope, tu vas venir !

Leurs secousses de plus en plus fortes nous poussent l'un vers l'autre, enlaçant, au-delà de mon incompréhension, nos obsessions et nos mémoires. À mesure qu'ils approchent du plaisir nous fusionnons, échangeons nos angoisses, nos couleurs — à moins que Sarah ne se contente de déteindre. J'embrasse toute sa vie, me laisse envahir par sa terrifiante solitude, enfin conscient du privilège d'être sollicité par tant de vivants. Et je me plaignais. Sarah a peut-être découvert le secret de la vie et ça ne lui sert à rien, et tout le monde s'en fout. Pour qu'on la respecte, qu'on la laisse mener à bien ses recherches, elle s'était enlaidie, elle avait fait le vide autour d'elle, et son comportement toujours sur la défensive a réussi à l'isoler au-delà de toute espérance : personne ne l'a aimée, sa mère réduit sa mémoire au prix des fleurs sur sa tombe, ses travaux interrompus sont oubliés dans un tiroir et le seul vivant qui la rappelle encore de temps en temps sur terre, c'est pour son cul.

— Le bureau 144, à Sucy-en-Brie. Je compte sur toi, Jacques.

Comment lui dire non ? Les deux autres jouissent et je me retrouve seul. Sarah ? Où es-tu ? Sarah !

— Tu prends la salle de bains ou moi ?

— Vas-y : tu es déjà debout. Ce n'est pas la peine de me demander...

— Mais pourquoi tu m'agresses toujours, dès que j'ouvre la bouche ?

— Ne commence pas, Jean-Mi ! Je n'ai pas envie de parler.

— T'es chiée !

Sarah est repartie en me laissant sa douleur, sans m'avoir aidé, sans m'avoir compris. Elle ne peut rien pour moi et je ne peux rien pour elle. Mais ce n'était qu'une première, entre nous ; je saurai mieux m'y prendre la prochaine fois, peut-être, maintenant que mon âme est dépucelée...

Bruits d'eau, placards ouverts, refermés, brosse à dents électrique, silence.

J'attends avec impatience que le désir de Jean-Mi revienne, mais Odile s'est endormie ; lui s'est mis à lire *L'Équipe* et peu à peu glisse dans un sommeil peuplé de mollets grimpant des cols. J'ai bien l'impression qu'il me faudra patienter jusqu'à demain soir pour retrouver Sarah. Sans le relais de Jean-Mi, même si je pense très fort à elle, je ne la sens plus du tout.

Je suis libre, à nouveau. Seul. J'appelle à l'aide et rien ne vient. Il ne faut plus que je reste en marge de ce monde, entre deux eaux. Je n'ai pas tenu compte des épreuves que j'ai passées, des messages que j'aurais dû comprendre. Si je demeure en lisière, dans ce réservoir de fantasmes où puisent les rêves sexuels et les convictions religieuses, simple jouet passant des utopies de Toussaint aux pulsions d'Odile, je finirai comme Sarah qui, elle, a de bonnes raisons de rester frontalière, de se cogner aux murs, ayant perdu son corps sans atteindre le but qui est devenu sa raison de survivre. Mais moi, j'ai fini. Je n'ai plus rien à terminer sur terre. Je ne laisse qu'une absence qu'on a commencé de meubler, des blessures qui se refermeront, des souvenirs inoffensifs. J'ai seulement besoin qu'on m'indique le moyen de rejoindre ceux qui m'ont précédé. Si Sarah est prisonnière de son problème, si ma mère et mes grands-parents me laissent faire les cent pas dans leur silence, il faut que je trouve quelqu'un d'autre. Maintenant je sais que la communication est possible entre les morts, à des degrés différents, de la voix *off* d'une petite vieille attirée dans mes obsèques aux paroles en couleurs prononcées par l'image de Sarah. L'une comme l'autre étant animées du seul désir de parler d'elles, je dois me tourner vers une âme que j'intéresserai pour ce que j'étais, vers un esprit qui, déjà de mon vivant, a essayé d'entrer en contact avec moi.

Un souvenir fondu au fil des ans se recompose. Tout le chemin que j'ai parcouru, depuis mardi matin, était peut-être destiné à me ramener au mois d'août 1987... J'ai connu un fantôme, cette année-là, sur terre. J'avais fini par me raisonner, réduire son existence à mon envie d'y croire, et l'oublier sans le vouloir. Mais la seule main que m'ait tendue un habitant du monde immatériel dont je fais maintenant partie, c'est bien sur cette plage de la Méditerranée, il y a neuf ans... Si la villa rose est toujours debout, si la jeune fille invisible dont j'ai senti la présence est toujours là en attente, sachant si bien, elle, communiquer avec les vivants de passage, alors c'est là que je trouverai l'entrée du ciel.

C'étaient nos premières vacances d'été ; Fabienne avait voulu que j'attelle la caravane pour montrer à papa que nous aimions son cadeau de mariage. J'avais loué un emplacement à Juan-les-Pins, au hasard, dans un camping « quatre-étoiles » qui ne justifiait ses tarifs exorbitants que par la présence de nos voitures de luxe. En dehors des câlins cernés par les fritures, les ballons, les musiques, je découvrais avec inquiétude que je n'avais pas grand-chose à dire à Fabienne, situation qu'elle aggravait en me demandant vingt fois par jour : « À quoi tu penses ? » Je pensais à mes toiles et mon chevalet, laissés à Aix pour lui libérer de l'espace dans la caravane. Et je savais qu'elle pensait à la quincaillerie silencieuse derrière ses rideaux de fer chauffés à blanc, où pendait la pancarte « fermeture annuelle ». Elle était aussi perdue loin des clients que je me sentais inutile sans mes pinceaux. Malheureux en commun, par égard l'un pour l'autre, dans l'abandon de nos bonheurs solitaires, nous étions devenus un vrai couple.

La plage se terminait par une pinède à l'ombre chétive qui servait d'annexe aux poubelles du camping.

La douceur talquée de la terre mêlée au sable, sous mes pieds nus, le picotement des aiguilles sèches apaisaient ma migraine tandis que les bruits s'espaçaient dans mon dos. J'avais l'impression de me fondre dans les herbes comme les autres, là-bas, s'enfonçaient dans les vagues. Les chants d'oiseaux se taisaient à mon approche.

Les pins avaient laissé place à un sous-bois plus serré ; le tronc des eucalyptus et des palmiers disparaissait sous le chèvrefeuille, le lierre et les buissons d'aubépines où s'accrochaient des lambeaux de sacs en plastique. La rumeur des baigneurs s'était dissoute dans un silence bruissant, presque malsain, un remuement d'insectes et de serpents réfugiés loin des campeurs. Je continuais d'avancer, envahi peu à peu par un curieux bien-être que diffusait la touffeur des broussailles. À chaque pas, je me sentais absorbé un peu plus par cette forêt vierge improbable, si près des plages surpeuplées, ce danger en suspens autour de moi qui m'inspirait une bizarre connivence, une invitation à la fuite, à l'oubli du malaise.

Au détour du sentier qui n'était plus qu'un maillage de ronces, j'ai aperçu une maison rose au crépi délavé, décroûté par le lierre. Une chaise longue à la toile rongée, d'un modèle ancien gondolé par la pluie, occupait la terrasse effondrée. Un chapeau de paille curieusement intact pendait à l'accoudoir. Les carreaux étaient brisés, les parquets arrachés, les portes et les tuiles emportées par les pillards. Un acacia poussait au centre du salon. Pourtant la pièce était meublée, comme si l'obstination d'un squatter avait cultivé le souvenir du décor d'avant la ruine. Enfoncé de travers entre deux solives, un fauteuil voltaire faisait face à la cheminée descellée où trois bûches noires se croisaient sur un tas de cendres, près d'une table basse couverte de magazines féminins des années cinquante. Des rideaux de velours presque neufs encadraient la seule fenêtre intacte.

Immobile dans la lumière de feuillage, les oreilles et le nez aux aguets, je cherchais à définir la présence qui pesait autour de moi. Aucune toile d'araignée ne marquait l'abandon des lieux. Le pillage comme la tentative d'ameublement auraient pu dater de huit jours ; pourtant l'acacia avait au moins une dizaine d'années. Je tapai du plat de la main sur la toile du fauteuil voltaire d'où ne s'échappa qu'une infime poussière. Quelqu'un venait-il faire le ménage dans cette ruine ? L'escalier à demi écroulé attirait mon attention avec une insistance qui se traduisait par des craquements de plus en plus longs. J'avais beau me dire que le soleil, à la verticale entre les tuiles restantes, provoquait la dilatation du bois, cette explication rationnelle n'avait pas sa place dans le désir inquiet qui creusait ma poitrine.

Accroché à la rampe côté mur, je gravis le bord des marches qu'un vandale semblait avoir éventrées à coups de masse, pour empêcher l'accès à l'étage ou se venger de quelque chose. Je me sentais *appelé*, de plus en plus fort, avec une exigence mêlée de douceur. Un parfum descendait vers moi, lourd et tenace, recouvrant les relents de bois pourri et de cendres froides.

L'escalier débouchait dans une pièce vide où l'acacia répandait ses branches. Au bout d'un couloir aux tommettes cassées, la seule porte de la maison ouvrait sur une chambre avec un lit à une place tendu d'une courtepointe rose. Sur une commode vernie trônait un vieux flacon de parfum sans bouchon, à côté d'une brosse ovale en écaille. Des cheveux noirs y étaient accrochés. Je les respirai, profondément, fermai les yeux pour qu'une apparition naisse de l'odeur fleurie qui m'entêtait.

Et aussitôt je la vis. En chemise blanche très longue, adossée contre un mur, un bras replié masquant son visage. La peur me glaça. Pas la mienne, la *sienne.* L'impression d'un danger, d'une hostilité aux aguets ; une rumeur de fouille, de saccage, d'arrestation... Je rouvris les yeux et le soleil dissipa l'angoisse. Je ne sentais plus rien. Ni parfum ni présence. Une force me poussait doucement à quitter la maison. C'était comme une prière sensuelle, un appel à la patience, au plaisir différé, une promesse de retrouvailles...

Fabienne s'ouvrit le pied sur un rocher et, le soir même, nous quittions Juan-les-Pins.

Je reviens, aujourd'hui, demander pardon de mon oubli et offrir mes services. À deux, nous saurons faire revivre ta maison. Je ne sais pas ton nom et j'ignore ton histoire, j'ai mis bien du temps à te répondre mais je sens que tu m'attends. Je t'appelle comme tu m'as appelé jadis, pour tenter de sauver le décor dont tu as voulu rester prisonnière. De même que j'étais lié à mes proches tant que je les sentais en manque de moi, en désarroi, en souffrance, peut-être que lorsque je t'aurai aidée à perpétuer le souvenir de ta demeure tu redeviendras libre, comme moi, d'aller où bon te semble, où l'on t'appelle.

Les trois quarts de la pinède ont brûlé. La villa est

reconstruite, surélevée d'un étage, agrandie de tous côtés, repeinte en jaune. Deux cyprès encadrent une piscine à la place de la terrasse effondrée. Des enfants silencieux jouent au badminton près d'un monospace. La mère taille un rosier dans une jarre. Le père lit des fax en rouleaux sous un parasol carré, tout en caressant du bout de l'espadrille un chien de plaisance.

J'appelle ma consœur, mon aînée, mon apparition brune en chemise longue. Errant dans l'air conditionné de cet intérieur neuf à la provençale, je me mets en disponibilité, en réserve de l'au-delà pour devenir l'apprenti d'un *vrai* fantôme.

Et il se passe soudain une chose épouvantable. La première douleur *physique* depuis que j'ai quitté mon corps. Le sentiment de refus, d'hostilité que je perçois est si fort, ma présence combattue par une telle énergie que mon esprit se retrouve paralysé… *Elle* ne veut pas de moi. Elle n'a rien à faire d'un mort, elle n'existe que par les vivants auxquels elle s'accroche pour demeurer dans ces murs. J'ai beau exprimer de toutes mes forces que je suis venu en ami, j'empiète sur son territoire et elle m'attaque, me dévore comme le font les araignées, paralysant leurs proies en leur injectant des sucs gastriques, les digérant avant de les engloutir. Je sens mes souvenirs, mon identité s'atrophier, s'écouler de moi, je ne peux plus m'enfuir, retourner d'où je viens. « Laissez les morts enterrer les morts… » Non ! Je ne veux pas ! Les murs et les couleurs disparaissent ou m'incorporent, je ne sais pas, et je m'estompe, dans un dernier élan de résistance, replié sur ma conscience qui ne m'obéit plus.

Une sorte de musique s'élève dans un brouillard qui

remue des silhouettes. L'impression d'une présence nombreuse, de cent regards autour de moi qui me guettent, qui s'approchent... Je suis au milieu d'une foule incomplète, des morceaux de visages, des bribes de corps, des sourires surmontant des robes d'apparat. Des bras se tendent vers moi. Des verres se lèvent. Des voix me frôlent, s'enroulent, m'encerclent avec une séduction terriblement terrestre.

— Vous êtes nouveau, n'est-ce pas ?

— Vous vous plaisez ?

— Prenez du champagne.

— C'est votre premier séjour ?

Je ne sais pas qui ils sont et pourtant je les ai déjà vus, je leur ai déjà échappé, tous ces étrangers d'un moment, ces inconnus qu'il faut saluer, écouter, distraire... Un gala de bienfaisance, une mondanité de sous-préfecture, un vernissage, un cocktail au golf... Tous ces figurants qui venaient voler mon temps, m'accaparer, détourner mon énergie... Ils gravitent autour de moi, de plus en plus précis, de plus en plus réels, verres entrechoqués, sourires et embrassades, ils se referment autour de mon silence, affamés d'âmes fraîches.

— Et qu'est-ce qu'on fait dans la vie ?

— Parlez-moi de vos projets.

— Vous avez l'air jeune pour votre âge.

— Vous êtes en de bonnes mains.

Ils m'ont rattrapé, agrippé, capturé. Ils attendaient le moment pour m'attirer dans leur ronde, leur enfer, leur fosse commune. C'est Chambéry, la réception des Ambert-Allaire, les petits-fours et les pilules d'acide glissées dans les verres pour échauffer les corps... Ils sont tous là. Le baron Triboux de la Société des jeux, le Dr Nollard de l'Établissement thermal, Angélique Boranewski et le président Rumilloz, les jurés de Miss Savoie, les cinq notaires de l'étude Sonnaz... Ils se succèdent et m'entraînent dans une danse lente, rires clairs et voix syncopées, ils changent de visage pour me plaire, ils deviennent Fabienne et Naïla, mon père et même Lucien qui se faufile entre eux pour m'appeler... Ce n'est pas possible. Ils auraient joué avec moi, depuis le début ? Ils auraient pris les traits de mes proches pour incarner ma mémoire, m'interpréter la comédie de ma vie ?

Ils étaient là invisibles, autour de moi, depuis mardi sept heures, à me guetter, à m'observer, à se marrer de mes errances, de mes espoirs fous, de mes échecs, à me bercer d'illusions en attendant que je regagne le vestiaire... Je supplie un être qui m'aime vraiment de me rapatrier auprès de lui sur terre, mais ils sont tous là qui m'enserrent, ils ricanent, ils m'étouffent, me digèrent... Délivrez-moi, mon Dieu. Pas cet Enfer ! Par pitié, pas cet Enfer... Un autre.

Ils ont disparu. La salle est déserte. Les murs s'effacent. Ce n'était peut-être qu'un cauchemar, une des visions d'horreur que m'annonçait Mlle Toussaint ; la matérialisation de ce que j'avais toujours fui... Un simple avertissement. J'ai compris. Je ne m'approcherai plus des fantômes. Je ne chercherai plus ma mère, ni mes grands-parents, ni l'apparition de Juan-les-Pins. Je ne sortirai plus de mes limites, je ne forcerai plus les portes qu'on m'interdit. Je terminerai ma mission chez les vivants. Si j'en ai une. La moindre utilité, le poids d'un regard, l'écho d'une pensée, l'illusion d'être là...

Les marronniers sont en fleur ; cinq mois ont passé sans moi. Où étais-je, dans quelle dimension du temps ? Je suis de retour en ayant à peine la conscience d'être parti et je suis le même. Désespérément le même. J'ai regagné mon point de départ, ma salle d'attente, ma caravane ; bien décidé, cette fois, à n'en plus bouger de ma propre initiative.

Disposez de moi. Continuez à vous servir. Je n'essaierai plus de vous échapper.

Fabienne a vendu la caravane. Il a fallu que papa insiste avec douceur d'abord, fermeté ensuite, longtemps, pour qu'elle consente à passer une annonce. Tout le monde l'y encourageait : Alphonse, Lucien, le médecin... Elle ne pouvait pas continuer à vivre en arrière, à rester des heures accoudée à l'appui de sa fenêtre comme si j'allais finir une toile et quitter ma tanière pour revenir vers elle. Elle ne pouvait pas continuer à m'aimer comme ça. Elle y aurait laissé la santé.

Mon père s'est occupé des visites et de la négociation. Elle a fermé ses volets pour ne pas voir défiler les acquéreurs dans la cour. Il a tenu à ce qu'elle vende la caravane meublée, *en l'état,* pour qu'elle ne garde aucun vestige, aucun remords de cette vie sans elle que j'avais menée sous sa fenêtre. C'était le seul moyen de soigner la dépression nerveuse dans laquelle on la voyait s'enfoncer. Heureusement votre beau-père est là, lui répétait le Dr Meylan, qui était gentil mais un peu jeune. Fabienne, elle, avait compris. Elle avait vu papa s'installer dans la chambre d'ami, rajeunir de dix ans, la couvrir d'attentions, glisser peu à peu du rôle de chef de famille à celui d'homme au foyer. En bazardant la caravane, en mettant Alphonse pour de bon à la retraite sous le prétexte d'un contrôle de l'URSSAF, il achevait d'assurer son emprise. Ma mémoire vivante, à présent, c'était lui seul.

Je me rappelle ma réaction lorsque Lucien, à deux ou trois ans, avait commencé à me ressembler. Cette gêne quand je voyais dans mon miroir les traits de son visage. C'est la même dépossession, aujourd'hui. Mon père s'habille dans mes placards. Aminci, redressé, les cheveux teints, il attend son heure. Fabienne ne sait comment se comporter, comment le dissuader sans le froisser, l'éconduire sans lui faire mal. Comme il ne lui demande rien, elle n'a pas l'occasion de lui répondre non. Alors il est confiant, il a le temps pour lui, et elle finit par s'attendrir, prendre en pitié l'amour qu'il lui témoigne. Il est gentil avec Lucien, aussi ; il partage ses jeux vidéo, il apprend l'informatique pour se mettre à son niveau, l'abonne à Internet : il contribue à l'éloigner de mon absence. C'est important pour Fabienne. Elever un enfant dans le culte d'un parent disparu, elle a vu le résultat que cela avait donné sur moi. Seule Odile me cite encore, au magasin : « Jacques a toujours mis les rotofils devant les débroussailleuses, à gauche de la vitrine » — mais qui écoute Odile ? Mon expérience et mes habitudes se diluent dans le son de sa caisse enregistreuse.

Un matin, la caravane a quitté la cour derrière une Peugeot verte, et je suis parti avec. C'est un couple immatriculé dans l'Isère, quarante ans, deux enfants.

Peut-être une nouvelle mort qui commence.

Il roule en permanence sur la voie de gauche, à coups d'appels de phares, colle aux pare-chocs de ceux qui ne se laissent pas doubler, hurle en klaxonnant. Il a seize soupapes et il veut que ça se sache. Sous son siège, un nerf de bœuf, si jamais on le cherche. Sa femme est resserrée sur sa peur, les yeux fermés, les ongles enfoncés dans les paumes. Ils partent en vacances.

À l'arrière, la fille de quinze ans couve un chagrin d'amour d'un air hostile, retranchée avec Michael Jackson dans son walkman. Le fils ne fait rien. Il ne parle pas. Son regard est fixe. La caravane, ballottée à cent quarante, suit comme elle peut.

Ils font du camping sauvage sous les cerisiers, devant une vigne en pente arrêtée par un ruisseau. La tente était prévue pour les enfants, mais Frédéric est monté dans la maison roulante et n'a plus voulu en sortir. On ne contrarie jamais Frédéric lorsqu'il manifeste un désir. Les parents se sont repliés sous la tente.

Vanessa aime bien la caravane, elle aussi, cet espace restreint, ouvert sur des campagnes provisoires, qu'elle a colonisé avec ses posters, ses chansons, ses rêves incertains, ses sautes d'humeur, ses fous rires et ses coups de déprime. La caravane revit avec elle et je m'y sens de plus en plus présent. Combien de temps resterai-je attaché à cette demeure en tôle, mon éternité sera-t-elle liée à la rouille ?

J'aime bien hanter Vanessa. L'amoureux qui lui tirait des larmes pendant le trajet est déjà oublié. Sur son VTT, elle parcourt les villages du Haut-Var, incendiant les garçons avec ses shorts en jean frangés et ses seins libres sous le tee-shirt. Elle discute pendant des heures, de rien et de tout, adossée aux fontaines sous les micocouliers, tandis que les hirondelles rasent les tuiles. Chaque nuit ou presque, elle m'emmène danser dans une fête sur une place, au pied de remparts, sous des lumignons reliant les platanes ou autour d'une piscine de résidents secondaires. Elle allume cinq ou six mâles par soir, flirte avec application, ne se laisse caresser que les seins et rentre toujours seule. J'ai l'impression d'être un peu son chaperon.

Ses baskets à la main, elle remonte sans bruit dans la pénombre de la caravane, embrasse son frère sur le front, sans troubler son sommeil immobile. Puis elle s'étend nue sous un drap, sur la banquette du coin-salon transformée en couchette d'appoint. Frédéric est dans mon lit mais c'est avec Vanessa que je dors. Ses désirs et ses rêves sont flous, changeants, contradictoires. Elle oublie si facilement ce qui l'obsédait une heure plus tôt que je prends le pli de ses absences. Je somnole dans son indolence, je me réveille sous ses doigts, je me rendors quand elle se lasse. Je suis bien. J'avais tellement besoin de vacances.

Je n'ai pas l'impression qu'elle me perçoive. Pourtant elle a défendu à sa mère de vider les placards encombrés par mon matériel de peinture. Elle aime bien la trace d'un homme inconnu autour de son sommeil. Pour justifier la vente de la caravane garnie et ne pas créer de malaise, papa a laissé entendre que j'avais abandonné ma femme pour suivre une maîtresse au bout du monde. Vanessa projette ses envies de liberté vague dans l'image de fugueur qu'elle me peaufine au fil des nuits. De plus en plus, je ressemble au beau type mûr qui, un jour, laissera tomber pour elle épouse et enfants. Je serai un peintre connu, très riche, très sexe. Je l'immortaliserai sur mes tableaux qui vaudront des fortunes. Elle me rendra fou, me quittera, reviendra, repartira, je l'épouserai à genoux, incapable de vivre sans elle, et ensuite elle sera ma veuve et elle lancera des parfums portant mon nom, et elle mènera sa vie comme elle veut en disant merde à son père et aux études, et elle ira en Amérique pour faire soigner son frère que personne ne prendra jamais plus pour un débile.

Je crois que je suis tombé amoureux de Vanessa, moins pour son corps de quinze ans ou son caractère changeant comme un nuage que pour l'intimité qu'elle retrouve avec mes objets, mon décor. Sa façon d'habiter la caravane, de reproduire mes gestes, de refermer brutalement, en deux fois, le réfrigérateur pour éviter qu'il ne vibre, de coincer le rideau de la douche à la molette du hublot, d'étendre le torchon à vaisselle sur la barre de la huche à pain... Tous ces petits détails qui me nourrissent, m'attendrissent et m'attachent bien mieux que n'importe quelles pensées, n'importe quelles prières... Même la manière dont elle s'occupe de son frère me ressemble. Frédéric passe ses journées à découper les silhouettes dans les cases de ses bandes dessinées, et elle les ramasse, les colle sur des feuilles blanches, lui aiguise ses ciseaux. Elle veut le persuader qu'elle comprend le sens de ce qu'il fait, qu'elle trouve ça beau et utile. Je n'aurais pas été plus maladroit, moins psychologue dans ma gentillesse. Elle s'extasie sur l'esprit créatif de Frédéric, alors qu'il veut simplement détruire, casser l'unité d'un monde où il n'a pas sa place, dont il refuse de faire partie. Vanessa colle les personnages qu'il détache sur des feuilles où il ira ensuite les découper, et elle est heureuse parce qu'elle a le sentiment qu'ils font une œuvre ensemble.

La mère soupire. Elle n'a plus d'illusions. Le père a renoncé. Jamais il ne pourra montrer son fils, être fier de lui, le former, le voir prendre sa suite à la concession Peugeot de Grenoble-Sud. Déjà il a été obligé d'acheter une caravane, pour ne plus subir la gêne apitoyée des autres clients dans les hôtels. À la rentrée, il mettra Frédéric dans un centre pour enfants autistes, le meilleur, le plus loin ; il sera heureux avec ceux de son espèce et cessera d'empoisonner la vie des gens normaux. Vanessa n'est pas au courant. Elle protestera, bien sûr, elle se révoltera, mais ça lui passera. On lui achètera un chien.

Une dizaine de jours ont dû s'écouler dans ma nouvelle famille. Les garçons des villages alentour commencent à être sérieusement énervés par les avances et les rebuffades de Vanessa. Je sens le danger sur elle mais elle ne voit rien, ou alors inconsciemment elle le provoque, pour que quelque chose se passe. L'image des ciseaux de son frère taillant dans la vie ordonnée des autres la hante bien plus fort que ma vague présence qui a déjà cessé de l'exciter.

Une nuit, à la sortie d'un bal aux lampions où elle a mené son jeu habituel, trois types à moto la rattrapent, au bas du village, la font tomber de son VTT et la couchent dans les herbes. Avec la même rage impuissante que lors de mes tentatives pour défendre Lucien, j'assiste à la scène, déchiré par ses cris, mutilé dans son corps. Ils couvrent ses hurlements sous leurs rires, noient ses sanglots dans le pastis qu'ils lui font boire au goulot, arrachent ses vêtements. Ils sont trop défoncés pour être en état de la violer, alors ils l'insultent et la frappent à coups de pied.

Une quinzaine de voitures passent en accélérant avant qu'un homme ne s'arrête et descende, braquant une torche. Les types s'enfuient sur leurs motos. L'homme appelle. Vanessa se recroqueville dans les hautes herbes, écrasant ses pleurs face contre terre. L'homme repart. Elle reste immobile, de longues minutes, tout son corps tremblant dans le bruit des grillons. Puis elle rentre à pied, aux premières lueurs de l'aube, dans ses vêtements lacérés. Son regard fixe est devenu comme celui de son frère. Toute la réserve d'eau de la caravane s'écoule sur son corps. Lorsque du tuyau de la douche ne sort plus que de l'air chuintant, elle enfile un jogging et se couche contre Frédéric qui dort de son sommeil étale, sans aucun bruit de respiration. Elle se pelotonne contre lui, dans sa chaleur, en silence. Toute l'énergie dont je dispose encore se concentre pour l'apaiser, la comprendre, l'aider à ne pas sombrer dans le mutisme de son frère. Il faut que tu parles, Vanessa, que tu le dises à ta mère, que tu ailles porter plainte... Ne garde pas ça pour toi, Vanessa, tu ne pourras jamais plus l'oublier si tu ne cherches pas les mots pour l'exprimer, le sortir de toi...

C'est peut-être la dernière fois que j'essaie de communiquer un sentiment. Je sens bien que mes forces s'amenuisent, que mon esprit ne se recharge plus comme avant, que mon temps est compté. Mais à quoi bon m'économiser, à quoi d'autre pourrais-je servir avant de m'éteindre ? Parle, Vanessa, confie-toi, exprime-toi, explique...

Le soleil emplit la caravane. Elle dort, enfin. Frédéric se redresse, la regarde avec un étonnement inquiet. Coincé contre la cloison, il enjambe son corps, délicatement, comme je le faisais avec Naïla. Il se lève et va s'asseoir devant la feuille blanche où sa sœur lui a collé Snoopy, Lucky Luke et Batman. Mais, au lieu de prendre ses ciseaux, il saisit un crayon. Il retourne la feuille et commence à dessiner. Je le regarde faire, incrédule, sentant ma fatigue se dissiper sous ses mouvements. Il a tracé un cadre, griffonné des vagues, planté un fauteuil dans ce qui ressemble tantôt à du sable où s'allongent des ombres, tantôt à des hautes herbes couchées par du vent. La mine court, noircit, estompe, de plus en plus vite. C'est extraordinaire. Il compose trois tableaux en un. Le fauteuil voltaire sous l'acacia, la fenêtre oubliée, le corps de Vanessa qui sort d'un océan d'herbes. Tout est confus, maladroit, noyé mais tout est là : ma vision, mon cauchemar, le drame de sa sœur... Ce n'est pas une illusion. Je *suis* le dessin qu'il compose, je me répands dans ses traits, oriente sa main, suspends son geste, l'accélère...

Enfin, enfin on m'entend, enfin on m'écoute... Ce n'est pas à Vanessa que j'étais destiné. Je sais qui je dois hanter, enfin, qui a besoin de moi et comment je peux l'aider.

Arrête-toi, Frédéric. Arrête-toi. Tu as trop chargé l'esquisse, tu as perdu l'intention. Déchire le papier, voilà, pour ne pas être tenté de recopier, et recommence. Retrouve le premier trait, lance le mouvement comme tout à l'heure... Oui... Ne pense pas au détail, fixe l'émotion que tu veux exprimer, l'image que je t'envoie...

La vie interdite

Non. Déchire, recommence, encore. Ne t'énerve pas. Voilà. Ramasse ton crayon. Ne prends pas tes ciseaux. Non. Obstine-toi, Frédéric. Aie confiance. Ne m'abandonne pas. Recommence..

— Régis, viens voir ! Grouille, je te dis ! Regarde ce qu'il a fait... Mais non, c'est pas Vanessa, viens voir ! Je l'ai trouvé comme ça, en train de dessiner...

— Et alors ? Ça veut rien dire, ces gribouillis.

— Mais c'est un dessin, Régis, tu comprends pas ? Il nous a fait un dessin ! Frédéric, c'est magnifique, ce que tu as fait. Tu entends ? Bravo, mon chéri, c'est beau, ça me plaît beaucoup, c'est tellement gentil, je suis tellement fière de toi... Merci, oh ! merci mon Dieu...

— Arrête tes conneries, tu vois bien qu'il veut pas te le donner, son machin, c'est pour lui, c'est tout. Gribouiller, déchirer ou couper aux ciseaux, excuse-moi mais je vois pas la différence ! C'est toujours pour nous faire chier !

— Mais tais-toi, Régis, tais-toi ! Tu sais bien ce qu'a dit le docteur ! Regarde, Frédo, tu as de la peinture, aussi, des pinceaux, tout ce que tu veux dans les placards, tu peux me faire des belles couleurs, vas-y mon trésor, raconte-moi des belles histoires avec des... Vanessa, où tu vas ? J'ai besoin de toi pour la lessive. Vanessa, reviens !

— Vanessa, tu obéis à ta mère ? Ici, tout de suite ! Mais bordel, qu'est-ce qui vous prend, à tous, vous avez juré de me gâcher les vacances ou quoi ? J'en ai marre, moi, marre ! Si vous voulez jouer au con...

— Con, murmure Frédéric en reprenant son crayon.

Un silence total se referme sur les parents qui le fixent, abasourdis, tandis qu'il dessine pour la dixième fois la même chose. Ne me fatigue pas trop, Frédéric. Ne fais pas ça devant eux, ils nous gênent, leur présence me brouille et tu m'entends moins bien... Rien ne presse. Nous avons le temps pour nous.

Réfugié dans l'imaginaire de Frédéric, je ne suis plus qu'une somme de couleurs, une combinaison de perspectives et d'harmonies. Ma pensée se focalise sur l'idée d'un tableau, la mise en forme d'un souvenir, d'une vision posthume ou la traduction d'un épisode de la réalité ambiante, et j'attends que l'intention trouve son chemin sur la feuille à dessin. Ou plutôt que Frédéric la capte et l'utilise lorsqu'elle rencontre son propre désir. Je ne provoque rien. Je suis là, quand il a besoin de moi. Il découvre par intuition, tâtonnements ou osmose des astuces techniques auxquelles j'avais recours, mais c'est lui qui m'inspire. Qui me force à rassembler en ondes de forme les images qu'avant notre rencontre je me contentais de subir, les messages que j'essayais en vain de délivrer au premier degré.

Son style s'éloigne de plus en plus du mien. Mais il a fini par employer, pour mélanger ses couleurs, le même « médium » que moi : un tiers huile de lin, un tiers térébenthine, un tiers white-spirit. Et je suis heureux de voir ainsi perpétué ce qui était peut-être, finalement, le seul secret de ma vie.

Ces efforts pour m'abstraire, pour n'être plus que l'instrument de sa création ont considérablement diminué l'attraction terrestre. Je ne perçois plus les caresses d'Odile, les intentions de Toussaint ; les pensées de ma famille ne m'atteignent presque plus et, depuis que je me consacre à Frédéric, mon corps me manque de moins en moins. Qu'importe ce qui pourrit sous terre ; c'est sur sa palette, sur ses toiles que je me recompose.

Non, il ne faut pas que tu empâtes pour obtenir des harmonies... Ce n'est jamais le volume qui crée la profondeur, Frédéric. Même quand tu travailles les ombres, essaie de juxtaposer par touches complémentaires... Un peu comme ça, oui. N'abuse pas des obliques pour rendre le soleil couchant dans les fenêtres ; coupe tes jaunes. Avec une pointe de blanc d'argent, ça donnera l'impression qu'il y a des rideaux. Tu ouvres une perspective en restant opaque ; tu installes le mystère, l'affût, le voisinage... Voilà.

J'aime beaucoup tes pavés, ces coups de pinceau de couleurs différentes pour l'effet de lumière sur le sol. Mais tu n'as pas besoin de fixer les contours ; efface-moi ces traits noirs. Fais confiance à ta palette, laisse-la vivre, laisse les couleurs se parler sans les cloisonner : elles te diront où tu vas.

Qu'est-ce qu'elle représente cette rue, pour toi ? Cette petite chaise vide devant cette table d'enfant, au bord du trottoir, dans l'indifférence des passants du soir. Pour moi, le sens est très clair, c'est un souvenir ; mais je ne veux pas te l'imposer si pour toi c'est un symbole. Tu me diras, les deux se rejoignent.

J'avais quatre ou cinq ans, c'était jeudi. Brigitte

avait reçu un coup de téléphone de notre mère, m'annonçait-elle tout excitée : elle sautait dans un avion, elle revenait en France. Alors, pour ne pas perdre un instant de son retour, j'étais allé m'installer devant le portail de la maison du Pierret, ma petite table ronde à cheval sur le caniveau, le dossier de ma chaise parallèle à la route droite où je pouvais surveiller, du nord au sud, un kilomètre de village. À portée de ma main, un verre de limonade, un paquet de Choco-BN, un *Mickey-Parade* et ma lampe de poche, si jamais l'attente se prolongeait. J'avais aussi un peigne, à cause des passants qui me demandaient ce que je faisais là en me décoiffant.

À l'heure du bain, Brigitte est venue me chercher en disant que maman avait rappelé : son avion était tombé en panne, ce serait pour une autre fois ; elle m'embrassait.

Non, ne me venge pas, Frédéric ; il n'y a pas de raison. Ce n'est pas un tableau triste. Mets-y de la confiance. Et de l'espoir. Ce qui compte, c'est d'avoir toujours quelque chose à attendre, tu sais.

Coupe tes jaunes, je t'ai dit.

Il lui a donné rendez-vous à la brasserie du Park Hôtel. Boiseries veinées verdâtres, globes d'opaline, dalles saumonées, piliers de ciment décorés de graviers, baies vitrées donnant sur l'arrière du casino. Il arrive en retard, comme d'habitude. Il dit qu'il est en train d'écrire un roman et que le héros me ressemble. Il lui demande l'autorisation de m'utiliser. En protégeant mon identité, naturellement. Il a préparé une petite liste avec des questions, pour sa documentation. Quelques noms d'outils, les circonstances de notre rencontre, la naissance de Lucien... Elle répond d'une voix neutre, en trempant des olives dans son américano. Elle est vêtue d'un tailleur bleu avec un liseré blanc. Elle a coupé ses cheveux très court. Depuis qu'elle ne fait plus rien, elle est redevenue jeune fille.

— Mais pourquoi mon mari ?

— Il me semble... Il me semble que, mis dans les mêmes situations, je me serais conduit exactement comme lui. Je ne dirais pas que j'ai l'impression de le faire revivre dans ce que j'écris... Ce serait prétentieux. Mais moi, vraiment, il m'aide à vivre mieux.

Guillaume finit la dernière olive, laisse aller son

regard sur le vent dans les cèdres, pour donner de l'écho à ses propos. Il a déjà soumis quelques pages à Lucien, en cachette, lui a fait promettre le secret et lui a demandé son avis. Maintenant que je suis devenu un héros de roman, mon fils est totalement réconcilié avec moi. Il corrige mes dialogues. « Papa ne dirait pas ça. » Guillaume réécrit sous sa dictée, avec docilité, se glisse de mieux en mieux dans ma peau. De chapitre en chapitre, Lucien a le sentiment de diriger ma vie recommencée comme il manœuvre les singes et les Schtroumpfs sur ses jeux vidéo.

— Mon fils me parle tout le temps de vous. Il n'arrête pas de me répéter que vous êtes amoureux de moi.

— Je suis désolé.

— Il n'y a pas de quoi.

— Non, je veux dire... En général, je ne suis pas très attiré par les femmes...

— C'est ce que j'ai cru sentir. Mais, pour lui, ce serait bien que nous soyons amis, si vous n'y voyez pas d'inconvénient.

Guillaume sourit, appelle le maître d'hôtel pour demander le menu. Il me semble qu'il a menti. Qu'il mise sur la confiance, l'amitié et le moyen terme pour séduire Fabienne, pour lui donner un jour l'illusion que c'est elle qui lui aura fait aimer les femmes. Je sens que mon père va bientôt retourner dans sa ferme.

Mais c'est peut-être un effet de mon imagination. C'est Guillaume l'écrivain ; moi je ne suis que son personnage. Je le laisse choisir. La vie de Jacques Lormeau est à lui, désormais. Je crois qu'il en fera bon usage.

Alphonse vient chaque dimanche sur ma tombe, me donner des nouvelles du monde. Sa voix est seule à réunir encore les émotions, les nostalgies éparses qui composaient le quincaillier d'Aix-les-Bains.

— Ils vont faire un tunnel, pour supprimer le passage à niveau. Quinze arbres et six maisons qui vont disparaître, pour trois minutes à patienter devant la barrière. L'homme est devenu fou. À part ça, Jean-Mi attend un enfant d'avec Odile ; si c'est un garçon, ils ont dit qu'il s'appellerait Jean-Jacques en ton honneur, j'ai trouvé ça gentil. Ce qui n'est pas mal non plus, à mon avis, c'est que la Marie-Pa s'est disputée avec sa mère, et, tiens-toi bien, elle est allée se mettre en ménage avec un bonhomme à Bourg-en-Bresse. Tu la verrais : elle n'est plus que la moitié d'elle-même, tellement elle a de bonheur, et le fiancé est un réfugié sans papiers ; la Jeanne-Marie a pris dix ans d'un coup. Attends, je regarde ma feuille, que je ne t'oublie rien... Ah oui, Mlle Toussaint passe le mois dans un monastère au Tibet ; tu vois que de son côté, ça ne s'arrange pas. Tu as su, pour ta sœur ?

J'ai su. Brigitte a reçu les résultats de son contrôle

annuel. Métastases au foie. Le soir, elle est allée donner son concert à Limoges. Je crois qu'elle n'a jamais aussi bien joué. Ses copains du groupe, sidérés, l'ont suivie dans des impros géniales qui ont déclenché les maigres applaudissements d'un public éparpillé. En rentrant dans sa chambre d'hôtel, elle s'est jetée par la fenêtre.

J'étais là, quand la forme blanche a quitté son corps écrasé. J'étais là pour l'accueillir, très simplement, sans aucune rancune et le triomphe modeste. Tu vois bien, Brigitte, qu'il y a une vie après la mort...

Elle ne m'a pas vu.

La forme a filé en biais jusqu'au bar de l'hôtel où ses amis musiciens arrosaient le concert, et s'est fondue dans la fumée de leurs cigarettes. Mes grands-parents et ma mère ont-ils éprouvé la même déception lorsqu'ils m'attendaient à la sortie de mon corps ?

Brigitte ne restera sans doute pas aussi longtemps que moi dans la salle d'attente : rien d'autre ne la retient qu'un tempo, le secret d'un accord, un toucher de guitare que ses copains reproduiront certains soirs, en concert, quand ils penseront à elle.

Dimanche après dimanche, la voix d'Alphonse se fait plus lointaine, ses souvenirs se répètent et le présent ne tient presque plus dans son esprit. Il laisse le lierre envahir ma tombe.

— Fais-moi une place, va. Je n'ai plus ma tête à moi... Même *Le Lac*, tu vois, ce matin au réveil, j'avais perdu deux strophes. C'est la fin, je le sens bien.

Pas tout de suite, Alphonse. C'est moi qui pars. Toi, je te vois durer longtemps, élever encore un enfant, perdre le passé mais tenir bon, veiller de nouveau sur un avenir... Adieu, mon éternel nounou, mon ange gardien, mon vieux poète. La mort te sera douce, dans quinze ou vingt ans ; tu l'auras préparée bien mieux que je n'avais su le faire. Ta mission, tu la remplis sur terre ; tu n'auras point besoin, comme moi, d'un repêchage. Maman t'attend probablement, et Lamartine, et Julie Charles qui a bien reçu tout ton amour et te le rendra. Moi qui n'avais appris qu'à tourner en rond, j'ai dû m'atteler à l'œuvre d'un autre. Maintenant je suis quitte, et je vais bientôt me retirer. Me dissoudre, me fondre... Du moins je le crois.

Frédéric est sur le point de trouver son style, de

traverser la glace sans tain qui le sépare des autres. On commence à s'extasier sur sa peinture. Au lieu du centre pour enfants autistes, on l'a inscrit dans une école de dessin. Bientôt les marchands relaieront ses parents. Il a dépassé depuis longtemps mon maigre talent en lui donnant un sens, et je ne suis presque plus utile. En dehors des vacances, la caravane est adossée au pavillon familial dans la banlieue de Grenoble, et il continuera à l'utiliser comme atelier, ce qui est le plus important pour moi. Ma présence a cessé d'être vraiment nécessaire.

La fatigue est une des dernières sensations qui me restent. Maintenant que Frédéric peint tout seul, j'éprouve des difficultés croissantes à rester concentré, rassemblé, à me déplacer au gré des autres... Je n'avais pas prévu qu'on pouvait ainsi vieillir après la mort. La confusion est devenue mon état normal. Je n'ai plus d'urgences, plus d'envies, plus de révoltes. J'ai du mal à mettre un mot devant l'autre. À finir mes idées. Je suis vide. Une page blanche.

Quand mon auteur pense à autre chose, je perds la notion du temps, et je me rends compte que j'ai cessé d'exister au moment où il essaie à nouveau de me cerner dans une phrase, de corriger ce qu'il me fait dire. Lorsque son roman sera publié, les gens qui l'achèteront me redonneront-ils un peu de vie, m'attireront-ils près d'eux le temps de leur lecture ? Je ne sais pas si c'est un espoir ou une angoisse. Maintenant que j'ai cédé la place, je voudrais disparaître tout à fait. Et, malgré moi, je m'agrippe. J'essaie de planter des mots bizarres dans l'inspiration de mon romancier, sans les comprendre : « Bureau 144, Sucy-en-Brie. » Il n'entend pas et j'ignore pourquoi c'est si important, pourquoi ça me rend si triste.

C'est l'hiver, aujourd'hui, dans sa chambre d'hôtel. Ses cheveux sont longs, il n'est plus militaire. Son roman défile sur un écran d'ordinateur.

Il ajoute le mot « fin ».

J'ai peur.

DU MÊME AUTEUR

ROMANS

Vingt ans et des poussières
Le Seuil, 1982, prix Del Duca

Poisson d'Amour
Le Seuil, 1984, prix Roger-Nimier

Les Vacances du fantôme
Le Seuil, 1986, prix Gutenberg du Livre 87

L'Orange amère
Le Seuil, 1988

Un objet en souffrance
Albin Michel, 1991

Cheyenne
Albin Michel, 1993

Un aller simple
Albin Michel, 1994, Prix Goncourt

RÉCIT

Madame et ses flics
Albin Michel, 1985
(en collaboration avec Richard Caron)

THÉÂTRE

L'Astronome
Actes Sud/Papiers, 1983,
prix du Théâtre de l'Académie française

Le Nègre
Actes Sud/Papiers, 1986

Noces de sable
Albin Michel, 1995

DU MÊME AUTEUR

ROMANS

La composition de cet ouvrage
a été réalisée par Nord Compo (Villeneuve-d'Ascq)
l'impression et le brochage ont été effectués
sur presse Cameron dans les ateliers
de Bussière Camedan Imprimeries
à Saint-Amand-Montrond (Cher),
pour le compte des Éditions Albin Michel.

Achevé d'imprimer en janvier 1997.
N° d'édition : 16286. N° d'impression : 4/52.
Dépôt légal : janvier 1997.